Jana Kurz
Crying Wind

Crying Wind

Bibliografische Information der Deutschen Na-
tionalbibliothek: Die Deutsche Nationalbiblio-
thek verzeichnet diese Publikation in der
Deutschen Nationalbibliografie; detaillierte
bibliografische Daten sind im Internet über
dnb.dnb.de abrufbar.

Impressum

© 2025 Jana Kurz
Umschlaggestaltung: Jana Kurz
Lektorat: Bernhard Kurz
Korrektorat: Bernhard Kurz
Buchsatz: Jana Kurz

Verlag: BoD · Books on Demand GmbH,
In de Tarpen 42, 22848 Norderstedt, bod@bod.de
Druck: Libri Plureos GmbH, Friedensallee 273,
22763 Hamburg

kurz.jana@gmx.at
Instagram: jana.lucia.kurz
TikTok: jana.kurz

ISBN: 978-3-7597-8294-6

Achtung!
Dieses Buch enthält potenziell triggernde Inhalte.
Genauer aufgelistet sind diese auf Seite 340
(beinhaltet Spoiler)

Für alle,

deren Hoffnung in der Not

ein Funke von Magie ist

Playlist

In Another Land — Dechode Mode
People You Know — Selena Gomez
Family Line — Conan Gray
Afterlife — XYLØ
Thumbs — Sabrina Carpenter
Devil I Know — Allie X
Tear myself apart — Tate McRae
Labour — Paris Paloma
Teenage Mind — Tate McRae
City of the Dead — Eurielle
Panic Room — Au/Ra
I Did Something Bad — Taylor Swift

Prolog

Celestine

Ich würde sterben.

Denn seit Anbeginn der Zeit wurden Dinge, die anders waren als gewohnt, als Gefahr dargestellt, belächelt oder verschwiegen. Ob aus Eifersucht oder Angst war schwer zu sagen, da Gefühle meist zu nah beieinander liegen, um sie zu unterscheiden - selbst, wenn es sich um die Eigenen handelt. Aber eines ist klar: Ich werde Menschen nie verstehen.

Seit Anbeginn der Zeit hatten sie Körper, Seele und Träume. Seit Anbeginn der Zeit hätten sie großartiges vollbringen können, hätten ein Leben in Zusammenhalt und Wohlstand führen können.

Doch wozu sie sich entschieden, war der Krieg und somit eines der gefürchtetsten und unerklärlichsten Dinge dieser Geschichte - der Tod. Und genau diesem stand ich nun gegenüber. Denn leider war es in der heutigen Zeit die bittere Realität, alle, die anders waren, alle, die Fähigkeiten besaßen, die sich Menschen nicht einmal zu erträumen wagten, in Ketten zu legen. Doch das reichte ihnen nicht aus. Ihre Angst vor dem Unbekannten war zu groß. Also wurden diese Leute vor versammeltes Volk geschleppt, um ihnen ein Ende zu bereiten. Doch kein würdevolles, nein. So eines hatte man als Außenseiter nicht verdient. Stattdessen schikanierten sie einen, bis man schließlich auf dem Scheiterhaufen landete. Doch dieses Jahr blieb einem nicht einmal mehr die Hoffnung, dass aus der Asche, die überblieb, Erde und anschließend eine Wiese voller Vergissmeinnicht werden würde. Denn das Holz wurde knapp und man wollte nichts an Schuldige verschwenden. Dieses Jahr wurde einem ein Stein ans Bein gekettet und der Schubs ins Wasser würde wohl die letzte Berührung sein, die einem vergönnt war. Genau das war der Grund dafür, weshalb ich nun auf schleimigen Untergrund traf. Warum ich mich nicht einmal mehr traute, die Augen zu öffnen, da ich wusste, dass das Letzte, was ich dann sehen würde, vom Schlamm aufgewühltes Wasser und die Leichen anderer, unschuldiger Leute wären.

Mein Kopf kribbelte immer stärker und der Druck auf meiner Brust war kaum mehr auszuhalten. Helle Blitze zeichneten sich vor meinen Augenlidern ab. Ich bekam kaum noch mit, wie mein Körper schließlich aufgab. Ich konnte nur erahnen, wie er dem Stechen in meiner Brust nachzugeben versuchte und damit alles Bevorstehende nur noch beschleunigte. Wie die letzte Luft aus meinem Körper wich und saures Wasser ihren Platz einnahm. Wie alles Leben aus mir gepresst wurde und ich schließlich in einer undurchdringlichen, schwarzen Leere landete.

Hinter dem Tod

Kapitel 1

Celestine

Angesichts meiner Vergangenheit war es schwer zu glauben, dass ich nun die Zügel eines Pferdes in den Händen hielt. Angesichts meiner Vergangenheit war es überhaupt ein Wunder, dass ich noch lebte. Doch tat ich das wirklich? Lebte ich? In gewisser Weise, Ja. Und anders gesehen auch wieder nicht, denn ich war gestorben, so viel war sicher. Allerdings hatte sich dieses Ereignis bereits vor zwei Jahren abgespielt, und in der Zwischenzeit war einiges passiert. Ja, ich war gestorben. Doch ich war nicht tot. Zumindest nicht so, wie es sich Menschen immer vorgestellt hatten.

Nach meinem Tod war ich in einer undurchdringlichen, schwarzen Leere gelandet. Ich hatte nichts gespürt, nichts gedacht und trotzdem alles mitbekommen. Mein Körper hatte sich erholt und nach einer gewissen Zeit war die Schwärze vor meinen Augen verschwunden. Es hatte sich angefühlt, als wäre ich nach einem Albtraum aufgewacht. Ich konnte mich noch allzu gut daran erinnern, wie ich mit klammer, kalter Kleidung wieder zu mir gekommen war. Hätte mir damals jemand einen Spiegel vorgehalten, hätte ich mich wahrscheinlich mit weit aufgerissenen Augen und heruntergeklappter Kinnlade angestarrt. Ich musste schmunzeln, als mir die Erinnerung wie ein Film durch den Kopf schoss, den ich inzwischen schon in- und auswendig kannte. Schließlich war es wohl das wichtigste Ereignis meines Lebens. Eines Lebens, das ich verloren hatte, hier aber zu Ende leben konnte.

Ich war in Layana gelandet. In einer Welt, die errichtet wurde, um zu früh oder zu Unrecht gestorbenen Menschen eine zweite Chance zu bieten. So erzählte man es sich zumindest. Der Legende nach hatten die Götter sie vor vielen tausend Jahren errichtet, um ihren gefallenen Schützlingen einen Gefallen zu tun. Mir taten sie damit auf jeden Fall einen. Ich war noch viel zu jung gewesen, als ich gestorben war und damit war ich nicht die Einzige. Meine Mutter hatte dieses Schicksal einige Jahre früher erreicht. Ich war allein aufgewachsen, in der dauernden Angst, entdeckt zu werden. Ernährt durch Dinge, die ich im Wald gefunden oder im Dorf gestohlen hatte. Und nun war ich hier, in Layana, der Welt der Unschuldigen. So wurde sie genannt, auch wenn viele Bewohner anderer Meinung waren. Eingeschlossen meiner Mutter, die ich hier wiedergetroffen hatte.

Sie hatte die Chance eines zweiten Lebens angenommen, aber niemals ihren Hass gegen jene Menschen, die dafür verantwortlich waren, dass Unschuldige starben, abgelegt. Sie hatte einen Mann kennengelernt und sich in ihn verliebt. Während dieser Zeit war sie wohl glücklicher gewesen, denn davon hatte ich keine Geschichten gehört und Mutter erzählte nur das Grausame.

Sie hatte ein weiteres Kind bekommen. Meinen Halbbruder Adonis, mit dem ich auch soeben unterwegs war. Doch ihr Glück hielt nicht lange an, denn auch in Layana gibt es Menschen. Diese Welt besteht aus zwei bekannten Königreichen. Dem Königreich Reyna, in dem sich die Fähigen inklusive mir befanden und dessen König zufällig der zweite Mann meiner Mutter gewesen war. Und dem Königreich Oryn, dem Reich der Menschen.

Und wie es kommen musste, kam es zu einem weiteren Krieg zwischen Menschen und Fähigen. Jeder war davon überzeugt, dass der jeweils andere es nicht verdient hatte, eine zweite Chance zu bekommen. Reyna zog in den Krieg und obwohl wir durch die Kräfte der Fähigen stärker waren, gab es Tote unter uns. Einer davon war der König gewesen. Meine Mutter war seither nicht mehr dieselbe. Ihr Hass gegen die Menschen wuchs und wuchs und als heutige Königin stand ihr der Weg zur Rache offen.

Der Krieg war noch nicht vorbei und ich ritt mit Adonis und dessen Leibwächter Sunil durch einen Wald, um anschließend zu trainieren - was sich seltsam lächerlich anfühlte, aber vielleicht auch gerade deshalb wichtig war. Anders als in anderen Adelsfamilien, war es mir erlaubt das Kämpfen zu erlernen. Unser Volk wusste davon. Ich sollte ausgebildet sein, vorbereitet, um unser Königreich sowohl vom Schloss aus als auch mit dem Schwert in der Hand zu beschützen. Ich selbst wusste nicht, was ich davon halten sollte. Einerseits war ich froh zu lernen, mich zu verteidigen, andererseits wurde mir schon allein bei dem Gedanken an weiteres Blutvergießen schlecht. Doch als Prinzessin Reynas war es meine Pflicht, und sie zu hinterfragen änderte nichts. Also gab ich mich der Realität wieder hin und drehte mich zu meinem Bruder.

Obwohl er nach mir geboren war, war er um einige Jahre älter als ich und somit der Thronfolger. Es gab Zeiten, in denen ich das als ungerecht angesehen hatte. Schließlich hatte er sich durch die Gabe der Zeit einfach ein paar

Jährchen vorgezogen. Doch nun war ich froh darüber.
Die Entscheidungen als Königin waren hart, das wusste ich von meiner Mutter. Zusätzlich war ich eine Ausnahme, was vermutlich auch nicht unbedingt von Vorteil war, um Königin zu werden. Denn als einzige Reynas, hatten sich meine Fähigkeiten noch nicht vollständig ausgeprägt. Ich kannte den Grund dafür und wusste, dass ich daran nichts ändern konnte. Und trotzdem lebte ich im Reich der Fähigen.

*

»Was ist los, Schwesterchen? Angst, dass ich dich besiege?« Adonis kurze, blonde Locken wogen sich im Wind und erinnerten mich wieder einmal daran, wie ähnlich wir uns sahen. Zwar waren meine Haare nicht lockig, sondern fielen mir höchstens in sanften Wellen über die Schultern, doch hatten sie den gleichen, strahlend hellen Blondton. Dies lag wahrscheinlich daran, dass wir dieselbe Mutter hatten. Von ihr hatten wir auch die blauen Augen und helle Haut geerbt. Doch eine Sache an Adonis Erscheinungsbild unterschied ihn von meinem. Und damit meinte ich nicht, dass er ein Mann war und dementsprechend einen muskulöseren Körperbau hatte, sondern seine Sommersprossen, die durch sein neckendes Lächeln noch stärker zum Vorschein kamen.
Ich lachte gespielt auf. »Natürlich nicht. Wie du weißt, kann ich sehr gut mit Waffen umgehen. Gut genug, um dich zu besiegen.« Adonis wollte gerade protestieren, doch ich ließ ihm keine Chance dazu und trieb mein Pferd weiter an. In

15

wildem Galopp ritt ich über die Wiese, die uns von unserem Zielort trennte. Ich hörte trommelnde Hufe hinter mir und wusste, dass es Adonis und Sunil waren, die mich und meine Schimmelstute überholen wollten. Doch ich und mein Pferd ließen ihnen keine Chance. Die Landschaft Reynas zog so schnell an uns vorbei, dass man ihre wirkliche Schönheit kaum erkennen konnte. Die riesigen Wiesen und Felder, geschmückt von Mohn- und Kornblumen, die kristallklaren Seen und die lichten Laubwälder. Reyna war ein Meisterwerk und selbst ich war überrascht, wie gut die Götter diese Welt hinbekommen hatten.
Wobei Oryn nicht besonders schön sein sollte. Anscheinen waren ihre Häuser dicht an dicht gereiht, in den Gassen sollte kaum mehr Platz als für eine Ratte sein und die wenigen Wälder, die sie hatten, waren düster und kalt.
Ich schüttelte mich und sprang vom Pferd. Natürlich hatte ich wieder einmal gewonnen. Im Reiten war ich wirklich unschlagbar. Und selbst wenn das mit dem Umgang mit Waffen von vorhin gelogen war, war ich mit meiner heutigen Leistung schon zufrieden. Einmal hatte ich die zwei Jungs immerhin schon geschlagen. Wer wusste schon, ob heute nicht mein Glückstag war?
Auch die beiden Jungs stellten ihre Pferde am Rand des Waldes ab, wo sie in Ruhe grasen konnten, bis wir zurückkommen würden. Ich grinste Adonis an. »Na? Wer hat jetzt Angst zu verlieren?«
Schnaubend trat er an mir vorbei, doch ich wusste, dass er es mir nicht übelnahm. Sunil trat lachend an mich heran und drückte mir eine seiner Waffen in die Hand. »Hier Prinzessin. Wir wollen ja nicht, dass du leer ausgehst und am Ende gegen unseren Prince Charming

verlierst.« Er zwinkerte mir mit seinen strahlend blauen Augen zu. Es war immer wieder faszinierend, ihn anzusehen, denn das Blau bildete einen starken Kontrast zu seiner dunklen Haut. Entschlossen griff ich nach der Waffe. »Keine Sorge! Das wird nicht passieren.« Natürlich benötigte ich das Schwert nicht. Schließlich trug ich als Prinzessin Reynas meine eigene Waffe bei mir. Aber eine Absicherung schadete nie. Und wenn er sie mir schon so anbot, wieso sie nicht annehmen? Falls er mich wieder einmal unterschätzte, würde ich es ihm schon zeigen. Vielleicht war meine Schwertführung nicht die beste, allerdings war ich viel flinker und schneller als die Jungs. Und zustechen konnte ich allenfalls. Wir gingen also die paar letzten Schritte bis zu unserem gewohnten Übungsplatz und positionierten uns. Natürlich könnten wir auch im Schloss trainieren. Doch wir alle waren uns einig, dass ein wenig Abstand zu dem ganzen Protz und Glimmer manchmal nicht schadete. Mein Körper versteifte sich und ich war voll und ganz auf meinen Bruder fokussiert. Heute würde er ganz bestimmt nicht gewinnen. Adonis Augen funkelten hinterlistig und ich machte mich auf die herannahende Attacke gefasst. Schnell kontrollierte ich noch meine Haltung.
Meine Beine standen schulterbreit unter mir, mein Körper war angespannt, ich jedoch entspannt. Mir standen zwei Waffen zur Verfügung und ich konnte meine Beweglichkeit ausnutzen. Ich war bereit.
Sunil zog sich zurück und kündigte damit den Start an. Ich kannte Adonis. Er war sehr direkt und das spiegelte sich auch in seiner Art und Weise zu kämpfen wider. Also hatte ich mir etwas ausgedacht. Wie erwartet setzte er zur ersten

Attacke an. Doch ich schlug nicht zurück, noch nicht. Stattdessen streckte ich meine Hand zur Seite aus und schwang mich um einen Baum herum. Damit hatte er nicht gerechnet und ich stand seitlich neben ihm, die perfekte Chance, um zurückzuschlagen.

*

Wir kämpften eine Weile und lange stand es unentschieden. Immer wieder setzte Adonis zu Angriff an und bewies seine kontrollierte Schwertführung. Ich konterte und überlistete ihn mit Tricks, um auch einmal diejenige zu sein, die ihn in die Enge trieb. Anders als erwartet behielt ich heute lange Zeit das Schwert in der Hand und musste nicht zu meinem Dolch greifen, worüber ich froh war, denn er war wirklich nicht meine beste Waffe. Doch meinen geliebten Säbel hatte ich tatsächlich zu Hause vergessen und Sunil hatte natürlich davon gewusst. Doch das tat nichts zur Sache, denn ich gab mein Bestes und das schien heute tatsächlich gut zu sein. MEIN Tag war es trotzdem nicht.
Denn leider besaß ich etwas, was Adonis nicht hatte und das war Neugierde. Wieder fiel ich genau dieser in die Klingen und wurde durch das Wiehern der Pferde, klappernde Hufe und lachende Menschen abgelenkt.
Ich gab einen Moment nicht genug acht und schon lag ich am Boden. »Na gut. Du hast gewonnen.«
Adonis lachte und schien kein bisschen außer Atem, obwohl ich ihn heute beinahe überlistet hatte. Normalerweise würde ich vor Wut brodeln

und eine Wiederholung fordern. »Willst du...«, begann Adonis. Doch ich achtete nicht mehr auf ihn. Wenn ich schon wegen meiner Neugierde verloren hatte, konnte ich nun wenigstens nachsehen, was auf der Wiese geschah. Nach ein paar zügigen Schritten durch herabgefallenes Laub sah ich auch schon den Grund für die Unruhe der Pferde. Eine weiße Kutsche fuhr vorbei, geradewegs auf den Palast zu. Was normalerweise nichts Besonderes war, schließlich gehörten alle weißen Kutschen Reyna. Doch heute war ein besonderer Tag und damit wurde ich wieder schmerzhaft daran erinnert, dass nicht alle Kämpfe so waren, wie die mit Adonis und Sunil. Es gab durchaus reale auf unserer Welt und einer davon war noch immer im Gange. Einer davon ließ mich vermuten, dass diese Kutsche nichts Gutes bedeutete.

Kapitel 2

Celestine

Der Blick, den wir der Kutsche hinterhergeworfen hatten, hatte nicht nur mich, sondern auch die beiden Jungs auf die Pferde springen lassen. Uns allen war eingebläut worden, zu einer gewissen Zeit wieder zu Hause zu sein und die Kutsche verhieß, dass diese schon viel zu nah herangerückt war. Heute würde sich ein Ereignis abspielen, auf das meine Mutter schon voller Vorfreude gewartet hatte, so wie der Großteil unseres Volkes. Wieder einmal bildete ich die Ausnahme.

Es war nicht so, als wäre ich nicht aufgeregt, das war ich nämlich. Nur waren bei mir Verabscheuung und Angst der Grund dafür. Es war die Art von Aufregung, die einen aus Wut heraus dazu brachte, dumme Dinge zu tun. Und ich musste mich bereits jetzt zusammenreißen, sie aus meinen Gedanken zu streichen. »Autsch!« Ich fasste mir empört an den Kopf, wo mich eine Haarnadel gestochen hatte. »Tut mir leid. Ich bin nur genauso aufgeregt wie du, da ist es schwierig, meine Hände ruhig zu halten.« Rieka wagte seufzend einen neuen Versuch, die letzte lose Haarsträhne an meinen Kopf zu pinnen. »So, fertig.«

Ich betrachtete mich im Spiegel vor mir. Meine Freundin hatte meine Haare zu einem strengen Zopf geflochten und diesen zu einem Dutt zusammengedreht. Meine hellen Wimpern wurden mit ein wenig Tusche schwarz gefärbt und meine Lippen mit einem pflegenden Balsam zum Glänzen gebracht. Das von meiner Mutter ausgewählte Seidenkleid ging Ton in Ton mit meinen Augen. Der blaue Stoff schmiegte sich sanft um meinen Oberkörper und ging an der Hüfte zu einem pompösen Rock über. Ich verzog den Mund und mein Blick flog über mein Spiegelbild hinweg zu Rieka.

Sie war das genaue Gegenteil von mir, und damit meinte ich nicht nur ihr Aussehen. Auch wenn sie mir mit ihren schwarzen Rehaugen und den dunkelbraunen Haaren in keiner Weise ähnlichsah.

Sie war wunderschön, jedoch nicht auf die Art, wie man es von der besten Freundin, einer Prinzessin, erwartete. Wieder etwas, was ich verabscheute, nämlich dass die Schönheit eines Menschen nach seinem Status beurteilt wurde. Rieka Lupa war nicht adeliger Abstammung. Sie war ein ganz normales Mädchen aus dem Dorf, das sich wegen ihrer übergroßen Wärme freiwillig als königliche Zofe gemeldet hatte, um mehr Zeit mit mir verbringen zu können.

»Ich würde lieber in deiner Kleidung stecken und Luft bekommen«, sagte ich ohne die Spur eines Lächelns, denn es war mein Ernst. Rieka lachte dennoch. »Das würdest auch nur du sagen. Ein mit Perlen besetztes Seidenkleid gegen das langweilige, graue Baumwollkleid einer Zofe zu ersetzen, würde vermutlich nicht einmal mir in den Sinn kommen. Und ich schätze das Atmen sehr, das kannst du mir glauben.« Ich musste schmunzeln. Sie hatte recht, ich sollte mich glücklich wissen, und dennoch tat ich das nicht. Nicht wenn ich immer an der Seite meiner Mutter stehen musste, um so zu tun, als würde ich ihre Entscheidungen unterstützen. Jedes Mal war ich gezwungen, meine Lippen aufeinanderzupressen, um dem Volk nicht meine wirkliche Meinung ins Gesicht zu spucken. Vermutlich würde ich mich das sowieso nicht trauen, doch es wäre das, was ich gerne tun würde. Und besonders der heutige Anlass ließ mich vermuten, dass sich daran nichts ändern würde. Die Zeit, in der ich meine Mutter zu Gesicht bekam, war jene, in der sie etwas von mir erwartete. »Ich habe es einfach satt, ihre Marionette zu sein.« Ich atmete tief ein und aus, um mich zu beruhigen. Auszurasten würde so kurz vor diesem Ereignis auch nicht helfen. »Ich glaube, keiner von uns möchte immer für jemanden arbeiten. Aber leider haben wir alle ein Schicksal, auch wenn wir uns das oft nicht selbst aussuchen können.«

*

Die Worte meiner Zofe hallten unaufhörlich durch meinen Kopf, während ich die langen Korridore entlanggeführt wurde. Ich kannte den Weg zum Büro meiner Mutter in- und auswendig. Trotzdem musste ich mich an den ewig langen Reihen unserer Ahnen, in Begleitung königlicher Dienstboten, entlang quälen. Bild um Bild und Rahmen um Rahmen blickten mir Herrscher entgegen. Herrscher, die sich in teuren Pelz und Seide gehüllt hatten und ihre Arroganz durch die Größe ihrer edelsteinbesetzten Ketten und Kronen unterstrichen. Argwöhnisch blickte ich jedem davon in die gemalten Augen, in dem befriedigenden Wissen, dass ich niemals ihre Rolle einnehmen würde.
Schließlich hielten wir vor einer der

zahlreichen, weißen Holztüren. Doch anders als bei den restlichen waren die eingeschnitzten Muster bei dieser mit Blattgold verziert. Ich biss mir auf die Zunge, um nicht jetzt schon einen abfälligen Kommentar von mir zu geben. Mein Leibwächter, dessen Name mir nicht einmal verraten wurde, klopfte für mich an die Tür, damit meine weißen Handschuhe nicht beschmutzt wurden. Was lächerlich war, denn wie der Rest des Schlosses, war auch dieser Fleck blitzblank geputzt. Ein »Herein.« ertönte und mir wurde die Türe aufgehalten. Mit einem aufgesetzten Lächeln trat ich ein und sah mich sogleich meiner Mutter gegenüber. Genau wie ich war sie in blaue Seide und Perlen gekleidet. Sie erwiderte mein Lächeln und ich wusste trotz ihrer perfekten Maske, dass es nicht zu hundert Prozent von Freude herrührte. Denn zumindest die siebzig restlichen Prozent fasste sie mit ihren ersten Sätzen traumhaft zusammen.
»Celestine, meine Tochter! Heute ist endlich der Tag gekommen, an dem wir eine Chance auf Rache haben. Heute ist, wenn wir Glück haben, der Beginn einer neuen Zeitepoche. Aber wir werden sehen.« Nun war die Fassade gefallen und bot einen Einblick in ihr wirkliches Wesen, einen Menschen, der Vergeltung üben wollte, koste es was es wolle.
»Ich habe einen Plan und es liegt an dir, wie schmerzhaft er wird. Es ist ja nicht so, als hätte ich dir keine Chance gelassen.« Ich nickte gezwungenermaßen, doch innerlich war ich kurz davor, mich zu übergeben. War das die Art, wie eine Mutter mit ihrer Tochter sprach?
»Ja, Mutter. Ich bin mir sicher, Ihr werdet bekommen, was Ihr erwartet.« Die Königin hob eine Augenbraue. »Das wollen wir doch hoffen.«

Alles in mir sträubte sich dagegen, doch irgendwie schaffte ich es, meine Mundwinkel noch ein wenig höher zu heben. Ein Mann in königlicher Uniform trat von der Wand auf uns zu. Man sah ihm seine Furcht an, als er zitternd vor uns zu stehen kam und den Kopf neigte. »Eure Majestät. Es ist so weit.« Ich hätte mich beinahe mitreißen lassen von der Welle an Mitleid, die mich nun überkam, als mich die scharfe Stimme meiner Mutter wieder in die Gegenwart zurückrief. »Du weißt, was du zu tun hast und du weißt, was die Folgen sind, solltest du dich nicht daranhalten.« Ich nickte rasch. »Natürlich.« Der letzte strenge Blick meiner Mutter wurde durch ihr gewohntes, arrogantes Äußeres ersetzt, als sie sich schließlich von mir abwandte. Alles in mir zog sich zusammen. Ich sträubte mich schon vor diesem Augenblick, seitdem ich erfahren hatte, dass es ihn geben würde. Die Tür wurde geöffnet und ein Mann trat ein. Er sagte etwas, doch das Geräusch ging in dem Rauschen meiner Ohren unter. Die schulterlangen, braunen Haare, das spitze Kinn und die scharfen Wangenknochen, ich kannte sie nur zu gut. Der muskulöse Körper, verpackt in einer königlichen Uniform, ich hatte ihn bereits zu gut gespürt. Doch zu gut war in diesem Fall nicht im Sinne von befriedigend zu verstehen. Nein, ich kannte es zu gut, wie er sich gegen mich drücke, gegen meinen viel jüngeren, dünneren und nicht für diese Art von Qual geschaffenen Körper. Mein Blick wanderte zu den Händen des Mannes. Und auch diese hatte ich gespürt und zu spüren bekommen. Unbehagen tobte in meinem Körper und alle meine Sinne schrien mich an, sagten meinem Verstand, dass ich weglaufen solle. Doch ein kleiner Teil von mir wusste, wenn ich diesem Drang nachgab, würden die Konsequenzen nur umso schlimmer ausfallen. Würde ich dem Drang nachgeben, würde ich nicht nur diese Hände wieder zu spüren bekommen, diese Fäuste, ich würde auch die Maßregelung meiner Mutter ertragen müssen. Also riss ich mich zusammen, schlang meine Arme noch enger um meinen Bauch und blickte meinem Gegenüber ins Gesicht. Ein Schaudern lief mir über den Rücken. Warum wunderte es mich überhaupt noch, dass seine kalten, eisblauen Augen die ganze Zeit auf mir ruhten. Kein Wunder, dass meine Mutter ihn so mochte.

Ein zufriedenes Lächeln breitete sich auf dem Gesicht des Mannes aus. Unter seinem leichten Bart war ein kleines Grübchen zu erkennen. Sein Mund öffnete sich und ich wusste, was gleich kommen würde. »Celestine, meine Prinzessin. Willst du deinen Verlobten nicht begrüßen?« Schnell presste ich meine Lippen aufeinander, um mich nicht sofort auf seine mit goldenen Kordeln verzierte Uniform zu übergeben. Dieses Wort, Verlobte! Zu wissen, dass er mich mit dieser Ansprache meinte, mich, ein siebzehnjähriges Mädchen. Doch ich spürte den stechenden Blick meiner Mutter im Rücken. Mir blieb nichts anderes übrig, als die Schultern zu straffen, ein gespieltes Lächeln aufzusetzen und Finnian Aveyard einen Kuss auf die stoppelige Wange zu drücken. Ich roch Blut. »Wie schön, dich wohlauf von der Schlacht zurück zu wissen.« Das war gelogen. Alles, was ich in seiner Gegenwart sagte, war gelogen. Doch es war, was er hören wollte und damit hatte ich meine Pflicht erst einmal erfüllt.

Er setzte sich, genau wie meine Mutter, an den großen, runden Eichentisch und begann zu reden.

Ich musste mich selbst zum Stuhl geleiten und setzen, doch selbstverständlich nicht auf einen x-beliebigen. Am liebsten wäre ich möglichst weit von Finnian abgerückt. Doch er forderte, dass ich neben ihm sitzen solle. Zumindest musste ich nicht wieder sein Schoßhündchen spielen. Steif ließ ich mich neben ihm nieder, bedacht darauf, dass meine Röcke nicht nach oben rutschten. War es überhaupt möglich, bequem auf diesen Stühlen zu sitzen? Die smaragdgrüne Polsterung diente eher der Dekoration als dem Wohlbefinden. Von den ganzen, eigenartigen und pompösen, goldenen Gestalten, die die Lehne zierten, brauchte ich erst gar nicht anzufangen. Ich verbot mir unruhiges hin- und her rutschen und versuchte mich stattdessen mit dem schönen Ausblick abzulenken. Mutters Residenzzimmer bot eine fantastische Sicht über die Stadt Reyna. Der königliche Fluss, Pleasant Stream, floss ruhig und glitzernd talabwärts. Die abendliche Sonne spiegelte sich in den Glaskuppeln und Fenstern des Schlosses sowie in den weißen Quarzwänden der Häuser wider. Bewohner schlenderten gemütlich durch die Straßen oder erledigten letzte Einkäufe auf dem Markt. Wie gerne ich jetzt einer von ihnen wäre! Frei, in einer Welt, in der ich mein Leben genießen könnte. Frei von Verpflichtungen, gegen die ich mich sträubte und Menschen, deren einziges Ziel es war…

»Um den Krieg zu gewinnen, müssen wir klug vorgehen.« Finnian sah meine Mutter ernst an. »Erzähl mir nichts von schlauem Handeln, ich weiß, dass wir in der Unterzahl sind. Aber du darfst nicht vergessen, wir haben Waffen, die sie nicht besitzen.“ Finnian schüttelte den Kopf. »Wir haben unsere Fähigkeiten, ja. Aber ich habe

Geflüster gehört. Auf meiner ganzen Mission im Krieg, in jedem Kampf, bewegten sich Schatten um die Menschen. Tödliche Schatten. Es ist nur eine Frage der Zeit, bis sie ebenfalls lernen, die Magie dieser Welt zu nutzen.« Wut stand in den Augen meiner Mutter. »Sieh zu, dass es nicht dazu kommt. Du weißt, was zu tun ist, wenn es sich nicht verhindern lässt.« Ihr Blick schweifte zu mir. »Komm morgen früh noch einmal- dann besprechen wir die Einzelheiten.« Finnian senkte seinen Kopf und stand auf. »Zu euren Diensten, eure Majestät.« Mein Mundwinkel zuckte. Natürlich, sobald wir nicht klar die Oberen waren, sobald wir Schwäche zeigten, durfte ich nichts davon wissen. Doch ich war nicht dumm. Ich wusste eine Menge über den Krieg und ich wusste ebenfalls genug über die Gründe des Kampfes. Gründe, die ich nicht wissen sollte. Die für die Ohren einer Prinzessin nicht geschaffen waren, egal wie wertlos sie auch war. Mein Körper spannte sich noch einen Hauch stärker an und die Spannung tat beinahe schon weh. Doch der Blick, den mir Finnian nun zuwarf, zeugte nicht davon, dass ich heute in MEINEM Gemach schlafen werden dürfte.

Kapitel 3

Celestine

Ich lag in vollkommener Dunkelheit. Unglaubliches Gewicht drückte sich auf meinen Körper und ließ mich mit jedem Stoß weiter in die Matratze sinken. Tränen liefen mir über die Wangen und meine Augen starrten ins Leere. In die Leere, in der ich versuchte, eine Zukunft zu sehen. Eine, in der ich nicht berührt wurde. Berührt von schwieligen Händen eines Mannes, den ich kaum kannte. Von jemandem, für den ich nichts weiter war als ein Eigentum, das er jederzeit benutzen konnte. Hände, die sich nun besitzergreifend um meine Brüste schlossen, Lippen, die meinen Hals entlangwanderten und ein bestimmtes Körperteil, das in mich geschoben wurde. Immer und immer wieder. Bis meine Schreie verstummten, meine Tränen trockneten und ich nur noch ein kleines Häufchen Elend war. Ich sehnte mich nach einer Zukunft, in der keine Person gegen meinen Willen meinen Körper berührte. Einer, in der niemand über mir stöhnte, während ich vor Schmerz aufschrie.

Ich rührte mich nicht mehr, hatte es aufgegeben, mich zu wehren. Schweiß klebte an meinem Körper, doch mir selbst war eiskalt. Immer wieder fielen Tropfen, von Finnians Haarsträhnen und landeten auf mir. Und mit jedem Tropfen der fiel, wurde mir bewusster, wie meine Zukunft aussehen würde. So dunkel wie meine jetzige Umgebung und genauso hoffnungslos, von Angst und Schmerz geprägt. Mit Kindern in meinem Bauch, die ich nicht wollte, nicht von diesem Mann. Als Prinzessin, die ihren Mann bediente, wie eine Magd

ihrer Herrin. Bis zum Tod. Bis, dass der Tod
uns scheidet.
Tod. Tod. Tod.
Die letzten Worte die ich hörte, bevor mich die
Dunkelheit der Ohnmacht verschlang.

Kapitel 4

Celestine

Licht fiel auf meine geschlossenen Lider und ließ mich wissen, dass der nächste Morgen gekommen war. Ein beruhigendes und gleichzeitig beängstigendes Wissen. Es war vorbei. Es war vorüber für gestern, doch nicht für heute. ER würde wiederkommen und er würde wieder das Gleiche von mir verlangen. Immer und immer wieder. Ich schlug das fremde Laken von meinem Körper und sprang auf. Der Platz neben mir war verlassen, wie immer. Hastig lief ich ums Bett und bückte mich, um meine auf dem Boden verstreuten Kleider aufzusammeln. Unterröcke, Korsett und das Kleid. Ich legte alles auf dem Bett ab und schnappte mir das Laken. Der Geruch ließ mich zusammenzucken, doch zu einem Zweck konnte es mir dienen. Ich wickelte es fest um meinen nackten Körper, griff nach den zusammengesammelten Klamotten und drückte sie an mich. Hektisch sah ich mich um. Hatte ich auch wirklich nichts vergessen?

»Nichts wie weg von hier.« Ich rannte zur Tür, wobei man es wohl eher als stolpern bezeichnen würde. Der erste Schritt nach draußen ließ mich erschaudern. Die Fliesen waren eiskalt. Doch sie regten mein Verlangen, in die Freiheit zu laufen, nur noch weiter an. Immer schneller setzte ich einen Fuß vor den anderen und lief Korridor um Korridor durch das halbe Schloss, bis ich schließlich vor meinem Zimmer ankam.

*

Ohne abzubremsen, schmiss ich mich gegen die Tür und fiel mit ihr in den Raum. Keuchend kam ich auf dem Boden auf. Doch es störte mich nicht, dass meine Lungen brannten. Und es störte mich ebenfalls nicht, dass Rieka nun ihr Gesicht über mich streckte und mich in meiner Blöße sah. »Ich hab' dir schon ein heißes Bad bereitgemacht. Seife liegt daneben.« Sichtlich verstört und wutentbrannt nickte sie in Richtung des Lakens, das sich jedoch in meinen Beinen verheddert hatte. »Soll ich das Ding verbrennen?« Sie hob eine Augenbraue. Ich wusste, dass sie es ernst meinte. Doch ich musste sie enttäuschen. »Nein.« Nun wanderte auch die zweite Braue nach oben und sie blickte mich überrascht an. Ihr Mund öffnete sich, offenbar wollte sie etwas sagen, doch ich kam ihr zuvor. »Ich möchte es tun.« Ein hinterlistiges Grinsen breitete sich in meinem Gesicht aus und spiegelte sich in Riekas wider. »Das ist meine Freundin!« Sie streckte mir die Hand entgegen und zog mich auf die Beine. Gemeinsam gingen wir zum von Marmor umrandeten Karmin. Das Laken schleifte ich hinter mir her.
Mein Blick fiel in die orange-gelben Flammen und ich ließ mir all die Qualen des vergangenen Abends noch einmal durch den Kopf gehen. Dann knüllte ich die Decke zusammen und warf sie hinein. Feuer und Hitze färbten den weißen Stoff schwarz.
Zufrieden drehte ich mich um und stolzierte mit neuer Kraft auf die warme Wanne zu. Rieka kannte mich und wusste, dass ich erst weitermachen konnte, sobald ich jeden Fleck meines Körpers

gründlich eingeseift und geschrubbt hatte. Vorsichtig streckte ich eine Zehe ins Wasser. Gut, es hatte die perfekte Temperatur. Langsam glitt ich immer weiter hinein, bis ich schließlich vollends im Wasser lag. Durch die Bewegung streiften leichte Wellen meinen Körper und ließen mich die Augen schließen und mir vorstellen, dass alles okay wäre. Immer wieder atmete ich tief durch und wiederholte den immer gleichen Satz. »Es ist okay. Es ist okay...« Schließlich schloss ich meinen Mund und ließ mich an der schrägen Seite der Wanne noch weiter ins Wasser gleiten. Mein Rücken rutschte hinab und machte genug Platz, um auch meinen Kopf unter die Wasseroberfläche zu bringen. Hier unten schien die Welt heil zu sein. Ich hörte keine Geräusche der Außenwelt und auch wenn ich meine Augen öffnen würde, wäre meine Sicht zu verschwommen, um etwas zu erkennen. Die einzigen Geräusche, die ich hörte, waren jene, die ich selbst erzeugte. Diese Tatsache nutze ich aus und klopfte mit dem Fingerknöchel immer wieder leicht gegen die Wanneninnenseite. In einem angenehmen Takt hallten die Töne durch das Wasser, bis hin zu meinen Ohren und in meinen Kopf hinein. Sie waren so nervtötend, dass sie mich alle unnötigen Gedanken und Erinnerungen vergessen ließen.

Erst als meine Lunge brannte und nach Sauerstoff rang, tauchte ich wieder auf. Dabei blieben mir die nassen Haare in meinem Gesicht kleben und erinnerten mich daran, dass ein Stück Seife neben mir darauf wartete, benutzt zu werden. Entschlossen griff ich danach und begann jeden Zentimeter meines Körpers sorgsam zu schrubben. Immer wieder schob ich Seifenblasen darüber, um auch wirklich ALLES der letzten Nacht zu erwischen und abzuwaschen.

*

Eine Stunde später saß ich mit trockenen, ge-
bürsteten Haaren und in frischen Kleidern vor
meinem Spiegel. Rieka war wieder einmal dabei,
die letzten Details meines Äußeren zu perfek-
tionieren und tänzelte um mich herum. Zu meiner
Erleichterung hatte auch sie keine weiteren
Worte über das Geschehene und meinen Verlobten
verloren. In Gedanken vertieft, strich ich die
Falten meines weißen Kleides glatt. Es war eines
meiner liebsten. Mir gefiel der schlichte
Schnitt. Kein Tüll, keine Schleier oder Sons-
tiges. Einfach nur ein weiß glänzender Stoff,
verziert mit zarten goldenen Ornamenten. Ein
Lächeln stahl sich auf mein Gesicht. Ich sollte
aus diesem Tag das Beste machen. Eine gesunde
Einstellung hatte schließlich noch niemandem
geschadet. Mit diesem Entschluss straffte ich
die Schultern und begann mich wieder als das zu
sehen, was ich war: eine Prinzessin.
Rieka pinnte eine letzte Haarsträhne hinter
meine für die Fähigen typischen spitzen Ohren
und legte dann ihre Hände auf meine Schultern.
Unsere Blicke trafen sich im Spiegel, und mit
einem Lächeln verkündete ich ihr, dass ich bereit war. Rieka strahlte.
»Das ist meine Freundin.« Fröhlich lachend
sprang sie vor mir durchs Zimmer und blieb
schließlich vor meiner hellblauen Chaiselongue
stehen. Natürlich nur, um sich den daran ange-
lehnten, weißen Sonnenschirm zu schnappen und
sich ihn dramatisch über die Schulter zu werfen.

Mit ihrer zweiten Hand wedelte sie sich theatralisch Luft zu und betrachtete sich anschließend, zufrieden mit ihrer Darbietung, in der Spiegelung des Fensters. Ich lachte, als Rieka sich zu mir umdrehte.

»Ich bin Celestine Chamillet« Sie hielt sich geschockt eine Hand vor den Mund. »Oh, entschuldigt, seit der Heirat meiner Mutter natürlich Celestine Hawksley und damit eine Prinzessin!«

»So bin ich nicht!«, fuhr ich meine Freundin lachend an. Auch sie musste kichern. »Aber so könntest du sein, und vielleicht solltest du das. Denn wir gehen jetzt in die Stadt und da soll dir Respekt entgegengebracht werden, Stina.« Ich musste schmunzeln. Wie sehr ich es liebte, wenn sie mich so nannte. Als Stina war ich alles andere als ein Werkzeug, das benutzt wurde, um etwas zu erreichen. In dieser Zeit war ich einfach eine Freundin.

*

Begleitet von einem Gefolge, bestehend aus drei Wachen, ritten Rieka und ich den Schotterweg in Richtung Stadt hinunter. Natürlich im Damensitz, so wie sich das für eine Prinzessin gehörte. Mal davon abgesehen, dass ich es hasste so zu sitzen und wir durch unser Gefolge keine privaten Gespräche führen konnten, war der Ausflug ganz schön. Lächelnd streckte ich mein Gesicht der Sonne entgegen. Die Strahlen kitzelten meine Nase und brachten mich zum Niesen. Lachend ließ ich mich mit den Bewegungen meiner Stute Destry mitschwingen. Immer weiter kamen wir der Stadt entgegen und ihre Schönheit wurde nur noch deutlicher. Layana war die Göttin der Träume gewesen und als sie diese Welt erschaffen hatte, flossen diese wohl mit ein. Reyna hatte dabei die schönsten abbekommen, während Oryn angeblich einem Albtraum glich. Allein bei dem Gedanken daran, was deren Bewohner alles taten, lief mir schon ein Schauer über den Rücken. Doch dadurch sollte ich mir nicht meinen Tag verderben lassen. Die Politik war nicht meine Angelegenheit und ich war froh, dass sie es nie sein würde.

Die weiten, von Kornblumen bewachsenen Hügel und Wiesen erstrahlten in der Vormittagssonne und standen im wunderschönen Kontrast zu den dahinterliegenden Quarzhäusern. In Reynas Stadt herrschte fröhliches Treiben, und umher schlendernden Menschen spiegelten sich in den glänzenden Wänden der Gebäude. Frauen mit Körben voller Gemüse. Umhertollende Kinder, Schmiede, Handwerksfrauen und geschäftstüchtige Warenverkäufer verschmolzen zu einer schnatternden bunten Mischung, die jede Art von Sorge verschwinden ließ.

Doch je näher wir kamen, desto mehr Aufsehen errungen wir. Leute wichen zur Seite, um uns den Weg freizugeben, verbeugten sich oder gaben dankende Worte von sich. Sie hatten Respekt, doch sie waren glücklich. Solange es so lief, wie sie es sich vorstellten. Wir hielten vor einer kleinen Schneiderei und ein Stallbursche eilte herbei, um uns die Pferde abzunehmen.

In Schaufenstern ausgestellter Samt und Seide raubten viele sehnsüchtige Blicke des einfachen Volkes. Es war eine der besten und teuersten Schneidereien der Stadt, vor der wir standen. Natürlich hätte meine Mutter die Inhaberin auch ins Schloss bestellen können, doch manchmal war es wichtig, sich unter Menschen zu zeigen. Außerdem gefiel es mir recht gut, dem ganzen Protz und Glimmer zumindest für einen kurzen Augenblick zu entfliehen.

Die Tür wurde mir geöffnet und sofort eilten Angestellte herbei. Mit strahlenden Augen begrüßten sie ihren besten Abnehmer und wandten sich dann an Rieka, um die Wünsche entgegenzunehmen. Ich stand daneben, lächelte und wartete. Es war meine Pflicht, zu schweigen. Ich hatte eine Hofdame, die für mich sprechen konnte. Mit Leuten unter meinem Rang durfte ich nur selten kommunizieren.

Eifriges Nicken zeigte, dass meine Wünsche erfüllbar waren. Stoffrollen wurden aus dem Lager bugsiert und vor uns ausgebreitet. Mit einem Nicken oder Kopfschütteln konnte ich meine Meinung äußern. Schließlich blieb ich bei einem moosgrünen Stoff mit goldener Borte, einem geblümten blauen und einem altrosa Ton. Spitzen, Tüll und Hüte waren schnell ausgewählt. Schlussendlich wurde ich zu einem kleinen Podium begleitet, an dem mir die Maße abgenommen wurden, um sicherzugehen, dass die Kleider nach der Herstellung auch passten. Einige Fähige beobachteten uns durch das Schaufenster, doch sobald einer meiner Wachen ein Auge auf sie richtete, folgten sie weiter ihrem Weg.

*

Die Kleider waren angeschafft und somit war meine Tagesaufgabe erledigt. Unterricht hatte ich erst morgen wieder, was es mir erlaubte, mit Rieka einen kleinen Abstecher im nahegelegenen Wald zu machen. Wütend versicherte sie meinen Leibwachen, dass ich bei ihr in Sicherheit wäre und sich so nahe am Schloss sowieso keine Fremden aufhielten. Immer wieder staunte ich über ihren Mut. Sich dem Schloss entgegenzusetzen war leichtfertig. Doch bis jetzt war es immer gut für sie ausgegangen.

Tatsächlich schaffte sie es, die drei Männer zu überreden, holte, sobald diese außer Sichtweite waren, allerdings doch noch eine Waffe unter ihrem Kleid hervor. Lächelnd drehte sie sich zu mir um. »Nur zur Sicherheit.«

»Ich dachte, Sicherheit wäre etwas, über das du dir keine Gedanken machst.« Sie verzog den Mund zu einer Schnute. »Wenn man allein mit der Prinzessin unterwegs ist, muss man bestimmte Maßnahmen ergreifen.« Wieder grinste sie. »Nicht, dass du noch gewalttätig wirst und mich angreifst.«

»Hey!« Empört stieß ich ihr in die Seite. Sie taumelte, fing sich dann aber doch noch, nutzte den Schwung und schubste mich zurück. Kichernd und stolpernd schlenderten wir über die Wiese. Unsere Pferde hatten wir die Wachen mitnehmen lassen.

Immer wieder verfingen sich unsere Röcke in kleinen Sträuchern und Dornen, weshalb wir beschlossen, sie nach oben zu knoten. Wenn mich meine Mutter so sehen würde, würde sie mich wohl für verrückt erklären. Allein die Falten, die der Knoten hinterlassen würde, wären eine Katastrophe für sie. Und dann tollte ich auch noch halbnackt und nur mit einer Zofe über eine Wiese. Doch ich grinste weiterhin. Ich musste die freie Zeit vor der bevorstehenden Hochzeit genießen, solange ich konnte. Außer Atem und strauchelnd kamen wir am Waldrand an. Unsere Röcke ließen wir wieder nach unten und gönnten uns eine kurze Verschnaufpause, ehe wir weitergingen. Ohne miteinander geredet zu haben, wussten wir genau, wohin wir wollten. Um an unseren Lieblingsplatz zu gelangen, musste man nicht nur die kleine weiße Brücke überqueren, sondern sich auch einen Weg durch Dickicht und Dornen schlagen. Dafür wurde man mit dem schönsten Anblick belohnt, den man sich vorstellen konnte. Linden und Buchen wogen sich leicht im Wind, während das Licht ihre grünen Blätter transparent schimmern ließ. Und zwischen all diesen Bäumen, Gräsern, Blumen und Felsen tanzten kleine Lichtwesen. Vorsichtig näherten wir uns ihnen und ließen uns auf einem der größeren Steine nieder. Sofort flatterten die Wesen auf uns zu und setzten sich auf unsere Beine und Schultern. Sie waren kaum größer als mein kleiner Finger, doch wenn man auf die ganzen Details an ihnen achtete, erkannte man, dass sie vollständige kleine Menschlein waren. Menschlein mit spitzen Ohren, noch spitzer als die der Fähigen, und kleinen hauchdünnen Flügeln. Die Elfen hatten ihre Haare zu niedlichen kleinen Zöpfchen geflochten oder ließen sie sich mit Blüten verziert über die Schultern fallen. »Was gibt's Neues?«, piepste eine unserer liebsten Geschöpfe. Es war eine kleine, freche

Elfe mit kurzen schwarzen Haaren und einem Kleidchen aus dunkelblauen Blüten.

»Hallo Nyx. Danke der Nachfrage, uns geht es gut.« Theatralisch verdrehte Rieka die Augen. Wieder einmal musste ich über ihre übertriebene Reaktion schmunzeln. Rieka wäre nicht sie selbst ohne eine ordentliche Portion an Sarkasmus. Die kleine Elfe schnalzte mit der Zunge. »Na los. Raus damit.« Uns war klar, dass sie mit „Neues" keine Neuigkeiten meinte, sondern das, was wir ihr mitgebracht hatten. Denn eines musste man über Elfen wissen. Sie waren zwar unglaublich niedlich, doch ohne Essen konnten sie gefährlich werden. Diese Tatsache bestätigte sich nur erneut, als sich die gesamte Schar auf das mitgebrachte Erdbeerküchlein stürzte.

Kapitel 5

Celestine

So wunderschön die Zeit mit Rieka auch war, so schnell war sie auch wieder vorbei. Man könnte beinahe meinen, dass Adonis seine Finger im Spiel hatte. Mit der Gabe der Zeit konnte er schließlich so einiges anstellen. Kaum waren wir wieder zu Hause angekommen, wurde mein für terminlos gehaltener Tag unterbrochen.

Wieder einmal schritt ich durch die langen Korridore und die verlorene Zeit von vorhin schien sich hier wieder einzufügen, denn sie kam mir endlos vor. Wie oft ich diesen Weg schon gegangen war, wie oft mir schon die Türen geöffnet worden waren und wie oft die Blicke anderer Menschen auf mir geruht hatten! Es war immer gleich. Ich trat ein, wurde von oben bis unten meiner Reinheit überprüft und anschließend aufgefordert, etwas zu tun. In diesem Fall war es mich zu setzen.

Meine Mutter saß mir gegenüber. Mit einem letzten Blick auf unzählige Zeilen und durchgestrichene Stellen ließ sie die Papiere schließlich aus ihrer Hand auf den Tisch gleiten. Rasch warf ich einen Blick darauf. Zu meinem Glück waren die wichtigen Stellen mit Farbe markiert und stachen dadurch sofort ins Auge. »Weitere Maßnahmen gegen Oryn ... Finnian Aveyard ... Krieg ... Arlo Dunford ... Vertragsabschließung...« Ich wollte weiterlesen, neugierig, was diese Phrasen bedeuten mochten. Doch meiner Mutter war aufgefallen, was ich vorhatte und handelte zu schnell. Ein kalter, warnender Blick ließ mich wieder aufrichten. Mutter nahm die Papiere in die Hand und drehte sie um, sodass nur noch die leere Rückseite zu sehen war. Ich schluckte. Die Anspannung meines Körpers schmerzte, doch ich war schon zu weit gegangen, zu neugierig gewesen und die kleinste Ungepflogenheit könnte den Geduldsfaden meiner Mutter reißen lassen. Nach einer gefährlichen Minute des Schweigens begann sie endlich zu reden. »Reyna zieht erneut in den Krieg.« Sie hob eine Augenbraue und schien eine Reaktion meinerseits abzuwarten, als wäre das, was sie mir verkündet hatte, eine Neuheit. Doch ich schwieg und hielt mein Gesicht ausdruckslos. Sollte sich ihr Kiefer eben versteifen, sie hatte mir keinen Befehl gegeben.

Doch zu meiner Überraschung sprach meine Königin weiter, ohne etwas von mir zu verlangen. »Der Krieg war nie zu Ende, lediglich in einer Ruhephase. Wir möchten die Zeit zu unserem Vorteil nutzen und zustoßen. Finnian wird für ein paar Tage vor Ort gebraucht.« Ihre Stimme brach. Der einzige Hinweis darauf, dass ihr Vorhaben anspruchsvoll zu sein schien.

Ich nickte. »Kein Problem, ich…«

»Du wirst ihn heiraten«, unterbrach sie mich.

Ich spürte, wie mein Herzschlag einen Moment lang aussetzte. Auch die Heirat war keine Neuigkeit. Doch wenn dieses Thema absichtlich angeschnitten wurde, konnte es nichts Gutes bedeuten.

Ich riss mich zusammen. Keine Angst anmerken lassen, Celestine!

»Und zwar bald. Ein Krieg ist immer ein Schwachpunkt für das Volk. Sie werden unter Angst und Wut leiden. Eine Hochzeit und ein Ball werden sie aufmuntern.« Angewidert musterte sie mich von oben bis unten. »Wenn wir Glück haben, sind sie dann auch der Illusion ausgeliefert, dass

du mit einem hochrangigen Partner etwas zur Krone beitragen könntest- woran ich allerdings schon die Hoffnung verloren habe.«
Autsch! Ein stechender Schmerz breitete sich in mir aus. Der Teil mit den Illusionen war zweifellos eine Andeutung an meine unvollständigen Kräfte. Etwas, für das sie verantwortlich war. Mit diesem Gedanken, dieser Bemerkung breitete sich Wut in mir aus. Ich hatte lang genug still dagesessen. Lang genug hatte ich zugesehen, wie über mein Leben bestimmt wurde und wenn ihr Plan nicht aufging, mir die Schuld zugeschoben wurde. Es war genug. Ich nutzte den seltenen Moment des Mutes.
»Soll ich also wieder einmal für deine scheiternden Pläne hinhalten? Soll ich heiraten, weil ich ohne einen einflussreichen Partner nichts tauge? Soll ich denjenigen heiraten, der mir meine Kräfte vorenthält, um sie wiederzubekommen? Oder ist das alles nur eine Illusion deinerseits, und ich werde nach dem Fest wieder weggesperrt wie ein Frettchen?«, ich spie die Worte förmlich hinaus- natürlich in dem Wissen, dass sie eigentlich viel zu wenig waren. Meine Mutter hatte einiges mehr an Wiedersetzung verdient. Doch wenn ich daran dachte, wie sehr ich für jedes meiner Worte leiden würde, ließ ich es lieber milde ausgehen.
Allerdings schien ich mit den Worten einen wunden Punkt getroffen zu haben.
Den wunden Punkt einer Königin, die ohne Ehemann selbst weniger wäre als eine Magd. Ihre Augenbrauen zogen sich zusammen und ich spürte, wie sie vor Wut brodelte. Sie brodelte, bis es aus ihr herausbrach. Wie ein Vulkan ergoss sich ihre Kraft über mich. Verschlang mich in ihrer Dunkelheit und Kälte und zugleich in brennend

heißen Hitze.

Kapitel 6

Celestine

Oben war unten und unten war oben. Links war hinter mir und rechts in der Ferne. Alles drehte sich und doch blieb es gleich. Dunkelheit umgab mich nur um dann von hellen, zuckenden Blitzen durchbrochen zu werden. Blitze, die sich um meinen Körper schlossen, sich durch mich hindurchbrannten. Es war keine Wirklichkeit, und doch fühlte es sich so real an. Die Kraft meiner Mutter hatte sich in meinem Kopf eingenistet und trieb dort ihr Unwesen. Ließ mich schreien, auf die Knie fallen, meine Hände vor den Kopf schlagen.

Gleißende Helligkeit und Hitze verschwand und ließ mich wieder zurück in dieser kalten Leere. Einer Leere, wie man sie nie kennenlernen wollte. Schatten kamen auf mich zu, schienen ihre Hände nach mir auszustrecken, mir weitere Schmerzen zuzufügen zu wollen. Sie gruben sich durch Haut, Fleisch und Knochen. Wühlten in meinem Kopf und kappten Verbindungen. Spannen neue Wahrheiten und Wünsche. Machten aus Geschehenem Ungeschehenes und andersherum. Fügten Dinge hinzu und strichen andere heraus. Schrieben ein Skript, an das ich mich halten musste. Und jedes Wort, jedes Bild, ritzte sich in mich hinein. Hinterließ Blut und Schmerz. Immer wieder kam das quälende Stechen zurück. Folterte mich, bis ich vor lauter Schreien keine Stimme mehr hatte. Bis keine Tränen mehr flossen und das letzte Wasser meines Körpers durch Schweiß aus mir wich.

Dann ließ es mich zurück. Ließ mich fallen in

der kalten, trockenen Dunkelheit. Weiter und
weiter. Die neuen Wahrheiten wiederholten sich
wie ein Mantra in unheimlichem Singsang. Begannen immer wieder von vorne. Bis ich sie schließlich glaubte.

Kapitel 7

Celestine

Verschwitzt und komplett weggetreten lag ich in den Armen von ... wer war das eigentlich? Egal. Es tat nichts zur Sache, wer mich in mein Zimmer trug. Hauptsache, ich musste nicht laufen. Es wäre unmöglich, auch nur einen einzigen Schritt zu tun. Ich wäre bloß wieder zusammengebrochen. Unfähig, meine Muskeln zu nutzen und die Stütze meiner Knochen anzunehmen. Unfähig die Befehle von meinem Gehirn an meinen Körper weiterzuleiten. Angestrengt versuchte ich meine Augen offenzuhalten und in der verschwommenen Sicht, die sich mir bot, irgendetwas zu erkennen. Doch die Bewegungen und Farben, das alles war zu viel. Mein Kopf pochte und Erschöpfung ließ meine Augen nach hinten drehen und schließlich schließen. Unfähig, sie ein weiteres Mal zu öffnen, versuchte ich mich von den ruckenden Bewegungen abzulenken, mit denen ich in meine Gemächer getragen wurde. Ungern würde ich mich jetzt auch noch übergeben. Doch mit der Zeit schien das Gegenteil zu passieren, und das gleichmäßige Schaukeln beruhigte mich, brachte mich sogar dazu, erneut wegzusacken und einzuschlafen.

*

Etwas Nasses lief mir über das Gesicht und versank in meiner Kleidung. Ich hörte Wasser plätschern und spürte kurz darauf einen kalten Lappen auf meiner Stirn. Zärtlich strich er mir über das Gesicht. Immer und immer wieder. Bis ich schließlich meine Augen öffnete. Meine Sicht war verschwommen und ich musste ein paarmal blinzeln, bis sie sich klärte. Ein Mädchen beugte sich über mich. Sorge zeigte sich in ihrer Mimik. Vorsichtig öffnete ich den Mund. »Wasser.« Meine Stimme klang rau und war kaum wiederzuerkennen. Mein Mund war trocken und meine Zunge fühlte sich an, als würde sie nicht mehr zu mir gehören. Schweigend reichte mir Rieka ein Glas Wasser und half mir, mich aufzurichten. Ich wollte meine Hände heben, doch ich konnte nicht. Eine Träne lief über die Wange meiner Freundin, als sie den Rand des Glases an meinen Mund führte. Hastig lehrte ich den Inhalt, doch meine Zunge gehorchte mir noch immer nicht richtig, was das Schlucken deutlich erschwerte. Ich hustete und das Wasser rann wieder aus mir heraus. Doch nach einigen Versuchen, mehreren Füllungen und einem nassen Handtuch war mein Durst gestillt. Zärtlich strich mir Rieka über die Wange. »Ruh dich aus.« Ich hörte die Worte und war wieder an einem anderen Ort. An dem Ort, wo Träume entstanden.

*

Layana hatte es anscheinend gut mit mir gemeint und keine weiteren Albträume aufkommen lassen. Die Göttin der Träume und Hauptgründerin dieser Welt war bekannt für ihre Führsorge. Auch wenn es ihr gerade selbst nicht gut gehen konnte, bei den Kriegen, die auf ihrer Welt herrschten, hatte sie Erbarmen mit mir. Oder vielleicht auch gerade deshalb. Schweigend schälte ich mich aus meiner Decke. Schwärze breitete sich aus, als ich mich aufsetzte. Es war kein Wunder, dass mein Kreislauf im Eimer war. Schließlich hatte ich einen ganzen Tag geschlafen, fast nichts getrunken, und davor war in meinem Gehirn herumgepfuscht worden.

Das wusste ich noch. Und etwas anderes wusste ich auch: egal in welche Situation ich heute noch kommen würde, ich würde mich nur so verhalten können, wie meine Mutter es für richtig hielt. Denn es war ihre Macht, die mit meinem Kopf gespielt hatte und sich an meinem Gedächtnis zu schaffen gemacht hatte. Natürlich konnte ich mich nicht daran erinnern, was sie verschwinden lassen hatte. Sonst wüsste ich es schließlich noch. Ein Klopfen ertönte, und ich unterdrückte ein Stöhnen. Schnell kontrollierte ich, ob ich etwas anhatte. Ein Morgenmantel! Das musste reichen. »Ja«, das war das Einzige, was ich herausbrachte. Die Tür öffnete sich, und ein dunkelhäutiger Mann erschien. Männer hatten keinen Zugang zu meinem Gemach. Außer es handelte sich um meinen Verlobten oder … den Leibwächter und besten Freund meines Bruders. Sunil nickte mir zu. »Sie möchten dich sehen vor ihrem Aufbruch.«

»Wer?«

»Finnian und Adonis.«

Langsam atmete ich ein und aus. Am liebsten würde ich sagen, dass ich nicht konnte oder zu tun hatte. Doch eine gewisse Magie erwachte wieder zum Leben. »Natürlich. Richte ihnen aus, dass ich noch ein paar Minuten brauche, um mich fertig anzukleiden.« Mit einem weiteren Nicken fiel die Tür ins Schloss. Rieka war nicht hier. Vermutlich musste sie bei den Vorbereitungen des Aufbruchs helfen. Der Beginn eines weiteren Krieges war schon lange geplant gewesen. Doch dass es heute geschehen würde, war neu. Ich hasste die Menschen. Hasste sie mit all ihren Taten und Plänen. Doch war Krieg wirklich die Lösung?

»Ja, das ist sie«, säuselte eine kleine Stimme in meinem Kopf. Noch immer war ich todmüde und würde mich am liebsten wieder zurück ins Bett fallen lassen. Ich konnte mir kaum vorstellen, jetzt aufzustehen und Finnian zu sehen. Dieses Arschloch. Ich schlug mir die Hände vors Gesicht und schüttelte meinen Kopf. Vielleicht half das ja, um die Müdigkeit und die Stimmen zu vertreiben.

Seufzend ließ ich meine Arme fallen. Müde war ich noch immer. Doch es half nichts, ich musste aufstehen. Also schritt ich zu meinem Kleiderschrank und schnappte mir ein halbwegs bequemes Kleid mit einer einfachen Schnürung. Da Rieka nicht hier war, musste ich es schaffen, sie selbst zu binden. Halbherzig schlüpfte ich hinein und bemühte mich auch nicht, mir ein Korsett unterzuziehen. Wenn ich schon kommen sollte, mussten sie mich eben so ertragen. Anschließend schlüpfte ich in ein Paar Schuhe und kämmte mir schnell die verknoteten Haare. Das musste reichen.

Meine Hand kam auf der kalten Türschnalle nieder, und nach einem letzten tiefen Atemzug trat ich aus meinem Zimmer. Nun war ich in der Gegenwart und hatte mich auch dementsprechend zu verhalten. Ich vermutete, dass Finnian und Adonis bereits unten in der Halle waren. Schließlich brachen sie bald auf und waren bestimmt nicht weit vom Ausgang entfernt. Also schritt ich die weißen Quarztreppen hinab und warf währenddessen einen Blick aus den zahlreichen Fenstern des Treppenhauses.

Draußen blitzten gerade die ersten Strahlen der

Morgensonne durch die Wolken und es hätte ein herrlicher Tag werden können, wären da nicht diese bestimmten Ereignisse gewesen. Stufe um Stufe näherte ich mich den beiden Männern. Bedacht darauf, meinen Rock ein wenig anzuheben, um nicht hinzufallen. Mit einem Klacken meiner Absätze kam ich auf dem mit zahlreichen Mustern verzierten Bodenbelag auf und senkte den Kopf. Wie erwartet stand mein Bruder vor mir. Mit einem Nicken deutete er mir an, dass ich wieder aufsehen konnte. Schnell ließ ich meinen Blick durch den Raum schweifen. Doch die aufkommende Hoffnung erlosch, als ich einen muskelbepackten, Straßenköterblonden Mann auf mich zukommen sah.

Er war ganz anders als mein Bruder. Und das nicht nur vom Charakter, sondern auch vom Aussehen her. Zwar waren beide blond und durchtrainiert, doch während Adonis Kopf kleine Löckchen zierten, waren Finnians Haare kinnlang und glatt. Ungepflegt. Mein Bruder hatte samtige, glatte Haut und einen drahtigen Körper. Mein „Verlobter" hatte Bartstoppeln und sein Körper war zu breit, um von schöner Muskulatur sprechen zu können. Gerade noch rechtzeitig erinnerte mich die Stimme in meinem Kopf daran, einen Knicks zu machen. Wie sehr ich es hasste. Doch ich bemühte mich, mein angespanntes Gesicht wieder zu entspannen und mir nichts anmerken zu lassen. So war es hoffentlich schneller vorbei. Finnian zog eine Augenbraue nach oben und seine Augen blieben auf meiner ungeschnürten Taille hängen. Doch ich begann mit einem zuckersüßen: »Ich wünsche euch eine angenehme Reise. Hoffentlich beschert euch die Situation Oryns nicht zu viele Schwierigkeiten.« Adonis lächelte. »Das hoffe ich ebenfalls, Schwester. Doch ich fürchte, dass wir darum nicht herumkommen.« Seine Augen huschten zu Finnian. »Aber mach dir keine Sorgen. Dein Verlobter ist ein großartiger Krieger. Er wird keinen Schaden davontragen.« Ich zwang mich zu einem verkrampften Lächeln und nickte Finnian zu. »Ich denke, ihr kämpft beide wundervoll.« Adonis erwiderte mein Lächeln. »Auf ein baldiges Wiedersehen, Schwester.« Nach diesen Worten entfernte er sich. Finnian allerdings blieb noch. Hätte mein Bruder doch nur noch eine Weile gewartet. Ich verabscheute es, mit diesem Mann allein zu sein. Es konnte doch nicht sein, dass er das nicht bemerkte. Ich biss mir auf die Wangeninnenseite und rang mich dazu durch, ihm in die Augen zu sehen. Dem Mann, der noch immer vor mir stand. Dem Mann der mich vergewaltigen konnte, wann immer er mochte. Ich schluckte. Konnte er nicht endlich etwas sagen? Irgendetwas?

»Hast du noch ein Anliegen?«, begann ich zögerlich. Finnian blinzelte, dann hob er den Zeigefinger. »Du weißt, auf welcher Stelle du stehst. Und glaub mir, das ist eine ganz andere, als das Volk glauben mag. Ohne deine Mutter wärst du das Nichts, dass du eigentlich bist. Noch nicht mal Kräfte hast du richtige.« Sein Grinsen wirkte wie das einer Schlange. Natürlich beschuldigte er mich wieder einmal zu etwas, woran er selbst die Schuld trug.

»Dann löse doch endlich das Band der Verlobung und lass mich meine Magie ausleben!«, dachte ich. Am liebsten würde ich ihm ins Gesicht brüllen, doch die Magie meiner Mutter hielt mich zurück. Stattdessen schwieg ich und blickte zu Boden. Ich spürte die Genugtuung in seinem Blick.

»Also kleide dich zumindest so, wie es sich gehört, und widme dich den Aufgaben einer Ehefrau, bis ich wieder hier bin. Wie ich sehe, hast du hier noch einiges aufzuholen.«

Tief ein- und ausatmen, Celestine. Sich aufzuregen würde nichts bringen, es würde sowieso nicht funktionieren. »Beruhige dich.« Immer wieder sprach ich mir mental die gleichen Sätze vor. Bis Finnian sich dazu entschied, dass ich mir seiner Worte bewusst sein musste und mich in dieser Pfütze aus Elend zurückließ.

Kapitel 8

Arlo

Gefesselt und geknebelt hing ich über dem Rücken eines Pferdes. Jede Bewegung trieb die Rundungen des Sattels in meinen Bauch und hinterließ nicht nur blaue Flecken und Schürfwunden, sondern auch ein Gefühl der kaum unterdrückbaren Übelkeit. Einmal hatte ich mich bereits übergeben.

Meine Entführer hatten den Knebel entfernen und ihn mir danach wieder umbinden müssen. Doch das hatten sie nur getan, weil ich ansonsten an meinem Erbrochenen erstickt wäre und ihnen somit nichts mehr gebracht hätte. Noch immer war das Stück Stoff vollgesogen von meinem Mageninhalt und verursachte einen bittersauren Geschmack in meinem Mund.

Der wiederum tat sein Bestes daran, meine Übelkeit weiter anzutreiben.

Schon seit Stunden hing ich über dem Rappen, dem Pferd des obersten Offiziers Reynas. Finnian Aveyard. Allein dieser Name ließ das Blut in meinen Adern brennen. Diese gottverdammten Fähigen. Dachten, sie könnten diese Welt für sich beanspruchen. Scheuten keine Toten und Verletzten, solange es Menschen waren. Unnütze, schmutzige Kanalratten, wie sie uns nannten. Sollten sie doch zur Hölle fahren. Warum der Tod sie nicht schon geholt hatte, war mir schon immer unklar gewesen. Stattdessen hatten die Fähigen ebenfalls das Geschenk eines zweiten Lebens bekommen. Doch vielleicht sollte ich eher Layana dafür verfluchen, schließlich war es ihre Idee gewesen.

Dem Tod gefiel es bestimmt, wenn die Fähigen
sein Unwesen auf dieser Welt weiterführten. Wir
Menschen waren wegen Leuten wie ihnen unschuldig gestorben. SIE hatten erst diese Welle an
Verfolgung und Verbrennung ausgelöst, hatten
ihre Fähigkeiten nicht unter Kontrolle gehabt
und die Menschheit in den Untergang gestürzt.
Doch sie hatten nichts daraus gelernt. Nicht
einmal als sie gestorben waren, hatte sich etwas
an ihrer Meinung geändert. Stattdessen pflanz-
ten sie sich hier weiterhin fort und taten das,
was sie schon immer am besten gekonnt hatten.
Erzogen ihre Kinder dazu zu töten. Redeten ihnen
ein, es sei das Richtige. Das einzig Wahre.
Immer wieder stürzten sie sich in den Krieg
gegen uns. Ohne Rücksicht darauf, was mit unseren Kindern geschah. Ohne Rücksicht darauf,
dass die Meisten von uns nur mit Schwert und
Bogen kämpfen konnten. Dolchen, Äxten, Katapul-
ten. Selbst gebauten Dingen, die nach kurzer
Zeit den Geist aufgaben, während sie uner-
schöpfliche Kraft geerbt hatten.
Mein Kiefer versteifte sich und trieb meine
Zähne tiefer in den feuchten Stoff. Wütend
schnaubte ich durch die Nase. Ich bereute es
keine Sekunde später, denn der Geschmack, der
dabei aus den Leinen drang, war fürchterlich.
Ein Lachen ertönte, und die grausame Stimme des
Prinzen erklang. Des Prinzen, den ich so sehr
hasste. Seine dämlichen Löckchen und glocken-
helle Stimme. Wie ein Mädchen wirkte er, und
doch war er gefährlicher als tausend meiner
Soldaten. Wenn Reyna beschloss, diese Welt zu
erobern, könnten sie Oryn im Schlag einer Wimper
zerstören. Doch anscheinend hatten sie noch etwas mit der Stadt vor.
»Genießt du die Aussicht, Schuft? Ach, ein

Prinzchen bist du? Sieht man dir gar nicht an mit dem Lumpen im Gesicht und dem Blutigen Rücken.«

Seine Mitstreiter lachten. Doch ich gab ihnen nicht die Genugtuung einer Reaktion. Irgendwann würde es ihnen zu langweilig werden, mich zu beleidigen. Irgendwann würden sie meine Kraft zu spüren bekommen.

Sobald die Zeit reif war.

Celestine

Panisch lief ich durch die Gänge des Schlosses. Genau zwei Wochen waren es her, seitdem mein Bruder und Finnian aufgebrochen waren. Gemeinsam mit einem Teil des königlichen Heeres. Da die Bewohner Oryns Menschen waren und somit keine Fähigkeiten besaßen, hatte Mutter es wohl nicht für nötig gehalten, mehr Männer loszuschicken. Und Frauen.

Einer der wenigen Dinge, die ich an Reyna schätzte. Hier durften auch Frauen das Kämpfen erlernen und ausüben.

Soweit ich die flüchtigen Wortfetzen umherschwirrender Leute verstanden hatte, war Reynas Plan erst einmal nur ein Spiel der Macht. Wir wollten zeigen, dass wir stärker waren und es klüger wäre, sich uns zu unterwerfen. Doch heute, heute, hatte ich noch etwas erfahren. Denn es würden nicht nur unsere Soldaten zurückkehren. Nein. Anscheinend hatte Finnian etwas mit meiner Mutter ausgefeilt. Einen Plan, um unsere Macht zu beweisen. Eine Geisel zu nehmen.

Sie hatten den Prinzen Oryns entführt. Den zukünftigen Thronfolger.

Ich mochte mir gar nicht ausmalen, was mit ihm passieren würde. Die ganze Zeit, die ich allein hier gewesen war, hatte ich dem Befehl meines Verlobten gehorchen müssen. Das Band der Magie zwischen uns hatte nichts anderes zugelassen. Zusätzlich wurde es auch noch durch die Hände meiner Mutter geschützt. Mehr als einmal hatte ich bereits versucht, mich zu widersetzen. Vergebens. Immer und immer wieder musste ich mich denselben Aufgaben widmen und denselben Schmerzen, sollte ich mich weigern.

Und nun war ich hier. Am Tag der Tage hastete ich durch die Gänge. Zwar in Ballkleid und feinste Schuhe gekleidet, doch nicht anders behandelt als eine Zofe, dabei die Aufgaben einer Ehefrau auszuführen. Ich hatte bereits Blasen an meinen Fingern vom Weben und Sticken. Immer wieder hatte ich die Nadel durch den Stoff geführt und Muster um Muster abgearbeitet. Stück um Stück war ich weitergekommen, doch die Zeit war nicht vorangeschritten. Wie eine Ewigkeit hatte sich das Warten angefühlt und doch war ich mir nicht sicher, ob es gut war, dass diese Zeit vorbei war. Denn nun kam das Ungewisse. Ich wusste nicht, was passieren würde und wer wusste, ob die Zukunft Freude bringen würde. Wenn sie mit einer Hochzeit beginnen sollte, würde sie das ganz bestimmt nicht.

Außer Atem strich ich mir eine der verschwitzten, blonden Strähnen aus dem Gesicht. Der ganze Hofstaat war aufgebracht, denn schließlich handelte es sich nicht nur um die Rückkehr des Prinzen Reynas, sondern auch um die Ankunft eines zweiten Herrscherjungen - des Prinzen der

Menschen. Eine Mischung aus Angst und Gehässigkeit lag in der Luft. Es wurde getuschelt und umhergewuselt. Das Beste sollte aus dem Schloss herausgeholt werden, so hatte die Königin es befohlen. Reyna sollte einen reichen und unabhängigen Eindruck machen, um unsere Macht noch einmal mehr zu repräsentieren.

Zwar wusste niemand von uns, ob der Prinz Oryns dieses Reich jemals wieder lebendig verlassen und davon erzählen könnte, doch Befehl war Befehl.

Ich selbst vermutete, dass es darum ging, den Prinzen einzuschüchtern und zum Reden zu bringen. Ihn dazu zu drängen, im Namen seines Volkes dumme Entscheidungen zu treffen. Und da ich bald zur Ehefrau gemacht werden sollte, war mir diese Aufgabe übertragen worden. Alles sollte glänzen, Reichtum ausstrahlen. Und würde es nicht so sein, hatte man jemanden, den man dafür bestrafen konnte.

»Du!«, ich zeigte auf eine Dame mit Staubwedel in der Hand. »Kümmere dich um die Eingangshalle, dort muss mehr getan werden.« Hektisch sah ich der davoneilenden Frau nach. Mein Atem ging nurmehr stoßweise, und ich gönnte mir einen kurzen Moment der Ruhe. Noch einmal sah ich mich um, um sicherzugehen, dass mich niemand sah. Dann stütze ich mich unelegant mit den Händen auf den Knien ab und atmete. Atmete, bis ich nicht mehr nach Luft rang und sich mein Puls normalisierte. Anschließend holte ich ein Taschentuch aus der versteckt eingenähten Tasche meines Kleides hervor und tupfte mir damit den Schweiß von der Stirn. Es musste reichen. Ich tat mein Bestes. Mehr konnte und wollte ich nicht tun.

Arlo

Noch immer lag ich gefesselt und geknebelt über dem Rücken eines Pferdes. Mein Bauch war aufgescheuert und mein Mund ausgetrocknet. Einen Tropfen Wasser hatte ich die letzten drei Tage bekommen. Von Essen war erst gar nicht die Rede gewesen. Als ich gierig über den ersten Tropfen aus dem Wasserschlauch hergefallen war, hatten es die Männer lustig gefunden, mir weiterhin das Wasser zu verwehren. »Was könnten wir wohl alles aus dir herausbekommen, wenn du schon nur für einen Tropfen Wasser alles tust?«, hatten sie gesagt. Dann waren wir weitergeritten. Ohne Pausen, Tag und Nacht. Selbst auf die Pferde wurde keine Rücksicht genommen. Mein Hass gegen die Fähigen wuchs und wuchs, doch was sollte ich tun? Ich war ausgehungert und schlapp, noch dazu gefesselt. Ich war in einer Gegend gelandet, die ich nicht kannte, wurde von allen Seiten aus bewacht und angestarrt. Selbst die schönsten Gebäude der nun erreichten Stadt konnten meinen Hass gegen die Fähigen nicht lindern. Und das mochte etwas heißen, denn nicht einmal ich konnte umhin, mich staunend umzusehen. Weißer Quarz und Gold schimmerten zwischen saftigem Grün und bunten Blumen. Die Stadt war offen, es gab keine dicht an dicht gebauten Mauern. Ein Fluss plätscherte gemächlich unter einer kleinen Brücke hindurch und erinnerte mich daran, wie lange ich nichts mehr getrunken hatte. Nach der nächsten Kurve wäre mir der Mund aufgeklappt, wäre er nicht durch den Knebel gebunden.
Ein sanfter Hügel tat sich vor uns auf. Und

darauf ein Schloss, wie ich es noch nie gesehen
hatte. Reinweiße Türme mit unzähligen Fenstern.
Gold und Blumen zierten jede Front, und Statuen
wiesen den Weg zum Eingang. Allein die Straße,
befahren von unzähligen Kutschen, die nach oben
wollten, bot einen faszinierenden Einblick in
den Reichtum Reynas.
In all das, was sie den Menschen genommen hatten, mit Gewalt und Lügen. Hier verkauften sie
es als schöne Wahrheit und verschleierten die
Realität.
Raunen und Geflüster ertönten um uns herum. Die
Leute fuhren zur Seite und machten Platz für
den Prinzen und seine Begleiter. Doch die meisten Blicke galten mir. Dem zweiten Prinzen dieser Truppe. Unfreiwillig. Doch momentan zweifelte ich daran, dass sie mich überhaupt erkannten, so schmutzig und stinkend, verletzt
und unbeholfen. Neugier zog ich jedenfalls genug an.
Immer näher wurde ich ans Schloss gebracht.
Mitten hindurch durch das tuschelnde Volk.
Schließlich hielten wir in einer Art Vorhof.
Ein von Mauern umrandeter Garten, der nun Platz
für alle Schaulustigen bot. Der Seite entlang
reihten sie sich auf und blickten abwechselnd
zu uns in die Mitte und auf das aufragende
Schloss vor uns. Erst jetzt bemerkte ich, was
nicht zu übersehen war. Ein prachtvoller Balkon, zweifellos für Ansprachen gedacht, prangte
auf der Frontseite des Schlosses. Dahinter ge-
schlossene Glastüren, doch wartende Wachen ließen vermuten, dass das nicht mehr lange so bleiben würde. Adonis, sein Leibwächter und Aveyard
hielten in der Mitte des Platzes.
Der Prinz stellte sich neben sein Pferd. Aufrecht und mit der einen Hand hinter dem Rücken.

Der dunkelhäutige Wächter und Aveyard stiegen ebenfalls ab. Allerdings kamen diese auf mich zu und zogen meinen geschundenen Körper vom Pferd. Wackelig kam ich mit den Füßen am Boden auf. Mein Blut begann wieder zu zirkulieren und eine unangenehme Schwärze machte sich in meinem Blickfeld breit. Halb torkelnd und halb getragen wurde ich neben den Prinzen bugsiert. Dieser schien weiterhin geradeaus zu starren, doch ein unterdrücktes Grinsen verriet, dass er meine Ungeschicktheit bemerkt hatte.

Wut begann wieder in mir zu brodeln. Wie gerne würde ich die klammernden Arme von mir schütteln und diesen ganzen Arschlöchern in den Hintern treten. Doch selbst wenn es mir gelingen würde, die Griffe loszuwerden, war ich noch immer gefesselt und geknebelt und würde wahrscheinlich geradewegs umkippen. Also blieb mir nichts anderes übrig, als mich ruhig zu verhalten und mein Umfeld böse anzufunkeln. Von hier und da drang Gekicher an die Oberfläche, Neugier und Misstrauen. Doch, keine Spur von Angst. Lediglich Hass.

Wie immer waren sich die Fähigen sicher, die Oberhand zu haben, und in diesem Fall war es anscheinend wirklich so. Sie waren zahlreich, wogegen ich allein hier stand. Als einziger meines Volkes. Zurückgelassen, viele meiner einstigen Begleiter abgeschlachtet. Allein dafür würde ich mich rächen. Mir blieb keine Zeit, einen Plan auszuhecken, mir vorzustellen, wie ich jeden einzelnen von ihnen aufschlitzen und verbluten lassen würde. Lang und qualvoll, mit dem Gedanken daran, was sie den Menschen angetan hatten. Sie würden an ihrem eigenen verfluchten Blut ersticken. Dafür würde ich sorgen.

Doch nun war nicht der Zeitpunkt, denn die Tore

des Balkons wurden geöffnet, und eine Welle des Schweigens breitete sich aus. Köpfe wurden geneigt, als, zwei atemberaubend schöne Frauen aus dem Schutz des Schlosses traten. Beide in Weiß, Gold gekleidet. Die Farben der Fähigen. Der seidige Stoff schmiegte sich um ihre Körper und sprach von ihrem Reichtum. Die Haare, spitzen Ohren und Hälse waren geschmückt mit Gold und Edelsteinen. Ihre Haltung war fehlerlos und strahlte eine Selbstsicherheit aus, wie ich sie noch nie gesehen hatte. So wundervoll diese beiden Frauen auch schienen, zu so schrecklichen Dingen waren sie fähig.

Spätestens bei den nächsten Worten, wurde wieder daran erinnert.

Die Königin begann zu sprechen. »Meine geliebten Untertanen.« Ein Lächeln setzte sich auf ihr Gesicht. Ein Lächeln, das Rache für ihr Volk versprach. »Ich bin mehr als erfreut, dass ihr die Unterhaltung dieses Anlasses erkannt habt und so zahlreich erschienen seid.« Ein vorfreudiges Gehampel machte sich in den Reihen erkennbar. Sie konnten es kaum abwarten, mich leiden zu sehen, soviel war sicher. Die Königin fuhr fort.

»Wie ihr bereits wisst, befinden wir uns in einem Krieg. Einem Krieg, in dem die Wahrheit siegen muss, die ruhelosen Seelen endlich ihre Ruhe finden sollen.«

Ein Grunzen entwich meinem Hals, wurde jedoch von dem Knebel gestoppt. Ich war mir ziemlich sicher, dass Oryn und Reyna unterschiedliche Meinungen der Wahrheit, der Gerechtigkeit hatten.

»Doch warum einen Krieg anfangen? In einem Kampf werden beide Seiten zu Schaden kommen. Unnötig, wenn so und so offensichtlich ist, wer diese

Welt verdient. Schließlich wurde sie auch von Unseresgleichen geschmiedet.«

Worte der Zustimmung drangen von allen Seiten an mein Ohr heran. Die Königin schien zufrieden mit sich zu sein, denn ein weiteres Lächeln machte sich auf ihrem Gesicht breit.

»Und genau deshalb habe ich mit meinem General und meiner Armee einen Beschluss getroffen«, sie zeigte in Richtung des Prinzen und Aveyard. Ein paar Leute begannen zu klatschen. »Geben wir Oryn doch noch eine letzte Chance, um einzusehen, wo sie stehen.« Ein Nicken in Aveyards Richtung erlaubte diesem, meinen Knebel abzunehmen. Unnötig grob zerrte er an dem Stück Stoff und zog es schließlich so aus meinem Mund, dass meine Mundwinkel schmerzhaft einrissen. Wütend funkelte ich ihn an. Spöttisches Grinsen wurde erwidert. »Die Fesseln behältst du an, kleiner.«

Die Königin räusperte sich und sofort lag die Aufmerksamkeit wieder bei ihr. »In unserer Mitte seht ihr Prinz Arlo Dunford von Oryn. Ein Mensch, dessen Ziel es ist, uns loszuwerden, uns umzubringen, genau wie es seine Vorfahren taten. In dem Gedanken, dass wir das Glück dieser Welt nicht wert waren. Das alles, in ihrer unglaublichen Selbstsucht und ihrem Rassismus.« Es drang ein Belustigter Laut aus mir. »Habt Ihr nicht gerade alle Eigenschaften aufgezählt, die ihr selbst pflegt, eure Majestät?« Meine Stimme war kratzig und heißer. Jedes Wort brannte in meinem Hals, doch diese gewagten Phrasen waren es Wert ausgesprochen zu werden. Erschrockenes Raunen war zu hören. Furchtlos hob ich den Kopf noch ein Stück weiter und beobachtete die Reaktion der Oberen. Der Kiefer der Königin versteifte sich merklich, während

ihre Tochter beschämt den Kopf senkte und zweifellos versuchte, ein Grinsen zu unterdrücken. Das gefiel mir. Hatte die Oberste der Fähigen etwa eine kleine Rebellin als Tochter? Schnell wandte ich den Blick wieder von ihr ab. »Unverschämt und selbstsüchtig. Wie ich bereits sagte.« Angeekelt, kräuselte sich ihre Lippe. »Und das, obwohl er die Ehre trägt, hier im Namen seines Volkes zu sprechen.« Eine ausladende Handbewegung sollte das Schloss und das Reich Reynas repräsentieren. »Stellen wir ihm doch ein paar Fragen. Also Prinz. Wie angenehm es für dich und deinesgleichen ausgeht, liegt an dir.«
Sollte sie nur versuchen, mich unterzukriegen. Solange ich stehen konnte, würde ich für das kämpfen, was ich war. »Ordnet euch unserem Volk unter, nehmt unsere Gesetze an, und der Krieg ist vergessen. Führt ein angenehmes Leben unter uns. Euch trennt nur diese eine Antwort von eurem Glück.« Wutentbrannt starrte ich sie an. Direkt in ihre eiskalten Augen. Doch die Königin schien belustigt. Natürlich, würde ich auch nur einen Schritt auf sie zu machen, würde ich bereits nicht mehr atmen, bevor ich mit dem Fuß am Boden aufkommen aufgekommen wäre.
»Jetzt bin ich schon so gütig zu euch und überlasse dir diese Entscheidung. Eigentlich hättet ihr das alles gar nicht verdient. Hätte ich da nicht zumindest eine Antwort verdient?«
Ich hob den Kopf noch ein Stück höher.
»Traust du dich nicht, Prinzling?« Doch Aveyards Worte gingen bereits in meinen unter. »Lieber sterbe ich, als mich euch zu unterwerfen.« Mit diesen Worten, spuckte ich das letzte vorhandene Wasser meines Körpers vor mir auf den Boden. Erschrockene Schreie ertönten.

Anscheinend war man Aufstände hier nicht gewohnt. »Das lässt sich natürlich auch einrich-
ten.« Die Königin und ihr Sohn grinsten mich
gleichzeitig an. »Aber vorher sollst du wissen
lernen, was Leid ist.«

Kapitel 9

Celestine

Nein! Ich konnte es nicht glauben. Es durfte einfach nicht so sein. Doch das, was sich unter mir abspielte, war ein Albtraum ohne Traum. Etwas Schreckliches, das sich jedoch tatsächlich in der Realität abspielte. Ich hatte gewusst, dass meine Mutter nicht gerade sorgsam mit dem Prinzen Oryns umgehen würde, doch dass sie so etwas ablaufen ließe, hätte ich nicht gedacht.

Die Menschen waren Halunken, sie hatten grausame Dinge getan, doch wenn ich so darüber nachdachte, haben wir Fähige das nicht auch? Tun wir das denn nicht noch immer?

Arlo Dunford war der Beweis. Er war bereits in fürchterlichem Zustand hier angekommen. Seine Kleider gerissen und blutdurchtränkt, er selbst dünn und seine krächzende Stimme ließ darauf hindeuten, dass er schon lange kein Wasser mehr zu Gesicht bekommen hatte.

Gut, sollten sie ihn bestrafen, wenn sie glaubten, dass es etwas an der jetzigen Situation ändern würde, dass die Menschen dadurch gut werden würden. Doch was war eigentlich gut? Für mich war ein guter Mensch jemand, der ehrlich war. Jemand, der Bedürfnisse der anderen genauso betrachtete wie die eigenen, jemand, der Geheimnisse für sich behalten konnte und einem aus schwierigen Situationen half.

Für die Fähigen hingegen war ein guter Mensch jemand, der sich unterwarf und den Befehlen seines Gebieters gehorchte, ohne sie zu hinterfragen.

Das hatten die Menschen nicht getan. Meiner

Meinung nach war das ihr gutes Recht. Nicht
jeder musste sich meiner Mutter unterwerfen.
Doch als die Menschen Reynas König umgebracht
hatten, hatten sie selbst die Spanne meiner
Gutherzigkeit überschritten.
Aber hatte der junge Prinz vor mir wirklich so
viel damit zu tun? Oryn hatte einen eigenen
König, von dem ich dachte, dass er die Entscheidungen traf.
So war es zumindest bei meiner Mutter und meinem
Bruder. Natürlich hatte er einen Vorteil gegenüber anderen Stadtbewohnern. Immerhin war er
der Prinz. Doch entscheidende Entscheidungen
traf meine Mutter immer noch allein. Als Königin, nicht als Mutter. Eine davon war diese
gewesen. Sie wollte Arlo Dunford sowohl leiden
als auch sterben sehen.

*

Ich musste mich zusammenreißen, um nicht zu
würgen, als ich das Schauspiel vor mir gezwungenermaßen verfolgte. Der Prinz war noch immer
gefesselt, doch nun wurde ein Gestell herange-
fahren. Ein Rahmen aus Holz.
Erst hatte ich gedacht, sie würden ihn strecken
lassen und ich war erleichtert, als dies nicht
zutraf. Die Alternative war allerdings nicht
gerade besser.
Der Rahmen wurde aufgestellt und ein metallener
Käfig darin aufgehängt. Wie einen Vogel steckten sie Arlo hinein. Viel zu groß für den engen
Raum musste er sich zusammenkauern, um nicht
mit dem Kopf an den Eisenstangen anzuschlagen.
Noch immer war er gefesselt und die Streben,

die den Boden des Käfigs bildeten, schnitten sich in sein Fleisch. Lange verzog er keine Miene, blickte wütend, jedoch entschlossen zu meiner Mutter hinauf. Zu derjenigen, die ihn in Wirklichkeit folterte. Den Menschen gefiel seine Ruhe nicht, weshalb Körbe durch die Menge gereicht wurden. Als sie die Inhalte erkannten, wurde sofort wieder gejubelt und geklatscht.

Ich reckte meinen Hals, um ebenfalls zu erspähen, worum es sich handelte, bereute es allerdings noch im selben Moment, denn der Anblick ließ mir das Blut in den Adern gefrieren. Faulige Tomaten, Essensreste und Steine flogen in hohen Bögen durch die Luft auf den Käfig zu und trafen mit voller Wucht den darin kauernden Körper. Dieser zuckte zusammen und folgte der natürlichen Reaktion, sich in Sicherheit flüchten zu wollen. Doch aus einem verschlossenen Käfig war eine Flucht so gut wie unmöglich. Also geschah genau das, was man sich erwünscht hatte. Aus dem nun nicht mehr geknebelten Mund drangen Geräusche des Schmerzes. Geräusche, die ich von mir selbst kannte und die ich niemandem wünschte. Nicht einmal unseren Feinden.

Ich blickte zu Boden, wofür man mich später bestimmt bestrafen würde. Doch zuzusehen, wie jemandem Schmerzen zugefügt wurden, war schlimmer, als sie selbst zu erleiden. Allerdings ging mein Plan, einfach wegzusehen, nicht auf, denn das Lachen und die entzückten Laute der Bewohner Reynas hallten weiter durch den Hof. Steine kamen klirrend auf dem Metall oder dumpf auf dem Boden auf. Diejenigen, die ihr Ziel trafen, wurden von Schreien oder Stöhnen begleitet. Eine Ewigkeit lang stand ich einfach nur neben der grausamen Frau, die meine Mutter war. Die Frau, bei der ich mir sicher war, dass sie nun zufrieden lächelte.

Tausend Gedanken durchströmten meinen Kopf. Ich war hin- und hergerissen zwischen Hass und Mitleid. Ich verabscheute die Menschen, ich hasste meine Mutter und mein Volk. Ich hasste es, wenn Lebewesen litten und noch mehr hasste ich diejenigen, die dafür verantwortlich waren. Irgendwann schien selbst meine Mutter gelangweilt von den Schreien und kehrte zurück in ihr Arbeitszimmer. Erleichtert folgte ich ihr. Gerade als ich dachte, ich könne mich aus dem Staub machen und all das aus meinen Gedanken verbannen, drehte sich meine Mutter noch einmal zu mir um.

»Celestine Hawksley! Glaub ja nicht, dass dein Verhalten unbestraft bleibt.«, ein eisiger Blick durchbohrte mich und ließ Unbehagen in mir heranwachsen.

»Doch für jetzt, verschwinde aus meinen Augen, meine Laune ist gerade viel zu gut«, eine Handbewegung, als würde sie Abfall auf die Seite kehren, ließ mich davoneilen.

Genau hier traf ich meinen Beschluss. Ich würde mich nicht weiterhin dieser Familie fügen. Ich wollte mit all diesen Grausamkeiten nichts zu tun haben. Meine eigene Mutter verabscheute mich genauso wie ihre Feinde und scherte sich einen Dreck um mich. Also, warum sollte ich nicht dasselbe tun? Warum sollte ich nicht zum ersten Mal in meinem Leben ein wenig rebellieren und meine Meinung äußern? Genau heute würde aus Celestine Hawksley wieder Celestine Chamillet werden. Eine Frau, die die Ehre ihres richtigen Nachnamens trug und diese weiterführte, indem sie Gutes tat. Indem sie das tat, was ihre

Mutter weggeworfen hatte und wieder zu dem Mädchen wurde, das sie vor dieser Welt gewesen war. Doch um meinen Plan umzusetzen, musste ich vorsichtig sein. Als Prinzessin lagen viele Augen auf mir, selbst wenn ich nicht beliebt war. Ich beschloss, meinen normalen Tagesablauf fortzusetzen und zur Bibliothek zu gehen. Wenn ich mich unauffällig benahm, würde niemand etwas ahnen.

Lächelnd begrüßte ich an mir vorbeieilende Leute, wie es sich für eine Prinzessin gehörte. Äußerlich war ich noch das Bild, das sich meine Mutter von mir wünschte, doch innerlich heckte ich bereits rebellierende Pläne aus.

Ich versetzte mich zurück in mein Kindesalter. Damals hatte ich davon geträumt, eine Prinzessin zu sein. Diese Erinnerung half mir, mich so zu verhalten, wie es bereits Gewohnheit sein sollte, allerdings nicht war.

Ich stolzierte in meinem eleganten Seidenkleid durch die endlosen Reihen von Büchern und durchstöberte die alten Wälzer nach einem spannenden Titel. Anschließend ließ ich mich in einem hübschen Ohrensessel nieder. Staunend betrachtete ich die hohe Decke, als hätte ich die Bemalungen und Kunstwerke noch nie gesehen. Ein letztes Mal genoss ich mein Dasein als richtige Prinzessin.

*

Gerade als Rieka dabei war, mich für die Nacht fertigzumachen, was bedeutete, mir ein Bad vorzubereiten, meine Garderobe zu wechseln und mir einen lockeren Zopf zu flechten, klopfte es an

der Tür.
»Welcher Idiot stört den Schönheitsschlaf einer Prinzessin?« Riekas Stimme hallte durch den Raum, als sie sich aufmachte, um demjenigen, der meine Nachtruhe störte, eine Standpauke zu halten. Allerdings schien es tatsächlich jemand Wichtiges zu sein, denn ein paar Sekunden hörte ich gar nichts. Rieka schwieg. Eine Seltenheit, wenn man bedachte, wie gerne sie sprach. Ich wartete ab und zuckte zusammen, als ihre Stimme plötzlich doppelt so laut wie normalerweise durch das Zimmer hallte.
»Verschwinde!«
Geschockt riss ich meine Augen auf. Nun war ich wirklich neugierig, wer auf mich wartete. Auch wenn ich schon eine leise und unangenehme Vorahnung hatte, schritt ich an meine Freundin heran.
Vor mir stand Finnian Aveyard.
»G… guten Abend«, brachte ich stockend hervor und machte einen Knicks. Angst vor dem, was in den nächsten Minuten passieren würde, bahnte sich an. Angst, dass er meine Pläne durchkreuzen würde.
Gerade als er seinen Wunsch äußern wollte, kam ihm Rieka zuvor.
»Es tut uns wirklich aufrichtig leid, aber Sie kommen zur schlechtesten Zeit des Monats, um einer Frau Besuch zu abzustatten.«
Vermutlich starrte ich meine Freundin genauso geschockt an wie mein Verlobter. Mit welchem Selbstvertrauen sie mich vor ihm rettete, selbst ich hatte für einen kurzen Moment gedacht, dass ich meine Blutung hatte.
Wie stolz ich doch auf sie war!
Finnians stählerner Blick richtete sich wieder auf mich. »Morgen um sechs Uhr im Garten. Egal,

welche Zeit des Monats es ist.« Ein letzter bedrohlicher Blick wies mich wieder einmal auf die Stelle hin, auf der ich stand. Unter ihm. Mir blieb nichts anderes, übrig als zu nicken. Riekas Blick hatte sich nicht von Finnian gelöst. Noch immer starrte sie ihn mordlustig an. »Die Prinzessin muss sich nun ausruhen. Es war ein ereignisreicher Tag.« Mit einem letzten gespielten Lächeln schlug sie die Tür genau vor der Nase meines Verlobten zu. Dann drehte sie sich zu mir um. Diesmal mit einem ehrlichen Lächeln auf den Lippen.

»Alles in Ordnung mit dir?«

Ich schwieg, was sie dazu brachte, eine sorgenvolle Miene aufzusetzen. Ihre dunklen Augen wurden weich, während sich ihre Züge härteten. »Ich weiß, was er dir antut, ist schrecklich. Und ich schwöre dir, eines Tages werde ich ihm dafür an die Gurgel springen.« Wütend schlug sie mit der Faust gegen ihre Hände, was mich tatsächlich zum Lachen brachte.

»Nein, das ist es nicht. Also schon. Ich meine, natürlich bin ich nicht zufrieden mit der Verlobung…«

Rieka hob eine Augenbraue. Abwartend und neugierig.

»Aber was mir wirklich Gedanken macht, ist das, was sich heute zugespielt hat.« Ihr ganzes Gesicht wurde weich. Ich kannte sie und wusste, dass sie gleich etwas entgegnen würde, versuchen würde mich aufzuheitern.

»Nein. Nein Rieka! Diese Situation kann man nicht verharmlosen. Es ist genauso schrecklich, wie wir alle es gesehen haben.« Aufgebracht ging ich durchs Zimmer. Mein halbfertiger Zopf schlug bei jedem Schritt gegen meine Schulter. »Sie sehen es einfach nicht. Sie sind blind und

bemerken ihre eigene Grausamkeit nicht. Wir sind nicht besser als die Menschen«, ich blieb stehen und sah ihr ins Gesicht. Sah den gekränkten Ausdruck darin, die Hoffnungslosigkeit, die auch ich spürte. »Das, was meine Mutter tut, ist nicht in Ordnung. Ich habe lange weggesehen und zu lange zugesehen. Ich kann das alles nicht mehr«, meine Stimme klang hysterisch und ich hasste mich dafür, dass ich nicht so selbstbewusst war wie meine Freundin. Wie Rieka, die mich vor meinem Verlobten verteidigte, obwohl sie selbst nichts weiter als eine Angestellte war. Eine Zofe, die noch viel weiter unter seinem Rang stand, als ich und bitter für ihre Worte bezahlen könnte. Und trotzdem sagte sie, was ihr in den Sinn kam. Das alles tat sie, weil sie Gerechtigkeit forderte, und diese Welt nun einfach nicht gerecht war. Genau deshalb erzählte ich ihr von meinen Gedanken, weil ich wusste, dass sie mir gleichgesinnt war. »Hast du gesehen, was sie mit ihm gemacht haben? Hast du gehört, wie seine Stimme geklungen hat? Hast du am Nachmittag bemerkt, wie er, als niemand mehr da war, verzweifelt die letzten Reste der faulen Tomaten von den Gittern geleckt hat?« Rieka war starr. Vermutlich vor Entsetzen, denn es war schrecklich, und ich war mir sicher, dass auch sie all diese Ereignisse weit hinten in ihrem Gehirn verbannt hatte. So, dass sie sie nicht sehen musste, denn sie konnte nichts dagegen tun. Sie war nichts weiter als eine Zofe, auch wenn sie für mich so viel mehr bedeutete! Sie nickte. Langsam und nachdenklich, doch sie tat es. »Was brauchst du?«
Die Reaktion, auf die ich gehofft hatte - Unterstützung. Ich lachte und konnte nicht anders als sie zu umarmen. Übermannt von meinen

Gefühlen, rannte ich auf sie zu und schlang meine Arme um ihre Mitte. Mit zu viel Schwung und viel zu viel Lachen, vielen wir gemeinsam auf mein Bett. Wir brauchten beide einige Minuten, um uns wieder einzukriegen und die kleinen Tränen aus unseren Augenwinkeln zu wischen. Doch dann, dann heckten wir einen Plan aus. Einen Plan, der meine Mutter zu Weißglut bringen würde, würde sie auch nur irgendetwas ahnen.

Kapitel 10

Celestine

Leise schlichen wir uns durch die Gänge. Ohne Schuhe und nur mit Socken an den Füßen, um so leise wie möglich zu sein. Vorsichtig drückte ich die Tür zur Küche auf. Sie lag still und dunkel vor uns. Wir hatten Glück, denn oft arbeiteten die Küchenhilfen bis spät in die Nacht hinein und es war unüblich, dass diese bereits fort waren. Schnell huschten wir hinein und schlossen die Türe so weit, dass nur ein kleiner Spalt offenblieb, durch den ein wenig Licht von der Fackel im Gang hineindrang. Staunend sah ich mich um. Ich war noch nie hier gewesen. Es war ein Raum, so groß wie mein Schlafzimmer. Regale und Kästen zierten die Wände, Kräuter hingen von der Decke und von Kochstellen drang ein rauchiger Geruch herüber. Ich hätte mich noch länger umgesehen, wäre Rieka nicht bereits mit zwei Körben und ein paar Tüchern herangeeilt. Schweigend drückte sie mir beides in die Hand. Noch ehe ich fragen konnte, wie ich helfen solle, holte sie einen Wasserschlauch und befüllte ihn, bis er beinahe überlief. Anschließend wanderten noch ein paar Stücke Brot und Käse in den Korb. Sorgfältig bedeckte ich den Inhalt mit den Putzlappen und Tüchern, um ihn zu verstecken. Rieka selbst schnappte sich noch einen Eimer voll Wasser und einen Besen. Schweigend stiegen wir die Stufen zurück in die Eingangshalle und schlichen durch einen Korridor, bis wir schließlich an einem Seitenausgang ankamen. Es war eine kleine Tür, nur für Angestellte gedacht.

Eisiger Wind drang durch den Türschlitz und ich zog mir die Kapuze meines geliehenen Mantels noch weiter ins Gesicht. Sollte sie zurückgeweht und ich erkannt werden, wäre ich genauso ausgeliefert wie der Prinz Oryns. Also handelte ich intuitiv und biss in den rauen Stoff, um ihn mit meinem Mund an Ort und Stelle zu halten. Rieka ging voran und führte mich einen schmalen Pfad entlang.

Es war eine dunkle Nacht. Der Mond war von Wolken verdeckt und der Wind Layanas weinte. Ein schlechtes Omen. Normaler Wind heulte, doch wenn er weinte, litt die Gründerin dieser Welt unter Qualen - so erzählte man es sich zumindest. Der Legende nach wurde die Göttin vom Tod gejagt. Dieser war wütend, da er den Sterbetag der Personen, die eine zweite Chance verdient hatten, hinauszögern musste.

Ein Frösteln lief mir über den Rücken. Es war keine schöne Geschichte und sie gerade jetzt vom Wind erzählt zu bekommen, machte mich nicht unbedingt mutiger.

Vorsichtig stieg ich über Steine und Äste, bedacht darauf, nicht allzu spitze Dinge zu berühren, schließlich hatte ich keine Schuhe an. Der kleine Pfad endete und ging in den Garten über, der sich um den Hof herum befand. Nun mussten wir nur mehr hoffen, dass der Prinz noch dort war, wo man ihn am Nachmittag zurückgelassen hatte.

Und, dass er nicht bewacht wurde.

Doch eine dieser beiden Hoffnungen wurde bereits zerstört, als wir auf den Schotterplatz traten. Dunkel zeichneten sich die Silhouetten von Wachen ab. Mit Waffen an ihrem Rücken standen sie regungslos da und warteten auf ihre Ablöse. Selbstbewusst trat Rieka an sie heran. »Wir sollen den Hof reinigen.« Mit einer Hand deutete sie auf das Tor hinter der Wache. Dieser nickte bloß und ließ uns passieren.

Mich würdigte er keines Blickes. Warum sollte er auch? Man erkannte mich nicht, wenn ich den Mantel eines Dienstmädchens trug. Zusätzlich war Rieka an meiner Seite, die im Gegensatz ein üblich gesehenes Gesicht war, da sie oft nachts zur Arbeit gerufen wurde. Na ja, eher gezwungen. Also traten wir durch das Quarztor, eines von den vielen, die den Hof umrandeten. Unsicher suchte ich Riekas Blick. War das hier wirklich die richtige Entscheidung? Doch meine Freundin wich meinen Augen aus und machte sich daran, die großen Steine, die nach dem Prinzen geworfen worden waren, in einen meiner Körbe zu legen. Ich stellte ihn neben ihr ab und atmete tief durch. Nun hatte ich eine Hand frei und konnte mir einen der mit Wasser befüllten Eimer schnappen. Die Tücher in meinem Korb deuteten darauf hin, dass ich etwas reinigen sollte. Ich trat näher an den Käfig heran und mit jedem Schritt wurde mir mulmiger. Mein Herz begann zu rasen und ich musste mich zusammenreißen, um nicht in Schnappatmung zu verfallen.

Die Gestalt, die im Inneren dieses Käfigs hockte, zitternd und zusammengekauert, war ein Prinz. Genauso wie ich eine Prinzessin war. Kaum zu glauben, dass er aus einem goldenen Käfig in diesen hier gewandert war. In den Käfig seiner Feinde.

Ich schluckte und blieb vor ihm stehen. Noch immer musste ich mich unauffällig verhalten, weshalb ich den Eimer neben mir abstellte und nach zwei Tüchern aus meinem Korb griff. Das eine tauchte ich ins Wasser, um damit die Gitter zu schrubben. Das andere, ließ ich unauffällig dazwischen durch gleiten. Nervös blickte ich nach oben und versuchte das Gesicht des Mannes zu erkennen, doch die Dunkelheit hatte ihn verschlungen. Also putzte ich weiter und hoffte auf eine Reaktion. Vergebens. Wieder atmete ich tief durch und versuchte dadurch auf mich aufmerksam zu machen. Noch immer regte er sich nicht. Was war das bloß für ein Arschloch? Wollte er, dass ich aufflog oder war er wirklich so dumm, mein Vorhaben nicht zu durchblicken? Ich biss die Zähne zusammen und zog das Tuch wieder aus dem Käfig. Das, was ich darin versteckt hatte, blieb offen liegen. »Trink«, presste ich zwischen aufeinander gepressten Zähnen hervor. Der Schatten zuckte zusammen, gab jedoch kein Geräusch von sich. Ein Schock für mein Herz. Wäre ihm auch nur ein Ton über die Lippen gekommen … ich wollte es mir gar nicht vorstellen.

Zumindest schien er nun zu verstehen was, ich von ihm wollte, denn sein Kopf regte sich. Mit aneinander gefesselten Händen griff er nach dem Wasserschlauch und führte ihn an seine Lippen. Noch während er seine Arme bewegte, schaffte er es, ihn zu öffnen.

Ich musste mich daran erinnern, weiter zu putzen und ihn nicht anzustarren. Es war schwer, aus Neugier auf seine Reaktionen und Angst vor dem, was passieren könnte. Er trank. Er trank und trank, wie ich einen Menschen noch nie trinken gesehen hatte. Das Wasser gluckerte seine Kehle hinab und seine Schlucke wurden lauter. Nervös schrubbte ich weiter. »Leiser!«, ein geflüsterter Befehl, doch er schien zu verstehen, denn er trank langsamer. Vielleicht lag das aber auch daran, dass sein Durst inzwischen gestillter war. Andererseits, wenn ich mir überlegte, seit mehreren Tagen nichts mehr getrunken zu haben, musste man wohl eine ganze Menge an Wasser brauchen, um keinen Schluck mehr davon herunterzubekommen.

Aus dem Augenwinkel bemerkte ich, wie der fremde Prinz den Kopf noch weiter nach hinten legte und den Schlauch hob, um auch die letzten Tropfen herauszubekommen. Sobald er fertig getrunken und den Wasserschlauch abgelegt hatte, schnappte ich ihn mir. Mit der einen Hand tat ich so, als würde ich mein Tuch befeuchten, während ich den Wasserschlauch zurück in den Korb legte.

Beim Aufstehen nahm ich ein anderes Tuch in die Hand und ließ es wieder durch die Gitter gleiten. Hastig machte ich mich wieder daran, die letzten Tomatenreste von den Gittern zu putzen, bedacht darauf, vor dem Gefangenen zu stehen, damit die Wachen ihn nicht sehen konnten. Nun hatte er gleich verstanden und öffnete das Bündel. Darin fand er das Brot und verschlang es, ohne, von den Stücken, die Rieka gebrochen hatte, abzubeißen. Gerade als ich das letzte Bündel übergeben wollte, fiel mir der nasse Lappen aus der Hand und erregte die Aufmerksamkeit der Wachen. Mein Herz erstarrte, schien keinen einzigen Schlag mehr zu tun. Der Prinz hatte die Gefahr ebenfalls bemerkt und sich wieder zurück in seine kauernde Haltung begeben. Ein Glück.

»Das Reicht jetzt, geht! Es steht kein Fest

bevor!«

Der eindeutige Hinweis des Wächters, dass wir verschwinden sollten, auch wenn wir nicht fertig waren. Ich bemühte mich um eine gleichgültige Ausstrahlung, schließlich sollte er denken, ich hätte nichts verbrochen, und sammelte meine Utensilien zusammen. Kurz nachdem ich mich zum Gehen umgedreht hatte, drang ein Flüstern an mein Ohr.

»Danke.«

*

Wir waren so müde, dass nicht nur ich, sondern auch Rieka beinahe das Treffen mit Finnian vergessen hätten. Seufzend schlurfte ich durch die Korridore auf den Treffpunkt zu. Dort zurückzukehren, wo ich erst gestern Nacht etwas Strafbares getan hatte, fühlte sich nicht richtig an. Zu allem Überfluss würde auch noch Finnian an meiner Seite sein. Doch was blieb mir anderes übrig, als zu erscheinen? Fernzubleiben, war schließlich ebenfalls verdächtig. Angespannt näherte ich mich Schritt um Schritt meinem Verlobten. Mit jedem Meter, den ich ihm näherkam, richtete ich mich weiter auf und erinnerte mich daran, wer ich sein wollte, nicht daran, als was ich gesehen wurde. Finnian begrüßte mich mit einem süffisanten Lächeln. Ich bemühte mich nicht eingeschüchtert zu wirken und das, obwohl mein Herz wie wild gegen meine Brust hämmerte.

»GEFAHR!«, schien es zu schreien.

Immer und immer wieder, es war dumm, nicht auf seine Sinne zu hören, doch noch dümmer war es, sich etwas anmerken zu lassen. Genau deshalb legte ich mein bestes Pokerface auf und spielte mit. Ich spielte das Mädchen, das sich ein Mann der heutigen Zeit wünschte, und senkte den Kopf. Durch einen schüchternen Blick nach oben nahm ich war, wie Finnians Lächeln noch breiter wurde. Selbstgefällig und arrogant, wie er es schließlich war, und das war die Untertreibung des Jahrhunderts. Er war die Definition von Selbstgefälligkeit und Arroganz. Mit meiner Mutter zusammen natürlich.

Er begann zu sprechen und seine Stimme war genauso widerlich wie sein Charakter. Schmerzhaft wurde ich daran erinnert, dass ich diesen Typen in wenigen Wochen, wenn nicht sogar Tagen, heiraten sollte. Nun nahm er meine Hand in seine. Ich spürte seine raue, schwielige Haut, wie sie sich fest um meine schlang und keine Flucht zulassen würde. Wie sie mir jeden Ausweg nahm, den ich zu suchen versuchte. Panik stieg in mir hoch. Tief aus meinem Inneren, meiner Brust. Sie bahnte sich ihren Weg nach oben, begann meine Gedanken auszuschalten und meine Ohren dröhnen zu lassen, ließ meine Glieder zittern und meine Stimme brüchig klingen.

»Gestern hatte ich ein ziemlich interessantes Gespräch mit deiner Zofe«, sein Lachen drang in meinen Kopf. »Man könnte beinahe meinen, du hingst ihr am Herzen. Mal sehen, was ich da unternehmen kann. Wir wollen ja nicht, dass ihr euch zu sehr aneinander gewöhnt.«

Ich blieb stehen. Es war das Eine, wenn er mich beleidigte. Doch wenn er damit begann, meiner Freundin zu drohen, waren die Spielchen vorbei.

»Lass deine dreckigen Finger gefälligst von Rieka!«, mit einem kräftigen Ruck entzog ich ihm meine Hand. »Und von mir ebenfalls!«

Feuer schien all meine Ängste wegzubrennen. Ich war völlig auf den vor mir stehenden Mann konzentriert. Auf die eisigen Augen, die denen

meiner Mutter so sehr ähnelten. Die dicken straßenköterblonden Augenbrauen lagen tief über
ihnen, vor Wut zusammengezogen. Seine Pupillen
waren jedoch geweitet.
Ich hatte ihn überrascht. In der Zeit, die ich
mir dadurch verschafft hatte, drehte ich mich
um und marschierte davon. Das war zumindest mein
Plan gewesen, doch die Wachen hatten durch meine
laute Stimme mitbekommen, was vor sich ging und
hielten mich fest. Wütend schlug ich um mich
und schrie ohne jeglichen Respekt.
»Lasst mich verdammt nochmal los! Bei Layana,
ich bin die Prinzessin!« Ich spürte, wie sich
Schritte von hinten näherten und verstummte.
»Das bist du. Aber weißt du was du noch bist?«
Finnian ging einmal um mich herum, die Augen
weiterhin auf mir ruhend und blieb schließlich
vor mir stehen. Dann nahm er mein Kinn in die
Hand und hob es an, so, dass auch ich gezwungen
war ihn anzublicken. Dank der kräftigen Arme
der Wachposten konnte ich mich immer noch nicht
rühren.
»Meine Verlobte. Dadurch stehst du unter mir.
Unter meinem Schutz, allerdings auch unter meinen Befehlen. Du bist an mich gebunden und du
sollst dich verdammt nochmal daran gewöhnen!«,
seine Stimme wurde laut. »Ist das denn so
schwer?«
Ja! Ja, das war es! Niemals würde ich mich an
einen Mann wie ihn gewöhnen. Niemals könnte ich
hinnehmen, von jemandem abhängig zu sein, dem
ich nicht einmal am Herzen lag. Ich konnte nicht
verhindern, dass mir eine Träne über die Wange
lief.
»Ich werde dich nie als meinen Verlobten aner-
kennen und noch weniger als meinen Ehemann«,
meine Worte waren leise, beinahe nicht zu hören,

doch sie zeigten Wirkung, denn Finnian riss die Augen auf. Wieder dauerte der Schock nicht länger als eine Sekunde und in der nächsten wurden seine Gesichtszüge hart wie Stein. Wutentbrannt packte er mich am Kleid und zerrte mich über den Platz. Immer näher kamen wir dem Käfig. Schluchzend, fiel ich zu Boden. Finnian hatte mich weggeschmissen wie einen dreckigen Lumpen. »Sieh ihn an!« Ich wusste, wen er meinte. Trotzdem schüttelte ich den Kopf, was ihn dazu brachte, mich mit einem Arm um die Taille zu packen und aufzurichten. Gewaltsam riss er meinen Kopf herum. »Sieh ihn an!«

Ein weiterer Befehl, der mich aufschluchzen ließ. Nur verschwommen konnte ich die im Käfig hockende Gestalt erkennen. Was ich allerdings erkannte, war, dass sein Blick auf mir lag. Beinahe ausdruckslos, doch mit geweiteten Augen.

»Merk dir eines, Prinzessin: Ob du nun zum Adel gehörst oder nicht, ist scheißegal! Der hier gehört auch dazu und du siehst, wo er nun hockt. Also, sei nicht so verdammt dumm wie er und sieh ein, wo du stehst. Tu dir selbst einen Gefallen und benimm dich endlich wie jede andere anständige Frau.« Ich zuckte unter seinen harschen Worten zusammen. Wimmernd versuchte ich mich zu befreien, doch er ließ mir keinen Raum, also benutzte ich meine Worte als Waffe. »Und was bist du? Du gehörst noch nicht mal zum Adel! Also hoffe ich, dass du in der Gosse landest. Das ist nämlich der Ort, an den du gehörst.« Nun war ich zu weit gegangen. Ich bekam gerade noch mit, wie Finnian mich herumdrehte, bevor seine Handfläche schmerzhaft auf meiner Wange landete. Mir blieb keine Zeit, aufzuschreien, denn kurz darauf landete ich wieder im Schotter.

Die Luft wurde aus meinen Lungen gepresst und verbot mir zu atmen. Röchelnd blieb ich liegen. Doch was sich soeben vor mir abspielte, hätte mir sowieso den Atem verschlagen. Der Gefangene hatte seine Arme ausgestreckt und Finnian am Kragen gepackt. Mit ganzem Gewicht, ließ er sich nach hinten fallen und zog den Mann gegen die Gitter. Finnian griff panisch an seinen Hals und versuchte sich zu befreien. Sein Gesicht wurde immer blauer. Auch er bekam keine Luft mehr. Leider kamen die Wachen viel zu früh. Gerne hätte ich meinen Verlobten noch länger leiden sehen, doch das Schauspiel wurde beendet.

Kapitel 11

Celestine

Steine bohrten sich in meinen Rücken und meine Wange schmerzte immer noch von dem Schlag. Zweifellos war sie feuerrot, genauso wie meine Augen, die nun vom Weinen brannten.

Mein Verlobter hatte mich geschlagen.

Es war bei weitem nicht der schlimmste Schmerz, den er mir zugefügt hatte, trotzdem war es erschreckend zu merken, dass er auch nicht vor dem Zufügen körperlicher Schmerzen zurückschreckte. Vor Schmerzen, die er mir absichtlich antat, um mich zur Vernunft zu bringen.

Aber war der Gedankengang der Fähigen wirklich, der richtige, wenn sie nicht nur ihre Feinde, sondern auch ihresgleichen quälten? Mein ganzes Leben lang hatte ich immer wieder unter Schmerzen gelitten. Ob psychisch oder körperlich, sei dahingestellt. Immer wieder war ich enttäuscht, oder als enttäuschend betrachtet worden. Immer wurde meine Zukunft von fremden Leuten bestimmt und noch nie hatte sich jemand anderes als Rieka für mich eingesetzt. Bis jetzt. Oder vielleicht auch nicht. Vielleicht hatte Arlo Dunford einfach den Moment genutzt, um sich zumindest ein bisschen an seinen Feinden zu rächen. Aber hätte er das nicht bereits tun können, als ich gestern Nacht vor ihm gestanden hatte? Ich wäre nahe genug gewesen und ich hätte mich nicht wehren können, da ich sonst von den Wachen entdeckt worden wäre.

Er hätte einfach nur die Hände ausstrecken

müssen. Allerdings wusste ich aus eigener Erfahrung heraus, wie schwer es manchmal war seine Arme zu heben und nach etwas zu greifen, was in der Zukunft liegt, so unerreichbar scheint. Vielleicht war alles nur Einbildung, vielleicht wollte ich es einfach glauben. Vielleicht, zweifelte ich nun einfach schon so sehr an meinem eigenen Volk, dass ich unsere Feinde als gerecht betrachtete.

Kapitel 12

Celestine

Wieder einmal wurde ich ins Arbeitszimmer meiner Mutter geschleift. Wachen umfassten meine Arme und zogen meinen schwachen Körper durch die Gänge. Ich bemühte mich nicht einmal, mich aufzurichten und ließ mich hängen wie ein Sack. Jedes Mal, wenn ich diese vielen Gesichter meiner Ahnen sah, war es sowieso schon zu spät für mich, um zu fliehen. Finnian lief grimmig neben mir her. Immer wieder nestelte er an seinem Kragen herum und rieb sich die roten Striemen am Hals. Geschah ihm recht, dass auch er Schmerzen hatte. Allerdings zweifelte ich daran, dass sie ihm wirklich zusetzten. Wahrscheinlich war es eher sein Ego, das nun verletzt war.

Er hatte einen Angriff aus dem Hinterhalt nicht bemerkt und Hilfe gebraucht, um freizukommen. Keine Glanzleistung.

Ich wusste, dass er das Geschehene am liebsten verschweigen würde. Allein der Gedanke daran, dass er mit der Wahrheit auch dem fremden Prinzen schaden könnte, trieb ihn dazu, es nicht zu leugnen.

Genau deshalb wurde ich diese Gänge entlang gezerrt, um auch mir zu zeigen, welche Folgen schlechte Manieren mit sich brachten.

Ein großgewachsener, braunhaariger Mann - einer der Wachen, die mich trugen - klopfte an die schwere, weiß gestrichene Holztür. Sofort ertönte eine genervte Antwort: man solle eintreten. Was wir auch taten.

Ich hätte schwören können, dass sich die Augen meiner Mutter einen kurzen Augenblick lang weiteten, als sie sowohl Finnian, als auch mich betrachtete. Die roten Striemen und Flecken waren keineswegs unauffällig und so wie ich in den Armen ihrer Diener hing, fragte sie sich bestimmt, wer ihr den Spaß genommen hatte, mich zu foltern.

»Setzt euch«, eine Aufforderung, in der ein unüberhörbarer Befehlston mitschwang. Man ließ mich auf einem der vielen unbequemen Stühle nieder, neben meinem Verlobten selbstverständlich. Unübersehbar genervt wartete meine Mutter, bis die Wachen wieder vor der Tür verschwunden waren. Nun setzte sie sich ebenfalls und stützte ihren Kopf abwartend in ihre Hände. Ihre kalten Augen taxierten uns, warteten auf eine Antwort ihrer unausgesprochenen Frage. Zu ihrer Enttäuschung öffnete keiner von uns den Mund.

»Was-ist-passiert?«, betont langsam sprach sie die Wörter aus, mit langen Pausen, als wären wir kleine Kinder, die sie anders nicht verstehen würden. Finnian antwortete als Erstes. Mir war es streng genommen nicht gestattet, nicht wenn ich nicht persönlich dazu aufgefordert wurde und sich ein Mann im Raum befand.

»Ihre überaus reizende Tochter dachte, einen Streit darüber anzufangen, ob sie mir verbunden wäre, wäre eine gute Idee, unser Volk zu repräsentieren. Dunford schien das für unterhaltsam zu halten, er hatte keine Scheuen, sich einzumischen.«

Mit hochgezogenen Augenbrauen wandte sich meine Mutter an mich. Doch nicht überrascht oder verwirrt, nein, eher so, als würde diese Geschichte rechtfertigen, warum sie an mir zweifelte.

Einen sich ewig lang ziehenden Moment lang herrschte Stille. Danach breitete sich ein gefährliches Lächeln in Mutters Gesicht aus. »Zwei Termine. Zwei wundervolle Termine«, sie grinste und legte den Kopf schief. »Sie werden dir gefallen, Finnian« Ohne den Blick von mir abzuwenden, streckte sie ihren Arm aus und legte die Hand auf die Wange meines Verlobten. Geschockt betrachtete ich, wie sie ihm zärtlich über das Gesicht fuhr und er dabei schnurrend die Augen schloss. Galle stieg mir in den Mund und ich musste mich zusammenreißen, um sie nicht auszuspucken. Sollte SIE ihn doch heiraten. Leider galt ihre Aufmerksamkeit weiterhin mir, als sie verkündete, die Hochzeit nach vorne zu verschieben. Ich spürte regelrecht, wie mir mein Herz bis in den Rock hinuntersackte. »Wir wollen doch nicht, dass etwas dazwischenkommt, bei so einem hübschen Paar.«
»Und der zweite Termin?«, Finnians Stimme war ungefähr zehn Oktaven tiefer als sonst und ich hätte schwören können, dass er meiner Mutter zuzwinkerte. Nun drehte auch sie ihren viel zu hübschen Kopf ihm zu. »Der zweite Termin ist ein Geschenk für dich.«
Ich war kurz davor mich zu übergeben. Flirteten die beiden etwa miteinander?
»Hmmm«, brummte Finnian.
»Ein Treffen mit unserem neuen Prinzchen, könnte nicht schaden.«, sie legte einen Finger an die Lippen und dachte nach, »Vielleicht im Wald?«
Ich konnte kaum beschreiben, wie erleichtert ich war, dass sie nicht von MEINEM Treffen mit dem Prinzen sprach. Finnian dagegen war wohl eher enttäuscht, denn einen kurzen Augenblick lang fiel seine Maske ab und gab seine wahren

Gefühle frei. Zweifellos würde ihm ein Treffen mit meiner Mutter besser gefallen. Allerdings schien er sich kurz darauf zu begreifen, was sich ihm für Möglichkeiten boten. Er könnte alles mit Dunford anstellen und eines war klar, er würde ihn leiden lassen.

Ein letztes Mal zwinkerte meine Mutter ihm zu, bevor sie ihn aus dem Raum schickte.

*

Nun war ich an der Reihe und das konnte nichts Gutes bedeuten, wenn ich mich an die ganzen letzten Male erinnerte, an denen ich allein mit ihr in diesem Raum gewesen war.

Mit ihrem typisch grausamen Lächeln und den Augen, die Qualen versprachen, wandte sie sich an mich. Doch anstatt mich zu schänden und zu foltern, anstatt sich an meinen Schreien zu ergötzen, begnügte sie sich mit meinem derzeitigen Blick.

»Da du anscheinend so an dem Prinzen hängst, darfst du ihn gleich heute wiedersehen«, ihr Lächeln verriet, dass sie etwas wusste, was sie nicht wissen sollte. Wie versteinert saß ich vor ihr. Ich traute mich kaum zu atmen und doch musste ich versuchen, einen möglichst neutralen Eindruck zu machen. Sie durfte einfach nichts von meinem Vorhaben erfahren, durfte nicht wissen, dass hinter dem Mitleid zu unserem Gefangenen so viel mehr steckte. Dass es einen Plan gab, der nicht nur ihm, sondern auch mir zu Gunsten kam.

*

Nachdem ich entlassen worden war, blieb mir nichts anderes übrig, als das zu tun, was von mir erwartet wurde. Wieder einmal, denn meine Pläne mussten noch verdeckt bleiben.

Noch immer brannte die Angst in meinen Adern, meine Füße schienen sich zu weigern, dem offensichtlichen aus dem Weg zu gehen. Finnian hatte irgendetwas mit dem Prinzen Oryns vor und das Ziel meiner Mutter war unmissverständlich, meinen Plan zu durchkreuzen. Trotzdem blieb mir nichts Anderes übrig, als zu meinem Bruder zu gehen und mich im Schwertkampf zu üben. Etwas, was in dieser Zeit von Bedeutung war, mir aber so unsinnig vorkam, wie den ganzen Tag auf eine Wand zu starren.

Von einer Prinzessin wie mir wurde erwartet, nicht zu verstehen, was wirklich wichtig war und sich stattdessen mit Schmuck und Kleidern zufriedenzugeben. Mit Dingen, die die wirklich Grausamen nicht daran hinderten, zu tun, was ihnen gefiel. Und genau dieses Leben hatte ich satt. Weder wurde ich als Prinzessin wahrgenommen, noch als Mensch mit Gefühlen. Objekt wäre der richtige Begriff für mich, eine Puppe, an dessen Fäden man ziehen konnte, um sie zu lenken. Jemand, dem man befehlen konnte, was er zu tun hatte, um dann genüsslich dabei zuzusehen, wie sie sich selbst verletzte. Allein Rieka sah in mir, was ich wirklich war. Das schätzte ich mehr als alles andere. Doch was brachte mir das, wenn auch sie nicht als das angesehen wurde, was sie war? Sie konnte mich trösten und meine Wunden versorgen, doch sie könnte sich nie zwischen mich und diejenigen stellen, die den Schmerz verursachten. Natürlich erwartete ich das auch nicht. Mir ging es nur darum, dass in Reyna niemand auf innere Werte achtete. Immer waren es die Schönen und Reichen, die die Anerkennung verdienten. Zwar gab es genug Geld in unserem Reich und niemand musste hungern, aber das Leben war eine Waagschale und wenn die eine voll war, war die andere nur spärlich befüllt. Bei uns Fähigen mangelte es an Liebe, Wärme und Hoffnung. DAS war der Grund, weshalb ich nicht mehr sein wollte, was von mir erwartet wurde. Der Grund, warum ich nicht mehr in die Gesellschaft passte und etwas unternahm. Wenn mein erster Gedanke gewesen war, von hier wegzukommen, war er nun, diese Hierarchie und dieses Dasein zu verändern.

*

»Was bedrückt dich, Schwester? Es ist ein wundervoller Tag, um draußen zu sein.« Die leuchtenden Augen meines Bruders blickten in meine. Meines Halbbruders, korrigierte ich mich. »Ach nichts«, ich zögerte, »Es sind die Geschichtsstunden. Sie sind eine Qual für meinen Kopf.« »Ah, ist der gute alte Benjamin noch immer der, der er schon immer war?«, eher eine Behauptung als eine Frage, trotzdem antwortete ich. »Wie er leibt und lebt«, ein leises Lachen konnte ich mir nicht verkneifen. Trotz der schlechten Neuigkeiten zu meinem Plan war es lustig zu hören, dass mein Lehrer auch schon zu den Schulzeiten meines Bruders angsteinflößend war. Natürlich war das Ganze eine Lüge gewesen, meine Gedanken galten immer noch meinen Plänen. Doch irgendetwas hatte ich erwidern müssen und da mir die heutige Stunde erneut die Nerven geraubt hatte, war sie mir als eine gute Ausrede vorgekommen. Adonis schien sich damit zufrieden zu geben denn er hakte nicht weiter nach. Er war kein allzu grausamer Kerl, trotzdem verfolgte er die Ziele unserer Mutter und folgte ihren Befehlen.

Noch einmal kontrollierte ich, ob mein geliebter Säbel sicher an meiner Hüfte verschallt war. Lächelnd verlor ich mich in der Erinnerung an jenen Tag, an dem ich ihn bekommen hatte. Es war jener gewesen, an dem ich als Fähige in Layana anerkannt worden war. Meine Mutter hatte ihn mir überreicht, was einen kleinen Stich in meinem Herzen versetzte.

Trotz alldem liebte ich die Waffe. Sie war elegant geschnitten und der Griff bestand aus ineinander verschlungenen Blumenranken. Ihr inneres zierten kleine Kristalle, die in der Sonne glitzerten. Sie war einfach perfekt.

Ich ließ meine Stute Destry bei den beiden anderen Pferden stehen und rückte mit Adonis und Sunil weiter in den Wald vor. Heute hatten wir uns das Überraschungsmoment als Thema ausgesucht.

Wir waren an einem neuen Ort, hier hatte noch niemand von uns gekämpft. Anders als sonst, wollten wir uns auch kein Plätzchen zum Üben suchen, sondern das Geschehen eines wirklichen Angriffes nachspielen. Adonis meinte, es sei wichtig, auch das Gehör und die Reaktion immer wieder zu üben und ich musste ihm recht geben. Ein echter Kampf war so gut wie nie geplant und auch den Ort konnte man sich meist nicht aussuchen.

Genau deshalb schlug ich mich nun immer weiter durch üppiges Gestrüpp und konzentrierte mich auf alle Geräusche. Meine Neugierde trieb mich immer weiter voran. Ich versuchte mir Unregelmäßigkeiten einzuprägen, große Felsen, kleine Höhlen oder Bäume mit tiefhängenden Ästen. Das alles könnte mir im Kampf zugutekommen, vor allem wenn es darum ging, meinen Bruder zu schlagen.

Äste knackten unter meinen Füßen und es tat tatsächlich gut, die ganze Anspannung aus mir herauszutreten. Auch die Hosen und die Tunika waren eine angenehme Abwechslung zu den ganzen Kleidern. Immer wieder bückte ich mich oder schlugen mit meinem Säbel ein paar Dornen weg. Ich kam flott voran, doch die Jungs schienen nicht weit weg zu sein, denn ich nahm Geräusche wahr. Vorsichtig näherte ich mich ihnen. Leicht geduckt und möglichst leise.

Kichernde, fremde Elfen flitzten umher und schrien auf, sobald sie mich bemerkten. Sie machten es mir nicht gerade einfach, unbemerkt zu bleiben.

»Schhh«, versuchte ich sie zu beruhigen, was jedoch nichts brachte, denn sie fluchten weiterhin, lautstark vor sich hin. Hastig kramte ich in einer meiner Taschen. Hatte ich denn nirgends mehr irgendetwas Süßes? Ich musste doch etwas zum Training eingesteckt haben, ich konnte mich noch erinnern, dass ich … Ah, da war es.

»Hier nehmt das.« Eilig packte ich ein Bonbon aus und legte es auf einen kleinen Stein. Sofort glätteten sich die Gesichtszüge der Elfen und ihr Geschrei verstummte. Zumindest für einen Moment, dann stürzte sich die ganze Bande auf die kleine Süßigkeit und fing erneut an zu streiten. So süß sie auch waren, Elfen konnten wirklich eine Plage sein.

Wieder ertönten aufgebrachte Stimmen und Geschrei und mir wurde bewusst, dass es nicht mein Bruder und sein Freund waren, die hier ihr Unwesen trieben.

Mit rasendem Herzen lugte ich hinter dem Busch, in dem ich mich versteckte, hervor und blickte auf die vor mir liegende Lichtung. Drei Pferde wurden angebunden und Soldaten meiner Mutter hievten etwas von einem der gesattelten Rücken. Schnell wurde klar, dass dieses Etwas ein Mensch war und als ich Finnian daneben erkannte, wurde meine Befürchtung bestätigt. Der fremde Prinz zappelte und versuchte sich irgendwie zu wehren, doch die drei Männer ließen ihm keine andere Wahl, als es über sich ergehen zu lassen. Lachend und spottend trugen sie ihn zu der Felswand, die ich bislang gar nicht wirklich wahrgenommen hatte. Inmitten dieser Steine, Trümmern und aus Felsspalten wachsenden Pflanzen befand sich ein Eingang. Vom Aussehen her ließ er eine Miene vermuten, in der irgendwelche Mineralien oder Edelsteine abgebaut wurden. Doch so wie ich die Fähigen kannte, war auch das nur wieder eine Fassade und hinter diesem Eingang befanden sich weitaus erschreckendere Dinge.

Gedämpfte Schreie drangen aus dem Loch und bestätigten meine Vermutung. Bettelnd und schluchzend, um Gnade flehend, riefen die Insassen nach Hilfe. Von den Soldaten wurden sie ignoriert, doch der fremde Prinz hatte sie wahrgenommen und das schien eine neue Kraft in ihm freizusetzen.

Gebannt und schockiert zugleich sah ich zu, wie sein Fuß die Kronjuwelen meines Verlobten trafen. Schnell schlug ich mir die Hände vor den Mund, um nicht loszuprusten, als dieser in die Knie ging. Die beiden anderen Männer schienen genauso überrascht wie Finnian, denn auch sie konnten sich nicht vor den Schlägen wehren, die Arlo Dunford nun mit zusammengebundenen Armen verteilte. Mir wäre wohl der Mund offen gestanden, schließlich bekam man nicht jeden Tag mit, wie drei Soldaten des Königshausen verprügelt wurden, doch mir blieb keine Zeit dazu.

Arlo schien die Sekunden, die er sich verschafft hatte, mit einem Fluchtversuch nutzen zu wollen. Seine Beine waren zusammengebunden, was ihm verbot zu laufen. Doch springen konnte er, und wie!

»Scheiße!« Er kam immer näher. Näher an mich heran … wenn er mich sah … wenn die Männer mich sahen …

Ich wollte zur Seite springen, doch es war zu spät. Ein Körper fiel neben mir über den Busch. Ich schnappte nach Luft. Er hatte sich einfach über den Busch geworfen, über meinen Busch!

Zu geschockt, um mich zu bewegen, starrte ich den Körper an, der gerade umständlich versuchte, sich wiederaufzurichten. Als er es in eine annähernd sitzende Position geschafft hatte, bemerkte er mich. Seine schwarzen Haare fielen ihm strähnig in das schmutzige Gesicht. Blut ließ seine zerrissenen Kleider dunkelbraun wirken und begann schon krustig abzufallen. Er atmete schnell. Oder war ich diejenige, die beinahe keine Luft mehr bekam?

Ich wusste es nicht, aber es war egal. Er hatte mich gesehen und Finnian würde gleich nachkommen, um ihn einzufangen. Was wenn …

»Du«, noch immer starrte Arlo mich an.

»Ich … was? Nein, das … das ist ein Missverständnis, ich …« Stammelnd suchte ich nach den richtigen Worten. Nach Irgendetwas, was mich aus dieser missgünstigen Situation retten konnte, doch er kam mich zuvor und bestätigte meine Befürchtung.

»Du bist die Prinzessin.«

Nervös rieb ich mir über den Arm. Was tat man bloß in einem solchen Moment? Auch diese Frage wurde mir abgenommen.

Das Fluchen der Männer wurde immer lauter und kündigte ein näherkommen an. Gleichzeitig mit dem Prinzen löste ich den Blickkontakt. Wir beide waren hektisch, beide hatten wir Angst. Flucht.

Die einzige Möglichkeit. Für uns beide. Doch während ich mich noch rechtzeitig zur Seite rollen und losstürmen konnte, erteilte Layana dem Prinzen nicht das Glück, das er brauchte. Vor drei Männern zu flüchten, noch dazu unfähig zu laufen, ließ keine Chance für ihn übrig zu entkommen.

Nach Atem ringend, stützte ich mich mit den Armen auf meine Knie. Ich war einen kleinen Bogen gelaufen, sodass ich nun von einer anderen Perspektive aus, das Geschehen auf der Lichtung beobachten konnte. Arlo Dunford wurde wie ein Tier zurück auf die Wiese gezerrt.

»Wer sich wehrt, schreit nach einer Bestrafung. Vielleicht bringt das ja deinen Verstand wieder in Gang«, mit diesen Worten holte Finnian eine Peitsche aus einer Satteltasche hervor. Sein Pferd scheute und verdrehte die Augen, sodass man das Weiße sehen konnte. Es schien bereits zu wissen, was diese Waffe anrichten konnte.

Arlos Gesicht wurde bleich und im nächsten Moment wurde mir noch einmal mehr bewusst, warum es richtig war, die Fähigen zu verabscheuen. Ich lief und lief, doch die Schreie schienen mich zu verfolgen. Schnalzen, Schreie, Schreie der Qualen und Schmerzen. Schreie, die diejenigen verursachten, die meinten, sie wären die, die Gnade verdienten. Die, die es wert waren zu leben, während andere starben.

Kapitel 13

Arlo

Seile schnürten sich in das Fleisch meiner Arme. Mit ihnen, hielt man mich von beiden Seiten aus fest, während ein dritter Fähiger mich auspeitschte. Immer und immer wieder traf mich der schmale Lederriemen. Anfangs hatte ich noch geschrien und versucht mich zu wehren, den Schmerzen zu entkommen. Doch die Männer hatten von ihrer Unvorsichtigkeit gelernt und boten mir keine Chance mehr zu Flucht. Was blieb mir also anderes übrig, als den Qualen ins Gesicht zu blicken? Ich würde mein Volk nicht verraten und wenn das hieß, dass ich sterben musste. Ich ertrug jeden einzelnen der brennenden Schmerzen. Jeden Stoß in meine Rippen und jeden gehässigen Kommentar, den diese Männer von sich gaben. Die Männer, die mein Volk benutzen wollten, nur um es am Ende doch noch abzuschlachten. Genauso, wie ihre Königin es mit ihnen machen würde.

Aus Striemen an meinem Körper wurden Wunden. Blut quoll daraus hervor und überzog mich mit einer roten, glänzenden Schicht. Noch mehr Flüssigkeit, die ich verlor.

Mir wurde schwarz vor Augen und ich spürte wie der Boden unter mir zu schwanken begann. Jeder neue Schlag trieb mich weiter dem Grund entgegen und als ich schließlich aufkam, war meine Sicht verschwunden.

*

Ein heftiger Stich durchzog meinen Kopf. Ich stöhnte und versuchte, die Augen zu öffnen. Mein ganzer Körper schmerzte und protestierte gegen jede Bewegung. Vielleicht waren es aber auch die Ketten, die ich erst jetzt bemerkte. Mit jedem Versuch, mich aufzurichten, schnürten sie sich weiter in mein Fleisch. Erschöpft gab ich auf und ließ mich zurückfallen. Belohnt wurde ich durch eine Lockerung der Ketten und etwas mehr Raum um zu Atmen.

Nun nahm ich die Kälte wahr, die von unten aus, meinen Körper durchflutete. Ich sah an mir herab, was sich als keine gute Idee herausstellte. Ich saß in einer Lache, rot und braun gefärbt und dem Geruch nach zu urteilen, genau aus dem, was ich befürchtete. Saure Luft traf mich, wie ein weiterer Schlag mit der Peitsche. Ich würgte, versuchte jedoch ein Übergeben zu unterdrücken. Ich konnte nicht noch mehr Flüssigkeit verlieren. Wieder stöhnte ich und lehnte meinen pochenden Kopf gegen die Wand hinter mir. Die Dunkelheit um mich herum, schien mich genauso zu verschlingen, wie sie es mit den anderen Insassen dieser Miene tat. Bis auf ein paar leise Geräusche, deutete nichts, auf weiteres Leben hin. Wahrscheinlich würde ich denken, ich wäre allein, hätte ich vorhin nicht ihre Schreie gehört. Schreie, die mich vor dem was, mich erwartete gewarnt hatten. Doch ich Idiot, hatte meine einzige Chance zur Flucht verspielt und das wegen eines Mädchens.

Ich schnaubte. Mein Vater wäre enttäuscht von mir. Ich konnte Mädchen haben, so viele ich wollte und hatte sie auch gehabt, bevor ich hierhin verschleppt worden war. Und nun ließ ich mich von einem einzigen in die Scheiße reiten?

Erbärmlich.

Allerdings war ich neugierig gewesen. Ich war es noch immer. Was hatte die Prinzessin hier zu suchen gehabt? Wollte sie ihren Verlobten ausspionieren? Soviel ich mitbekommen hatte, hatte sie es nicht einfach mit ihm. Ihre Mutter ließ mich schon Mitleid mit ihr haben, doch dieser Mann übertraf alles. Wie er mit ihr gesprochen hatte. Als wäre sie eine Ware, die er jederzeit eintauschen konnte. Grauenvoll.

-Gut. Ich war auch nicht immer fair mit meinen Freundinnen umgegangen, doch ich hatte ihnen nie Schmerzen zugefügt. Ein Mädchen zu schlagen, war eine Schande und über sie zu reden, wie dieser Mann es tat, sollte mit dem Tod bestraft werden.

Ich schwor mir, ihn umzubringen, sollte ich jemals hier herauskommen. Und das nicht nur wegen der Qualen, die er mir zugefügt hatte, und wahrscheinlich noch würde.

Aber zurück zu diesem Mädchen. Etwas anderes, als hier zu sitzen und in Gedanken zu schwelgen, blieb mir zurzeit sowieso nicht übrig. Warum war sie hier gewesen? Ich könnte schwören, dass mir ihre Augen bekannt vorgekommen waren. Dieses strahlende Blau. Es unterschied sich von dem der anderen Leute, denn in ihren Augen stand Wärme.

Trotzdem war ihr anzusehen, dass sie mit ihrer Situation nicht zufrieden war. Ich verabscheute mich dafür, dass ich so viel über sie nachdachte. Schließlich war sie noch immer eine Fähige.

Was wohl ihre Fähigkeit war?

Celestine. So hieß sie.

Ein schöner Name. Einer, der Geheimnisse mit sich brachte. In Oryn hatte ich nicht viel über sie gehört. Man wusste von ihrer Existenz, doch meist standen ihr Bruder oder ihre Mutter im Mittelpunkt der Gespräche.
Stöhnend zog ich meine Beine an mich heran, sodass ich meine Position ändern und meinen Kopf auf meine Knie legen konnte.
Was sie wohl nun tat?
Sie war geflüchtet, was bedeutete, dass sie nicht gesehen werden wollte. Ich schnaubte. Darauf hätte ich auch schon kommen können, als ich sie hinter einem Busch versteckt gesehen hatte. Was hatte sie noch einmal gestammelt? Dass es anders sei, als es aussah?
Ich wollte weiter über diese Mädchen und ihre Geheimnisse grübeln, doch der Schmerz in meinem Kopf verbot es mir. Wieder sank ich in das Reich der Schwärze und Albträume.

Kapitel 14

Celestine

Nachdem ich nach Atem ringend und mit zerrissenen Kleidern wieder bei meinem Bruder angelangt war, hatte ich mich durch die Lüge, es ginge mir nicht besonders gut und ich sei zu aufgeregt wegen der kommenden Hochzeit, aus dem Dilemma gerettet, in dem ich nun steckte. Ich wollte nicht üben, jemanden umzubringen, während ein anderer zur selben Zeit versuchte, sich vor seinem Tod zu retten. Natürlich, wenn es darauf ankäme, würde ich mich verteidigen und kämpfen, doch ich hielt nichts davon, jemandem Schmerzen zuzufügen, nur weil es einem Spaß bereitete.

Zwar hatte mich Adonis ein wenig belächelt und auch Sunil hatte sich ein belustigtes Schnauben und einen Kommentar, zu meinem Aussehen nicht verkneifen können, doch ich war noch immer die Prinzessin und ein Mädchen dazu. Sie nahmen Rücksicht auf mich. Also waren wir zurückgeritten und ich hatte mich in meinem Zimmer verkrochen. Feige, wie ich war, hatte ich mich den restlichen Tag unter meiner Bettdecke versteckt und darüber geschimpft, wie grauenvoll wir Fähigen doch waren. Ein Rückschlag, denn eigentlich hatte ich etwas gegen dieses Unglück unternehmen wollen.

Gestern Nacht hatte ich geweint und mich gefürchtet, hatte feige weggesehen als man mich gebraucht hatte.

Doch heute war ein neuer Tag und genau deshalb wollte ich es nun anders machen. Ich würde mir selbst beweisen, wie mutig ich war und

zurückkehren. Irgendwie, musste ich es schaffen, mich unbemerkt aus dem Schloss zu schleichen. Dann, dann konnte ich etwas unternehmen. Ob ich den Ort im Wald wiederfinden würde?
Bestimmt.
Irgendwie.
Ich würde ich es schon schaffen.
Jetzt, war es sowieso zu früh um darüber nachzudenken. Zuvor musste ich mich einer größeren Angst stellen und meine Mutter, sowie meinen Verlobten aufsuchen. Schon alleine, bei dem Gedanken daran, dass ich diesen grausamen Menschen bald heiraten musste, schnürte sich meine Kehle zu. Nach der Zeremonie, würde er Herr über meine Kräfte sein, noch mehr als jetzt schon. Mit jedem Mal, dass ich versuchte auf meine Fähigkeiten zuzugreifen, zog sich meine Brust enger zusammen. Als hätte jemand ein Band darum gezogen. Es war ein Test, um den Bund der Ehe eingehen zu können und somit das Band offiziell zu tragen. Meine Mutter war altmodisch und Finnian hatte nichts dagegen. Es erlaubte ihm, voll und ganz über meine Kräfte zu bestimmen, während ich nicht einmal nach seinen greifen konnte. Noch dazu kam, dass seine Fähigkeit war, die der anderen in die Irre zu führen und zu schwächen. Ich hatte keine Chance gegen ihn. Ich musste handeln, bevor ich mit ihm verheiratet wurde.
Es gab nur zwei Personen, die mir bei meinem Plan helfen konnten. Nun musste ich nur noch hoffen, dass sie mitspielten.
»Rieka?«, wandte ich mich an meine Freundin.
»Dein bettelnder Unterton verrät mir, dass du etwas von mir willst. Was ist es? Soll ich Finnian eine reinhauen?«, ihre Augen glitzerten. Anscheinend schien ihr der Gedanke zu gefallen.

»So ähnlich«, ich lächelte.
»Raus damit. Ich will wissen, ob es sich lohnt.«
Ich lachte, denn sie meinte es zweifellos ernst.
»Du kannst dich doch bestimmt noch an unseren letzten, nächtlichen Ausflug erinnern.«
»Du meinst die Putzarbeit?«
Ich nickte. »Heute hätte ich wieder so eine Aufgabe. Jedoch außerhalb des Schlosses. Im Wald, genauer gesagt.«
Rieka zog ihre Unterlippe zwischen die Zähne und schien nachzudenken. »Verstehe.«
Die Antwort auf meine Frage, musste ich erst gar nicht abwarten, wenn sie schon bei der Bitte dabei war, einen Plan auszuarbeiten. »Und wir brauchen Süßigkeiten«, ein Einfall, der mir gerade gekommen war.
Nun wirkte Rieka doch verwirrt.
»Für unsere Freundinnen«, ich lächelte und der Blick meiner Freundin klärte sich. Sie war dabei.

*

»Die Hochzeit muss perfekt werden«, meine Mutter stolzierte durch ihr Arbeitszimmer. »Alles muss glänzen, jede Haarsträhne muss sitzen und dein Benehmen soll genauso makellos erscheinen, wie dein Aussehen. Du darfst dir keine weiteren Fehler erlauben.«
Kalte Augen richteten sich auf mich. Mir war klar, was sie bedeuteten. Eine Heirat der Prinzessin, war eine große Sache. Hier einen Fehler zu begehen, würde jahrelanges Gesprächsthema werden und könnte einen Rückschlag für die Königsfamilie bedeuten. Dies konnte sich meine Mutter, vor allem in den jetzigen Zeiten, nicht leisten. Ein Krieg stand bevor und standhafte

Herrscher waren wichtig. Sie wollte den Glauben erhalten, dass sie unser Volk an die Spitze führen würde. Mir die Chance zu geben, ihren Plan zu gefährden, gefiel ihr nicht und doch war es ihr wichtig, mich jetzt mit Finnian zu verheiraten. Bevor weitere Zweifel ans Licht kamen.

»Natürlich.« Hastig nickte ich.

Mahnend zog Mutter die Augenbraue nach oben. »Zwei Wochen. Zwei Wochen, um etwas aus dir zu machen. Um zumindest ein wenig Wert aus dir herauszuputzen.«

Die Worte trafen mich, doch ich war es gewohnt. Entschlossen straffte ich die Schultern und bemühte mich, mir nichts anmerken zu lassen. Einfach schön weiterspielen, Celestine. Alles wird gut.

»Gar kein Einwand?«, Mutter lächelte, schnalzte boshaft mit der Zunge. »Anscheinend tut dir ein Mann, der dir zeigt wo, es langgeht, gut. Vielleicht sollte ich Finnian bitten, nur zur Sicherheit, noch ein bisschen weiterzugehen.« Sie machte einen Schritt auf mich zu und fuhr mir mit der Hand über die Wange.

Alleine diese, eigentlich zärtliche Berührung, schmerzte. Zu oft war ich von ihr verletzt worden, um nicht zu wissen, dass auch ihre „Zärtlichkeit" nur die Vorwarnung für späteren Schmerz war. Mein Herz pochte. Verzweifelt versuchte ich, mich zusammenzureißen, standzuhalten.

Ein Schritt nach hinten.

Ich hatte diesen abgesprochenen Wettstreit verloren. Wieder lächelte Königin Lilith, meine Mutter. Diesmal zufrieden. Ich hatte ihr gegeben, was sie wollte, und gleichzeitig hatte ich mich verraten. Noch immer fürchtete ich sie und

auch wenn es die wohl beste Tarnung für meine
Taten war, war es gleichzeitig ein Widerspruch
zu meinem Vorhaben.
Es klopfte an der Tür, eine Rettung für mich.
Verärgert murmelte meine Mutter ein:»Herein.«
Doch sobald angekündigt wurde, wer eingetroffen
war, änderte sich ihre Laune. Mindestens ein
Dutzend an feinsten Stoffen wurde ins Zimmer
geschleppt. Dazu Kisten voll mit Bordüren,
Spitzen, Knöpfen und allerlei Verzierungen. Ob
ich wollte oder nicht, dieser Anblick faszi-
nierte mich. Ich war es gewohnt, fein ausge-
stattet zu sein, doch das war noch einmal etwas
anderes. Am liebsten würde ich mir jeden Stoff
von der Nähe ansehen und über ihn streichen.
Bestimmt fühlte er sich genauso seidig an, wie
er aussah.
»Du setzt dich!«
Ich gehorchte.
Nun war es meine Mutter, die tat, was ich tun
wollte und die Stoffe berührte.
»Mhm, schlechte Qualität«, sie stieß die Rolle
um.
Okay, ich hätte meine Wahl anders getroffen.
»Zu bläulich.«
»Zu wenig Glimmer.«
»Das ist ja erbärmlich.«
Rolle um Rolle betrachtete sie die Stoffe.
Schlussendlich schafften es nur drei in die en-
gere Auswahl. Alle drei waren wunderschön, aber
ich wollte sie nicht tragen. Nicht, wenn ich
darin gehüllt jemanden heiraten musste, den ich
nicht liebte.
Eine Weile lang schien meine Mutter zu überle-
gen, beinahe glaubte ich schon, dass sie mir
die Entscheidung überlassen würde, als sie ihre
Auswahl verkündete.

»Der hier. Aber ich möchte nach unten hin mehr
Ornamente.« Eine klare Anweisung. Meine Hoffnung rann dahin.
Spitzen und Bordüren wurden ausgewählt und die
Länge des Schleiers entschieden. Anschließend
wurden noch ein paar fehlende Maße von mir abgenommen, ehe ich fertig war.
Endlich.
Ich ging auf die Tür zu, doch sie wurde mir
nicht geöffnet. Langsam drehte ich mich um. Lilith stand mitten im Raum und tat so, als wäre
sie höchst interessiert an ihrer Schreibfeder.
»Heute Abend triffst du dich mit Finnian«, nun
sah sie mich an. »Ich möchte ein Enkelkind und
es ist mir egal, dass ihr noch nicht geheiratet
habt. Schließlich leben wir in einer modernen
Zeit, nicht wahr?«
Mein Herz stockte, doch trotz der erschrecken-
den Nachricht blieb mir nichts anderes übrig,
als weiterzumachen. Um dieses Problem, musste
ich mich später kümmern. So schnell, wie es
unauffällig möglich war, lief ich in die Eingangshalle.
»Alles gut?«, Rieka wirkte besorgt. Wie immer,
wenn ich von Mutter zurückkam. Hastig nickte
ich. Für Erklärungen war jetzt keine Zeit.
»Lass uns gehen«, ich bemühte mich an einem
Lächeln, doch spürte, dass mich Rieka durch-
schaute. Trotzdem fragte sie nicht weiter nach,
worüber ich froh war.
Um die unangenehme Stille zu überwinden, bückte
ich mich und griff nach dem am Boden liegenden
Korb. Ein kleines Deckchen war darüber geworfen. Wir gingen in dem Vorwand, schöne Blumen
für die Hochzeit auszuwählen. Jeder würde denken, dass der Korb dafür diente, um unsere Auswahl zu transportieren. Was er anschließend

auch tun würde, doch seine Hauptfunktion war das Tragen spezieller Leckereien.

Schweigend verließen wir den Hof. Ein paar Wachleute schauten uns nach, schienen sich aber nicht zu trauen, uns zu fragen, wohin wir gingen und damit möglicherweise die Autorität ihrer Königin infrage zu stellen. Ein Stallbursche reichte uns die Zügel unserer Pferde und half uns auf ihre Rücken. Wir ritten los und ich spürte, wie der Druck um meinen Brustkorb geringer wurde.

Den ersten Teil unseres Planes hatten wir überwunden. Nun konnten wir miteinander sprechen, ohne in Gefahr zu schweben, belauscht zu werden.

»Du weißt, dass dein Plan gefährlich ist, das muss ich dir nicht sagen. Und ich vertraue dir. Aber vielleicht könntest du mir langsam mal die Einzelheiten erklären.« Rieka trabte neben mir her. Gemeinsam überquerten wir eines der vielen Kornblumenfelder, die das Schloss umgaben.

»Wir müssen als Erstes zu Nyx. Ich kenne die ungefähre Stelle der Miene, aber um ehrlich zu sein, bin ich gestern einfach nur im Wald herumgeirrt. Nach der ganzen Aufregung kann ich mich nicht mehr an den genauen Standort erinnern und alleine danach zu suchen, würde zu lange dauern«, ich lächelte. »Allerdings habe ich mir gemerkt, dass in der Nähe ein Elfenvölkchen lebt. Nyx kennt sie bestimmt und weiß, wo wir lang müssen. So eine Klatschtante wie sie findet man nicht oft, sie weiß alles.«

Eine Mischung aus Belustigung und Entsetzen breitete sich auf dem Gesicht meiner Freundin aus. »Du weißt schon, dass so gut wie alle Elfenvölker verfeindet sind, oder?«

Ich nickte. »Deshalb auch die Süßigkeiten. Einen Muffin oder ein Bonbon verlangen sie bei jedem Besuch, das wäre nichts Besonderes. Aber einem ganzen Nachtisch aus dem Königshaus kann sie sicherlich nicht widerstehen. Wir müssen bloß eine Kleinigkeit für das andere Volk zurückhalten«

Rieka zog eine Augenbraue hoch. »Der Plan ist sowas von beschissen. Wofür machst du das eigentlich? Ich meine, ich verstehe, dass dir der Prinz leidtut. Tut er mir auch, aber warum begibst du dich für ihn in solche Gefahren?«, der zweifelnde Unterton war nicht zu überhören. Sie hatte guten Grund, misstrauisch zu sein. Ich hatte ihr so gut wie nichts erzählt. Aus Sicherheitsgründen für mich und sie. Ich wollte sie ungern noch weiter in die Sache hineinziehen, aber nun brauchte ich wieder einmal ihre Hilfe.

»Ich halte das alles nicht mehr aus. Ich halte es nicht mehr aus, eine Prinzessin zu sein, die in Wirklichkeit behandelt wird wie eine Gefangene. Ich halte es nicht mehr aus, gegen meinen Willen benutzt zu werden und ich kann nicht mehr wegsehen, wenn sie das gleiche jemand anderes antun.« Mitfühlend runzelte Rieka die Stirn. »Es tut mir …«, ich unterbrach sie.

»Ich zweifle schon länger an unserer Politik, aber der Vorfall mit dem fremden Prinzen hat mich zu dem Entschluss gebracht, etwas verändern zu müssen. Ich kann nicht viel tun, aber wenn ich erstmal verheiratet bin, bleibt mir gar keine Möglichkeit mehr. Meine Mutter will jetzt sogar schon ein Kind von mir«, meine Stimme brach. Das Entsetzen war Rieka deutlich anzusehen. »Ich will zumindest versuchen, zu handeln, solange ich noch kann. Und ich weiß, das hört sich doof an, aber ich habe das Gefühl, dass es Prinz Dunford ähnlich geht. Er wirkt nicht wie jemand, der mit der jetzigen Situation zufrieden ist und ... ich weiß auch nicht. Ich habe das Gefühl, dass wir uns gegenseitig helfen könnten.«

Einen Moment herrschte Stille. Allein die trommelnden Hufe unserer Pferde und der Wind waren zu hören. Vor uns tat sich der Wald auf. Bald würden wir das Elfenvolk erreichen.

Endlich regte Rieka sich. »Okay. Ich helfe dir. Das alles ist verrückt, aber ich helfe dir«, Ihre Stimme klang noch immer verzweifelt und ich konnte es ihr nicht verübeln, schließlich ging es mir genauso.

Wir kamen am Waldrand an und parierten durch. Es war sicherer, im Schritt zu reiten. Noch waren wir auf einem breiteren Pfad, der zu Handelszwecken genutzt wurde. Doch um zu unseren geflügelten Freunden zu kommen, mussten wir schon bald eine Abzweigung nehmen und den dichter werdenden Wald betreten. Wurzeln zierten den Boden und machten ihn uneben. Dornen und Büsche versperrten uns den Weg und wir mussten absteigen. Zu Fuß ging es ab hier schneller. Wir banden unsere Pferde mit einem Strick an einen Baum, ehe wir uns durch das Dickicht schlugen. Bedacht darauf, uns nicht zu dreckig zu machen oder unsere Kleider einzureißen. Schließlich waren wir eigentlich nur auf der Suche nach ein paar hübschen Blumen.

»Wenn Nyx jetzt nicht zustimmt, bring ich dich um«, fluchte Rieka während sie eine hartnäckige Dornenranke aus ihrem Rock löste.

»Dazu wird es keinen Anlass geben«, erwiderte ich. Mit einem letzten Hieb meines Säbels bahnte ich uns den Weg zu der kleinen Lichtung frei. Die Lichtwesen tanzten in der Sonne oder ruhten sich auf Blütenblättern aus. Sie kannten uns, und als wir uns auf einem Stein, der uns eine Sitzgelegenheit bot, niederließen, schwebten sie bereits alle auf uns zu. Nyx ganz vorne.

»Essen«, schnaubte sie mit verschränkten Armen. Rieka schüttelte den Kopf. »Unverschämt, ihr kleinen Viecher.«

Nyx streckte ihr die Zunge heraus und wollte schon einen Streit anzetteln, als ich einen Blaubeermuffin aus dem Korb hervorholte. Ich stellte ihn vor mir auf die Wiese und zog meine Hand gerade noch rechtzeitig weg. Wie Messer auf ein Holzschild schossen die Elfen auf die Süßigkeit zu und schlugen ihre rasierklingen-scharfen, kleinen Zähne in die Süßigkeit.

Rieka ließ ein paar abfällige Kommentare zu ihren Essgewohnheiten und Manieren fallen, war ansonsten allerdings still.

Zwei Minuten später war der Muffin verputzt und die Streitereien um die letzten Krümel verklungen. Der beste Moment, um meine Bitte zu äußern. (Solange noch alle satt waren und ihre Zähne nicht in mich schlagen wollten.) »Ähm … Nyx?«, begann ich stammelnd. Die Elfe drehte sich aufmerksam zu mir um. »Wir hätten da so eine Bitte.«

»Viel Glück«, flötete Rieka und lehnte sich zurück.

Ich warf ihr einen warnenden Blick zu. »Ich muss einen Ort wiederfinden, von dem ich vergessen habe, wo er sich genau befindet. Ihr kennt euch im Wald aus und …«, nun kam der gefährliche Part.

Nyx hob eine Augenbraue.

»Na ja, dort war auch ein Elfenvolk.«

Ihre Augen verfinsterten sich. Abwehrend hob ich die Hände. »Ein kleineres, viel kleiner als eures. Die sind bestimmt nicht so toll wie ihr«, fügte ich schnell hinzu.

Rieka lachte hinter meinem Rücken.

»Wir dachten, dass ihr das Volk bestimmt kennt und den Ort sicher schnell findet.«

»Was heißt denn hier wir? Das war deine Idee, du brauchst mich nicht mit hineinzuziehen, wenn es um die Elfen geht«, murrte Rieka.

Ich ignorierte sie und schenkte Nyx ein flehendes Lächeln.

»Was kriegen wir dafür?«

Kapitel 15

Celestine

Wir ritten weiter durch die Wälder, während Nyx uns den Weg wies. Dem Korb voller Süßigkeiten, hatte sie, wie vermutet, nicht widerstehen können und zugestimmt uns zu führen. Erleichtert wieder einen Schritt weiter gekommen zu sein, ließ ich meine Stute Destry, hinter ihr hertrotten. Je weiter wir in den Wald vordrangen, desto näher kam ich meinem Ziel.

Baum um Baum reihte sich das Dickicht auf. Wieder war es an der Zeit, abzusteigen. Mein Säbel erbrachte seinen Sinn und schlug mir und Rieka den Weg frei. Nyx flog mühelos durch die kleinen Öffnungen zwischen Büschen und Dornen.

»Da wären wir«, murrte sie. Noch immer war die kleine Elfe sichtlich beleidigt und der Anblick des verfeindeten Volkes, ließ ihre Laune nicht gerade übersprudeln. Sofort flogen ihre kleinen Feinde heran und wollte nicht nur Nyx, sondern auch mich und Rieka attackieren.

»Diese Völker machen mich echt fertig!«, schimpfend warf Rieka einen Muffin in den Schwarm geflügelter Wesen.

Sofort begann Nyx sich wieder zu beschweren.

»Ihr habt noch mehr gehabt? Wieso gibst du es denen?«

»Wäre es dir lieber selbst aufgefressen zu werden?«, erwiderte Rieka.

Die Zankereien meiner Freundinnen wurden immer leiser, denn ich entfernte mich unbemerkt. Von hier aus war es ein Einfaches, den richtigen

Pfad zu finden. Große Felswände, waren schließlich gut wiederzuerkennen, wenn man sich bereits in ihrer Nähe befand.
Vorsichtig warf ich einen Blick über genau den Busch, hinter dem ich letztens beinahe erwischt worden war. Ich hatte Glück, der Mineneingang wurde nicht bewacht. Ich wollte mir erst gar nicht ausmalen, was sie den Insassen antaten, wenn sie es nicht für nötig hielten, Wache zu stehen. Die Gefangenen mussten vollkommen erschöpft sein, unfähig sich überhaupt zu bewegen.
Ich huschte zwischen den Blättern hindurch und überquerte die kleine Lichtung. Wieder drangen Stimmen aus dem Inneren des Berges. Wieder erinnerte mich der klagende, angsterfüllte Klang an meine eigenen Qualen.
Ich verzog das Gesicht, als ich den ersten Schritt in die Dunkelheit wagte. Es roch scharf und sauer zugleich. Nach Verwesung, Blut und Erbrochenem. Hustend schlurfte ich weiter. Auf der Seite, entdeckte ich eine kleine Laterne, die ich mir sogleich schnappte. Die Kerze darin war beinahe abgebrannt, doch sie spendete zumindest noch ein wenig Licht. Ich streckte den Arm mit der Lampe vor mir aus, um sehen zu können, wohin ich trat. Eine Ratte flitzte erschrocken vor meinen Füßen davon und ich musste ein Kreischen unterdrücken. Noch sah alles aus, wie eine normale Miene. Steinwände und Werkzeuge, die auf dem Boden herumlagen, fielen mir ins Auge. Doch die Stimmung war anders. Ich folgte dem elendigen Geruch und kam schon bald dort an, wo ich hinwollte. Ich war an meinem Zielort angekommen, gleichzeitig schrie mein Verstand mich an, ich solle von hier verschwinden. Der Anblick war schrecklich. Etwas anderes

konnte man nicht behaupten. Von beiden Seiten des Ganges führten Abzweigungen und Auskerbungen zu unzähligen Zellen. Überall waren Metallgitter mit unglaublich kleinen Türen angebracht. Um hinein oder hinauszukommen, schien man sich zusammenkauern oder kriechen zu müssen. Wahrscheinlich wurden die meisten Gefangenen, jedoch einfach durch das Loch hindurch geworfen.

Auf jeder dieser kleinen Türen war ein Schildchen angebracht. Ich trat einen Schritt darauf zu, um es besser erkennen zu können. Schnell erkannte ich, dass es unterschiedliche Farben gab, die jeweils unterschiedliche Bedeutungen hatten. Mein Magen drehte sich um, als ich den ersten Blick in eine Zelle wagte. Große, verängstigte Augen blickten mir entgegen. Der Mann war mager, alle Knochen waren zu sehen und sein Haar hing ihm lang und verfilzt ins Gesicht. Der Geruch von Ausscheidungen lag schwer in der Luft.

Ich zwang mich weiterzugehen und suchte jede Zelle nach einem bekannten Gesicht ab. Es wurde immer schlimmer. Von Ketten, Schlingen, Verletzungen, in denen sich Maden labten, bis hin zu Leichen, die regungslos auf dem Boden lagen und von Ratten verspeist wurden. Lange würde ich diesen Anblick nicht mehr ertragen - Und bestimmt nie wieder vergessen. Erneut wurde die Grausamkeit meines Volkes bestätigt.

»Mädchen, was suchst du hier?«

Ich zuckte zusammen. Gelbe, schiefe Zähne blitzten im Laternenschein auf, als ich mich zu dem Sprecher umwandte. Doch es war nicht derjenige, den ich suchte, weshalb ich ihm keine Aufmerksamkeit schenkte und weiter ging.

Wenn ich doch nur wüsste, was die Farbcodes

bedeuteten. Doch ich war mir sicher, dass ein Bewohner Oryns zu den verachtenswerten zählte und wahrscheinlich eher bei einem dunkleren rot untergeordnet war. Vielleicht sogar schwarz, wenn meine Theorie stimmte und die Farben die Straftaten der Insassen ausschrieben.

Meine Schritte hallten in den Gängen wider und irgendwo tropfte Wasser. Oder anderes …

Immer tiefer begab ich mich in die Miene und folgte den dunkler werdenden Farben. Und dann, endlich, erklang ein Keuchen.

»Prinzessin.«

Mit rasendem Herzen drehte ich mich um.

Da war er.

Sein Anblick hinterließ einen kalten Schauer auf meinem Rücken. Der Prinz hockte zusammengekauert in einer Ecke, seine Handgelenke von Ketten umschnürt und an der Wand befestigt. Das einst weiße Hemd hing ihm verschlissen vom Körper und gab den Blick auf tiefe Striemen frei. Getrocknetes Blut bedeckte beinahe seine ganze Haut und seine Augen … seine Augen wirkten nicht nur müde, sondern leer. Als hätte er alle Hoffnung bereits aufgegeben. Ich trat näher und ließ mich vor den Gittern nieder, sodass ich ihm auf Augenhöhe begegnen konnte. Mit den Händen umfasste ich die kalten Metallstäbe, um mich an etwas zu klammern, das mir zumindest ein wenig Halt gab.

Erst jetzt bemerkte ich, dass ich ihn so eingehend musterte, dass mein Kopf immer näher an das Metall herabgeglitten war und nun die eisigen Stäbe berührte. Die Kälte durchfuhr mich wie ein Stromschlag und ließ mich zurückschnellen. Es gab keine Zweifel, das war Absicht.

»Mit einem erneuten Besuch habe ich nicht gerechnet.«

Ich schluckte. »Ich auch nicht.« Die einzige ehrliche Antwort, die mir daraufhin einfiel. Zu spät bemerkte ich, dass er mir gar keine Frage gestellt hatte und musste man mit Rivalen wirklich ehrlich sein? Noch bevor ich diese Frage überhaupt zu Ende gedacht hatte, kannte ich bereits die Antwort. Keinesfalls würde ich mich wie meine Mutter benehmen. Und war ich nicht eigentlich hier, um einen Verbündeten in diesem Fremden zu finden?

Der Prinz lachte. Es klang rau und irgendwie überrascht, als hätte er seit langem kein solches Geräusch mehr von sich gegeben. Ich räusperte mich und bemühte mich, gerade zu hocken, um nicht vor Neugierde erneut die Stirn gegen die Eisenstäbe zu drücken.

»Ich bin hier, weil ich ein Angebot für dich habe.«

Stille. Beinahe dachte ich schon, keine Antwort mehr zu bekommen und formte meine Augen zu Schlitzen, um in der vor mir liegenden Dunkelheit zumindest etwas zu erkennen. Eine Augenbraue lag höher als die andere. Dies konnte gut oder schlecht sein, entweder sprach es von Neugierde oder Hohn. Ich hoffte auf ersteres, als sich Worte aus diesem fremden Mund bahnten. Diesem durchaus wohlgeformten und attraktiven Mund.

STOPP!

Ich war nicht hier, um jemanden anzuschmachten. Von diesem Besuch hing vermutlich meine Zukunft ab.

»Ach wirklich?«

Was antwortete man auf eine solche Frage?

»Die Prinzessin derer, die mich gefangen nahmen, will mir ein Angebot machen?«, seine Mundwinkel hoben sich und man hörte sein Grinsen in den nächsten Worten. »Aber so schlecht kann sie nicht sein. Schließlich hat sie mich doch auch gefüttert.«

Ich errötete. Ein Glück, dass dieses Gefängnis so dunkel war. Er konnte es unmöglich sehen, oder? Irgendwie fühlte ich mich so … durchsichtig, durchschaubar. Schnell reckte ich den Kopf. Ich durfte mich hier nicht lächerlich machen, ich musste mich nicht klein stellen, ich war nicht im Schloss! »Hilf mir, meine Hochzeit zu verhindern. Hilf mir, diese Hierarchie zu ändern und diesen unsinnigen Krieg zu beenden. Erweise mir deine Dienste und ich verspreche, dich zu befreien.«

Lachen. Schallendes Lachen, welches als Echo von den Wänden wiederklang.

»Hat da jemand Angst vor der Verbindung mit einem Mann?«

Wut stieg in mir auf. »Hat dir schonmal jemand gesagt, dass du ein ziemlicher Arsch bist?«

»Angesichts davon, dass ich ein Prinz bin - selten. Aber ich bin mir ziemlich sicher, dass ich nicht der einzige bin, von dem das geglaubt wird.«

Ich erwiderte nichts. Sollte er doch von allein auf mein Angebot antworten. Wenn er nicht freikommen wollte, selber schuld.

»Aber zurück zu deinem Angebot. Mal angenommen, ich würde tatsächlich darüber nachdenken, warum sollte ich dir vertrauen?«

»Warum sollte ich dir vertrauen? Selbe Sache, wir stecken beide in der Klemme und uns gegenseitig zu helfen, ist unsere einzige Möglichkeit.«

Wieder dieses Grinsen. »Es sei denn, man möchte die Qualen ertragen.«

Ich verdrehte die Augen. Wie nervtötend konnte

ein Mensch nur sein?
»Du möchtest drei Gefallen im Tausch von einem. Wärst du fair, hätte ich noch zwei«, ich wusste nicht, wie man zugleich so unbeschwert klingen und so zugerichtet aussehen konnte. Nun grinste ich. »Nehmen wir mal an, ich würde darüber nachdenken, dir noch zwei Gefallen zu schulden, man bedenke, dass du in einer Zelle hockst und ich nicht, was wären diese?«, ich legte den Kopf schief, abwartend, doch die Antwort kam sofort.
»Du kommst, nachdem all deine Wünsche erfüllt wurden, mit mir zu meinem Volk, und benutzt deine Kräfte zu unserem Nutzen.«
»Du spinnst wohl!«
Nun spiegelte er mich und legte ebenfalls den Kopf schief. »Drei Gefallen gegen drei deiner. Was soll daran unfair sein?«
Gerade wollte ich erwidern, welche Folgen seine Anforderungen für mich zu bedeuten hatte. Dass ich wieder nichts anderes wäre, als ein Mädchen, das benutzt wurde. Ich hatte schon den Mund aufgerissen und die Säure der Luft hatte sich auf meine Zunge gelegt, als ich ein Geräusch wahrnahm. Ein Geräusch, das nicht da sein sollte. Schritte hallten durch die Gänge. Sie kamen immer näher und klangen genauso bedrohlich, wie der nun auftauchende Schatten wirkte. Mein Herz schien stehen zu bleiben und ich traute mich zu keinem weiteren Atemzug. Vorsichtig rutschte ich an das Ende des Ganges und hoffte, in der Dunkelheit verschwinden zu können.
»Stina?«
Ich spürte, wie meine Augen noch ein Stückchen größer wurden. Es gab nur eine Person, die mich so nannte. Genau diese, kam soeben schlittern

vor Prinz Dunfords Zelle zum Stehen.
»Da bist du ja! Beeil dich! Es kommen Wachen, wir müssen weg!«
Vor lauter Schreck war ich wie gelähmt, auch wenn sich die gedachte Gefahr, als meine Freundin entpuppt hatte. Rieka griff kurzerhand nach meinem Arm und zog mich auf die Beine. Schlitternd stolperte ich hinter ihr her.
»Überleg es dir.«
Die letzten Worte, die ich von dem Prinzen hörte und natürlich klangen sie als hätte er mir einen Deal vorgeschlagen und nicht ich ihm.

*

Gemeinsam mit Rieka hastete ich zurück ins Gebüsch. Wir waren nur knapp den Blicken, der näherkommenden Wachen und Hofangestellten entkommen als wir Nyx erreichten, die sich noch immer mit den verfeindeten Elfen zankte.
»Können wir jetzt endlich gehen?«, prustete sie wütend, wobei ihre Stimme noch immer piepsig klang. Sie mochte so gar nicht zu ihrem Charakter passen, denn die Elfe war alles andere als niedlich.
»Psst!«, zischte Rieka und machte eine Handbewegung, die andeutete ihr zu folgen. Nyx sah dies anscheinend als Zeichen vorauszufliegen und wieder ihre Aufgabe als Anführerin aufzunehmen.
Den ganzen Weg zurück zur Wiese schwirrte mir der Kopf vor lauter Fragen. Wer war dieser Prinz, dass er so unbesorgt klingen konnte? Wie konnte er so mühelos auf alles antworten und weshalb machte genau das ihn so attraktiv? Es war anders als bei Finnian. Arlo schien es einfach zu gefallen mich hinzuhalten, war sich

seinen Zielen allerdings bewusst. Während Finnian es liebte, mich weinen zu sehen, mich zu verletzen und dabei eigentlich keine Ahnung hatte, was ihm das bringen könnte. Aber ich durfte nicht unvorsichtig sein, nur weil ich Schlimmeres gewohnt war. Vielleicht war der fremde Prinz auch nicht besser und zeigte sich nur von seiner harmlosen Seite. Vielleicht war er in Wirklichkeit genauso wie Orynianer von den Fähigen beschrieben wurden.

*

Die Sonne neigte sich bereits dem Horizont zu und kündigte den herannahenden Abend an. Abwesend verabschiedete ich mich von Nyx und pflückte mit Rieka ein paar Blumen. Es war nicht schwer schöne auszuwählen, wenn eine ganze Wiese voller verschiedensten Pflanzen und Blüten vor mir lag. Trotzdem war es eine Qual, diese Aufgabe hinter mich zu bringen. Genauso wie der darauffolgende Ritt zurück zum Schloss. Und dann war da noch die Verabredung mit Finnian. Ich stöhnte. Das hatte ich beinahe vergessen, in dem ganzen Trubel. Widerwillig ließ ich mich von Rieka in mein Zimmer bugsieren, wo ich mich auf einem Hocker niederließ.
»Und?«, fragte Rieka neugierig, während sie mir die Haare kämmte.
Ich seufzte. »Dieser Prinz ist ein harter Brocken.«
»Sind sie das nicht immer?«
Mir rutschte ein hysterisches Lachen heraus.
»Er meinte, wenn er mir helfen soll, müsse ich ihm danach nach Oryn folgen und meine Fähigkeiten für sein Volk einzusetzen.« Meine Freundin stockte in der gleichmäßigen Bewegung, in der

sie meine Haare entknotete. Dann zuckte sie mit den Schultern. »Sag ihm eben, dass du die Angebote machst und nicht er.«

»Es ist ja nicht so, als hätte ich das nicht versucht, aber ich blicke nicht durch ihn hindurch. Er wirkt so sorglos, obwohl er alles andere als das sein sollte.« Nun flocht Rieka zwei kleine Zöpfe mit den vordersten Strähnen und fasste sie am Hinterkopf zusammen. »Vielleicht hat er innerlich schon aufgegeben. Ich habe gehört, dann sollen viele verrückt werden.«

»Aber er wirkt auch nicht verrückt, ich …, ich weiß nicht, er ist anders.«

Rieka schüttelte den Kopf. »Dann kann ich dir leider auch nicht helfen.« Schweigend half sie mir in eine einfachere Garderobe, die ich tragen würde, um meinen „Verlobten" zu treffen. Keiner von uns hatte mehr etwas zu sagen, als ich in meine Ballerinas schlüpfte und aus dem Raum trat. Ein einfacher Blick in das Gesicht des Anderen genügte, um sich dessen Sorge bewusst zu werden.

Kapitel 16

Celestine

Worte drangen in mein Ohr und lösten eine unangenehme Gänsehaut aus. Ich spürte Hände, die meinen Körper hinunterglitten und nahm jede Berührung als sengenden Schmerz wahr. Wie erstarrt, ließ ich mir mein Kleid über den Kopf ziehen.

»Lächle doch mal. Sei dir deines Glücks bewusst.«

Ich schluckte die heran steigenden Tränen hinunter. Noch nicht. Ich musste noch durchhalten. Schwielige Finger streiften den Träger meiner Unterwäsche von meiner Schulter. Eine kurze Pause. Nun fielen auch seine Kleidungsstücke zu Boden. Lippen trafen meine und Bartstoppeln bohrten sich in mein Gesicht. Wie von hunderten Nadeln getroffen, taumelte ich nach hinten. Es war genau das, was er wollte. Er fügte mir Schmerzen zu und trieb mich gleichzeitig immer weiter Richtung Bett. Doch ich konnte mich nicht davon abhalten, von ihm abzuweichen. Wir waren wie zwei Magnete, die nicht aufeinanderpassen wollten. Die falschen Seiten waren einander zugewandt.

Kaltes Holz berührte meine Kniekehlen. Meine einzige Fluchtmöglichkeit entpuppte sich damit als Sackgasse. Wieder strichen diese Hände meinen Körper entlang und blieben an meiner Taille stehen, bevor sie mich nach hinten drückten. Keuchend fiel ich in die weichen Kissen. Doch auch diese konnten das Gefühl von Schmerz nicht dämpfen, den mir dieser Mann bereitete. Er

lehnte sich über mich und schloss den Abstand zwischen uns. Sein Körper berührte meinen. Meine Beine, meinen Bauch, meine Brüste. Mein Gesicht. Nun setzte die Panik ein. Sie bäumte sich von innen gegen mich. Wie eine Sturmflut schlug sie gegen meine Brust und handelte ohne meine Gedanken um Erlaubnis zu bitten. Immer wieder schlug sie gegen mich, bis sie aus mir heraus schwappte und die Angst sich ihre Wege suchte. Ich begann zu zittern und all meine Muskeln spannten sich an, während sich meine Arme krampfartig gegen den Körper über mir stemmten. Doch er gab nicht nach und schien auch noch Gefallen an meinem Schmerz zu finden. Früher hätte meine Angst jetzt Kontrolle über mich erhoben. Doch heute verwandelte sie sich in pure Wut und Überlebensinstinkt. Meine Faust schnellte durch die Luft und traf ihr Ziel. Stöhnen, bevor sich der Körper krümmte und endlich von mir abließ. Sofort sprang ich auf. Noch im Rennen hob ich mein Kleid vom Boden und stürmte aus dem Raum. Ich rannte und rannte. Rannte bis ich all diese Korridore hinter mir gelassen und irgendwie, in purer Panik, einen Weg aus dem Schloss gefunden hatte. Keuchend lehnte ich mich gegen den Stamm einer Kiefer. Sie roch nach Harz.
Der Duft beruhigte mich.
Meine Luftzüge wurden ruhiger und das Brennen in meiner Lunge weniger. Doch dieser plötzliche Abfall der Anspannung führte nur dazu, dass meine Emotionen wieder zu Tage kamen. Tränen strömten wie Wasserfälle aus meinen Augen und rannen über meinen Körper. Der Wind blies darüber und hinterließ Kälte und den nassen Schlieren. Mir wurde bewusst, dass ich noch immer nichts anderes als Unterwäsche trug. Schnell

zog ich mir das Kleid über den Kopf. Wie ich in der Panik überhaupt noch daran denken hatte können, war mir ein Rätsel. Erschöpft ließ ich mich am Stamm entlang nach unten gleiten und blieb schließlich auf dem weichen Waldboden sitzen.

Kapitel 17

Arlo

Zum dritten Mal an diesem Tag, klang das Echo von Schritten, in den dunklen Gängen meines Gefängnisses, wider. Doch es gab keinen Grund sich zu fürchten, denn die Leute, die mich bestraften, kamen niemals nachts. Also wartete ich ab, gespannt auf ihr Eintreffen und ihre Entscheidung. Allerdings, ich hatte nicht damit gerechnet, neben den Schritten bald auch noch Schluchzen zu hören. Ein stechendes Gefühl rührte sich in meinem Körper. Ich wusste nicht, ob es Mitgefühl oder die Angst nicht zu bekommen, was ich wünschte war, aber als ich mich aufrichtete und das Gesicht meiner Besucherin zum Vorschein kam, waren all diese Gedanken wie weggefegt. Ihr hübsches Gesicht, klatschnass vor lauter Tränen und ihre Augen und Nase gerötet. Das Haar hing ihr wild verknotet über die Schultern und der hoffnungsvolle Glanz in ihren Augen war verschwunden. Ich sah Leere, als sie mit einem schniefenden: »Okay, abgemacht. Wir machen es«, meine Anforderungen annahm. Und obwohl die Ketten an meinen Handgelenken zogen und rissen, beugte ich mich weiter zu ihr hin, als sie vor meiner Zelle zusammenbrach. Ich öffnete den Mund und wollte etwas sagen, doch was war in einer solchen Situation angebracht. Sie spielte mir in die Finger, ich bekam, was ich wollte und trotzdem fühlte es sich falsch an. Sie so zerstört vor mir liegen zu sehen, selbst wenn ich sie kaum kannte, machte etwas mit mir. Ich spürte wie sich mein Herz bei diesem Anblick zusammenzog und nun wusste ich was es war.

Mitgefühl. Wut. Unverständnis.
»Was haben sie mit dir gemacht?«, war das Einzige, was ich herausbekam. Ihr Blick traf meinen und ich zerbarst. Sie hatte aufgegeben, das war der Grund, weshalb sie zugestimmt hatte. Sie brauchte nicht auf meine Frage zu antworten, ich wusste bereits, dass es schlimm war. Ich hatte gewusst, dass die Fähigen grausam waren, doch dass sie sich selbst untereinander Schmerzen zufügten, übertraf jede Befürchtung. Schweigend streckte ich meine Hand nach ihrer aus, soweit es angekettet eben ging. Einen Augenblick lang blickte sie mich bloß verwirrt an.
»Soll das die Abmachung bestätigen oder eine nette Geste sein?«
Erst jetzt fiel mir wieder ein, dass es tatsächlich auch einfach ein Handschlag hätte sein können, den ich wollte. Doch ich hielt meine Hand horizontal und nicht senkrecht. Ich wollte ihr eine Stütze bieten und für sie da sein. Aus unergründlichen Gründen, doch es war so. Sie schluchzte weiter und ich wusste nicht, was ich tun sollte.
»Stina?« Die Prinzessin hob den Kopf. »Deine Freundin nannte dich so«, ich lächelte. Irgendwie musste ich sie aufmuntern. Ich konnte es nicht ertragen, sie unter den Händen ihrer Mutter leiden zu sehen. Oder ihres Verlobten, wie auch immer – Fähige.
Rasch wischte sie sich die Tränen von den Wangen und richtete sich auf. »Du hast kein Recht, mich so zu nennen.«
Wohl wieder ganz die Alte. »Dann eben Cinderella«, ich schmunzelte. »Passt zu deinem Aussehen und dazu, dass du eine Prinzessin bist.« Sie versuchte weiterhin stur geradeaus

zu blicken, doch dieses kleine Lächeln hatte ich nicht übersehen. Und was es in mir auslöste, war erschreckend. Mein Herz pochte und forderte mich weiter dazu auf, sie aufzumuntern, mit ihr zu sprechen. Vielleicht war es dumm, diesem Drang nachzugehen, vielleicht war es gefährlich, sich auf jemanden einzulassen, der zu meinen Feinden gehörte. Vielleicht war es allerdings auch dreimal so dumm, in einer Zelle zu hocken und den einzigen Funken Hoffnung, nicht zu ergreifen. Und genau deshalb wollte ich nun ihr Gesicht strahlen sehen. Ich wollte, dass sie mir vertraute, auch wenn sich ein Teil in mir nach Kontrolle sehnte. Ich drückte ihre Hand fester und wunderte mich, dass sie sich noch nicht losgerissen hatte. Ihr Blick legte sich auf unsere verschränkten Finger. Ich versuchte ihre Gefühle zu lesen oder irgendwie herauszubekommen was sie dachte.

Sie schluckte.

»Du willst es also durchziehen?«

Ich war erleichtert als sie erneut nickte und ihre übereilige Meinungsänderung, anscheinend nicht mit ihren Gefühlen zusammenhing. Nicht, dass es nur die Aufregung oder Angst waren, die sie zur Zustimmung führten.

Nun glitten ihre Finger doch aus den meinen und sie verknotete sie unruhig mir ihrer anderen Hand. Ich lehnte mich wieder zurück. Die Ketten lockerten sich und gaben den Schmerz frei, den ich während der Berührung der Prinzessin, nicht bemerkt hatte.

»Die Hochzeit soll dieses Wochenende stattfinden. Es wird viel los sein und niemand wird hier vorbeisehen. Ich werde in der Nacht davor kommen und ...«, sie brach ab. »Dich befreien.« Sie schluckte. »Dafür unternimmst du Irgendetwas,

damit diese verdammte Hochzeit nicht wie geplant verläuft. Ich möchte nicht mein ganzes Leben lang an diesen Mann gekettet sein.«
Als hätte sie sich verraten, riss sie die Augen auf. Was unnötig war, denn ich hatte bereits gewusst, was sie von dem Mann hielt, der ihr Gemahl werden sollte. Ich teilte ihre Meinung.
»Einverstanden.« Erneut sahen wir uns in die Augen. Das Blau, wie die unergründlichen Tiefen des Meeres, fing meinen Blick und wollte ihn nicht mehr freigeben. Was sich wohl hinter der königlichen Fassade verbarg, die sie spielen musste?
Nein. Stopp!
Ich sollte es zu meinem Vorteil nutzen, dass sie nun hier war. Ich konnte alles Mögliche über meine Feinde erfahren, wenn ich es nur richtig anstellte.
Ich zuckte mit den Schultern. »Ich verstehe nicht, wie du ihm nicht schon ein paar Pferdeäpfel ins Bett legen konntest.«
Wir lachten und konnten den Druck und die Sorge, die auf uns lasteten, für einen Moment vergessen. Wieder ertönten Schritte und zogen uns zurück in die Realität.
»Noch einen Moment, Rieka. Ich komme gleich.«
Sie wollte noch bei mir bleiben. Hieß das, dass sie mich mochte? Doch es war egal, denn noch im selben Moment stellte sich heraus, dass wir unvorsichtig gewesen waren. Immer mehr Schritte drangen durch die Gänge und kamen auf uns zu. Die erste Person bog um die Ecke, in der Hand eine Fackel und mit erleuchtetem Gesicht voller grausamem Vergnügen. Finnian Aveyard.
Das Lächeln fiel von meinem Gesicht ab, als wäre es nie dagewesen. Ich hörte Celestine nach Luft schnappen und spürte ihre Angst, als sie in die

Schatten zurückkroch. Finnian war bei uns angelangt und trat so nah an die Prinzessin heran, dass er ihr beinahe auf die Finger trat. Kurz davor hielt er inne und blickte von oben auf sie herab. »Na, hast du einen Freund gefunden, Prinzessin?«, er beugte sich zu ihr hinunter und nahm ihr Kinn in die Hand. Wut brodelte in mir auf, als er ihr mit dem Daumen über ihre Lippen fuhr. Celestine wimmerte und ihre Augen liefen über vor Angst. Todesangst.

Ich riss mich zusammen.

»Denkst du wirklich, ich ließe mich auf eine Fähige ein?«, ich schnaubte. »Sie wollte sich doch bloß bei mir einschleimen und mir anschließend Informationen über Oryn entlocken«, böse funkelte ich ihn an.

Finnian allerdings amüsierte, was mich nur noch weiter zur Weißglut trieb.

»Wie gerne ich doch sagen würde, dass du ein braves Mädchen bist, Celestine«, er ließ ihr Kinn aus seinen Fingern gleiten. Endlich.

Dann wandte er sich mir zu. »Doch ich bin nicht so blöd, wie ihr denkt. Das ist nicht euer erstes Treffen. Hab ich recht?«, drohend schob er die Fackel durch die Gitterstäbe und vor mein Gesicht. Ich durfte keine Regung zeigen.

»Was soll man sagen? Die Prinzessin ist hartnäckig. Das solltest du als ihr Verlobter doch am besten wissen.«

»Keine Sorge. Das weiß ich. Und weißt du, was ich noch weiß?«, prüfend lächelte er mich an. Mehr und mehr Schatten traten aus der Dunkelheit hervor und entpuppten sich als Soldaten Reynas. Grob packten sie Celestine an den Armen und zerrten sie weg, woraufhin diese aufschrie. Nun konnte ich meine Wut nicht länger verbergen. Finnian schien es zu bemerken und das schlimmste

war, dass es ihm gefiel.
»Sie ist auch noch viel zu gutmütig.«

Celestine

Ich schrie und trat um mich, doch es brachte alles nichts. Mit eisernem Griff hatten sie meine Oberarme gepackt und zerrten mich durch die endlosen Gänge, vorbei an unzähligen armen Gestalten, zurück ins Freie. Gedämpft nahm ich wahr, wie auch hinter uns eine Rangelei ausbrach. Männer fluchten und Schwerter streiften die rauen Steinwände. Funken sprühten und erhellten die Dunkelheit. Auf einmal wurde ich mir des sauren Geruchs nur zu gut bewusst. Und als sich der, frischen Blutes dazu mischte, stieg Galle meinen Mund hinauf. Mühsam versuchte ich, sie zwischen meinen Schreien wieder hinunterzuschlucken. Doch bei all der Eile rann sie meine Luftröhre hinunter und brachte mich zum Husten. Tränen stiegen mir in die Augen. »Lasst mich los!« Die Soldaten gehorchten nicht. Folgten lieber den Befehlen eines Mannes als dem ihrer Prinzessin. Wortlos wurde ich nach draußen geschleppt, wo sie mich gegen die raufe Felswand drückten. Steine bohrten sich in meinen Rücken und durch das dünne, schmutzige Kleid, das ich noch immer trug. Die ersten Sonnenstrahlen fielen auf die Lichtung und ließen unwirklich wirken, was geschah. Ließen unwirklich wirken, wie ein fremder Prinz auf den Boden geworfen wurde und Fäuste auf seinen geschwächten Körper einschlugen. Ließen unwirklich wirken, dass Blut floss und der Schuldige mein Verlobter war. Wo Dunkelheit sein sollte, war Licht, als wolle es die Grausamkeiten der

Fähigen gutheißen. Gras färbte sich rot, Schreie durchbrachen Vogelgezwitscher. Und ich wurde gezwungen, zuzusehen. Egal, wie sehr ich mich zu wehren versuchte, egal, wie viel ich schrie und sie verfluchte. Immer und immer wieder zwangen sie mich, die Augen offenzuhalten. Sie folterten mich mit der Folter eines anderen, weil sie genau wussten, wie sehr mir das zusetzte. Weil sie genau wussten, dass ich nicht unversucht zusehen würde.

Kapitel 18

Celestine

Bilder verfolgten mich, tauchten immer wieder auf, bei jedem Blinzeln und in jedem Traum. Blut rauschte in meinen Ohren und erinnerte mich an den beißenden Geruch der Zellen. Stimmen sprachen zu mir. »Du bist schwach.«
Schwach.
Deine Schwäche ist die Gutherzigkeit. Mitgefühl zeigt Schwäche.«
Mir wurde eingeredet, ich sei die Schlechte, bis ich es selbst glaubte.
Wie in einem goldenen Käfig saß ich fest. Ich versuchte aufzustehen und die Gitter zu berühren, mich dazwischen hindurchzuzwängen. Doch als meine Finger das Metall berührten, verwandelte es sich. Es zerrann und verfärbte sich rot.
Blut.
Überall Blut. Auf meinen Händen, meinem Gesicht, meinem Kleid. Ich brach zusammen. In meinem eigenen Kopf, der mir Bilder vorspielte, die nicht der Wirklichkeit entsprachen. Und doch wusste ich, dass sie wahr waren, als meine Mutter aus dem roten Wasserfall, der mich umgab, auf mich zutrat. Auf ihrem Kopf die Krone. Ihr Lächeln grausam. Rubine glänzten wie Blutstropfen an ihrer Halskette und an den Ohren. Ihr Blick war starr und spannte Schatten um mich herum.
Immer näher kamen sie auf mich zu und trieben mich mit sich. Dunkelheit umgab mich und in ihr schwammen Stimmen. Gesagtes wurde wie ein Mantra wiederholt und brannte sich in mein

Gedächtnis ein. Ich wollte schreien, doch alles, was ich sagen wollte, blieb mir im Halse stecken. Dunkle Magie, die mich dazu brachte, zu glauben, was sie mir vorspielte, umgab mich. Und doch vertrieb sie nicht die Grausamkeiten, sondern zierte sie mit Blumen und Schmetterlingen. Als wäre Tod die einzige Wahl, um Leben zu ermöglichen. Als wäre Tod das einzig Richtige und würde zu Erfolg führen.

Kapitel 19

Celestine

Als ich die Augen mühsam aufschlug, musste ich gegen das Licht ankämpfen, das den Raum erfüllt. Nach der Dunkelheit, die unmissverständlich meine Mutter heraufbeschworen hatte, war es eine Qual ins Helle zu blicken. Ich wartete, bis sich meine Pupillen wieder zusammenzogen. Nach einem erneuten Blinzeln konnte ich endlich die ersten Umrisse erkennen. Ich befand mich nicht im Wald und auch nicht auf meinem Zimmer. Nein, ich war im Arbeitszimmer meiner Mutter. Stöhnend stemmte ich die Ellbogen in den Boden und richtete mich auf. All meine Glieder schmerzten und die Erinnerung des letzten Morgens hafteten schwer in meinem Gedächtnis. Vorsichtig setzte ich mich auf. Meine ganze Umgebung schien sich zu drehen und sobald ich versuchte, mich auf einen Gegenstand zu konzentrieren, verschwamm dieser. Es dauerte ein paar Minuten, bis mein Kreislauf wieder einigermaßen normal funktionierte. Ich drehte meinen Kopf und blickte mich um. Es war still, was jedoch nicht unbedingt bedeuten musste, dass ich allein war.

Und so war es auch nicht, denn am Schreibtisch hinter mir, lehnte meine Mutter. Zweifellos hatte sie mich die ganze Zeit über, mit ihren kalten Augen beobachtet. Ihr schöner Mund war zu einem grausamen Lächeln verzogen. Wie sehr ich es hasste, dass ich ihr so ähnlichsah, mit meinen blauen Augen und dem blonden Haar. Nur meine Haut war etwas heller.

»Ich weiß nicht, ob ich beeindruckt oder

enttäuscht sein soll, meine liebe Tochter«
Wie sehr ich es hasste, wenn sie mich so nannte.
Ich wollte nicht das Kind einer solchen Frau
sein!
»Zum ersten Mal in deinem Leben zeigst du den
Willen, etwas zu verändern. Du wolltest dich
auflehnen und hättest so einiges dafür getan«,
Sie kam auf mich zu. »Wie ähnlich du mir nur
bist. Endlich zeigst du Willenskraft. Anderer-
seits …«, sie blieb vor mir stehen und blickte,
wie Finnian, von oben herab auf mich herunter.
»Andererseits hast du es nicht geschafft. Ein
Jammer. Ein Glück, dass dein Bruder die Gabe
der Zeit erbte und damit der Thronfolger ist.
Es wäre Verschwendung, solltest du jemals auf
den Thron gelangen.«
Meine Fäuste verkrampften sich.
»Gib doch endlich nach. Ich will doch nur das
Beste für dich, mein Schatz«, sie strich mir
über den Kopf, doch was eine tröstende Geste
sein sollte, war pure Kälte. »Warum sonst hätte
ich dir so einen starken und erfolgreichen Mann
an die Seite stellen sollen? Du wirst ihn heiraten und ihm Kinder schenken. Sei ihm eine gute
Ehefrau und du wirst bekommen, was du dir er-
sehnst. Der Schmerz wird nachlassen.«
»Ich heirate niemanden, den ich nicht liebe«,
platzte es aus mir heraus. Spucke flog aus meinem Mund und landete auf dem Seidenkleid meiner
Mutter.
Gold. Was für eine Angeberin.
Doch sie lachte nur. »Ach, wenn du dich nur
selbst hören könntest. Mein Kind, alle meine
Untertanen wünschen sich einen Mann wie Finnian. Ein Blick von ihm wäre ein Geschenk der
Götter für sie. Sie wissen, dass sie Adonis
nicht bekommen können, aber Finnian …

Du bist die Frau, die dieses Glück besitzt. Glaub mir, die Liebe wird noch kommen.«

»Ganz bestimmt nicht!«, nun spuckte ich ihr tatsächlich vor die Füße, woraufhin mich einer dieser, im nächsten Augenblick in den Bauch trat. Keuchend rollte ich mich zusammen und rang nach Luft. Ein stechender Schmerz durchfuhr mich.

»Undankbares Kind. Du wirst diesen Mann heiraten! Durch deine Anstalten, müssen wir die Hochzeit wohl vorverschieben«, sie sah in die Luft und tat so als würde sie nachdenken. »Auf, lass mich nachdenken - wie wäre es mit morgen«, es war keine Frage und das war mir klar. Ich würde tatsächlich heiraten. Morgen.

*

Heulend kam ich in meinem Zimmer an. Wachen hatten mich begleitet und bewacht. Nicht aus dem Grund, dass mir etwas zustoßen könnte, sondern damit ich nichts anstellen konnte. Wie sollte ich in so kurzer Zeit Arlo Dunford benachrichtigen und befreien?

Vermutlich war es wirklich schon zu spät. Ich würde Finnian Aveyard heiraten müssen und mein Leben würde nur mehr aus Kinder bekommen und Haushalt schmeißen bestehen. Meine Mutter würde mich niemals im Palast behalten wollen. Ich würde meine Maske niemals ablegen können und nach außen hin immer so tun müssen, als ob ich glücklich wäre. Der Schmerz würde nicht aufhören und ich würde nichts an der politischen Situation, in der wir uns befanden, ändern können. Mit tränenüberströmtem Gesicht ließ ich mich auf mein Bett fallen. Es war sowieso schon alles sinnlos. Warum lebte ich überhaupt noch?

Warum bin ich damals nicht einfach gestorben, warum hatten die Götter mich auserwählt, um hier zu sein. »Oh Layana, wenn du mich hören kannst, dann antworte mir. Als Göttin der Träume und Schafferin Layanas, hast du die Macht, die ich nicht habe«, ich schluchze. »Bitte hilf mir.« Nichts geschah. Erneut ließ ich mein Gesicht in die Decken fallen. Sie saugten sich voll, mit meinen Tränen und ich weinte bis ich nicht mehr konnte. Schließlich rollte ich mich auf die Seite. Ein wenig Schlaf könnte jetzt nicht schaden. Doch gerade, als ich mich ins tatsächliche Reich der Träume gleiten lassen wollte, fuhr etwas Kühles über mein Gesicht. Erschrocken öffnete ich die Augen, aber da war nichts. Es dauerte einen Moment bis ich begriff, dass es der Wind war, der über mein nasses Gesicht strich. Mein Fenster war geöffnet und die Vorhänge wehten im Wind, als er zu weinen begann. »Ein Zeichen Layanas«, wenn auch ein trauriges. Ich lauschte dem wehklagenden Gesang des Windes, der mich ein wenig an mich selbst erinnerte. Der Himmel verdunkelte sich und stellte schon bald Sterne und Mond zur Schau. Doch ich blieb sitzen und schaute weiterhin hinaus. Plötzlich bewegte sich etwas in der Dunkelheit vor meinem Fenster. Als es näherkam, war ich mehr als nur überrascht. Strahlend weiße, beinahe durchsichtig leuchtende Schmetterlinge, flogen durch die Luft auf mich zu, ehe sie sich auf meinem Haar und Gesicht niederließen. Ich war überrumpelt, doch diese Tiere strahlten eine solche Ruhe aus, dass ich schon nach kurzer Zeit zurück in die Kissen fiel und einschlief.

*

Steif saß ich auf einem Hocker, in der Mitte
des Raumes. Um mich herum wuselten zahlreiche
Bedienstete. Rieka war eine unter ihnen und
fauchte ein braunhaariges Mädchen an, sie solle
den anderen Haarschmuck holen. Ein Pinsel mit
Rusch strich über mein Gesicht, ein anderer fuhr
meine Lippen nach und meine Wimpern wurden ge-
tuscht. Kleine Glitzerpartikel zierten meine
Augenlider und Wangenknochen. Meine Füße wurden
massiert und eingecremt. Mein Haar fiel mir
seidig über die Schultern und nur die obersten
Strähnen wurden durch eine Haarnadel zurückge-
halten. Das alles nahm ich wahr, obwohl es so
weit weg schien.
Heute würde ich heiraten und damit wäre nicht
nur meine Gegenwart, sondern auch meine ganze
Zukunft zerstört.
Man bat mich aufzustehen, also tat ich, was mir
befohlen wurde. Unterröcke wurden mir überge-
streift und das Korsett zugeschnürt, bis ich
dachte, keine Luft mehr zu bekommen. Stockend
atmete ich ein- und aus. Ich durfte bloß keine
Panik bekommen. Solange ich nichts sagen
musste, war die Chance gering, dass ich anfangen
würde zu heulen.

Arlo

Ich war letzte Nacht befreit worden, jedoch nicht, wie gedacht, von der Prinzessin, sondern von einem Mann. Einem Mann, von dem ich es keinesfalls erwartet hatte, doch es war so geschehen. Ob aus guten, oder schlechten Gründen, sei dahingestellt. Ich hatte eine Aufgabe zu erfüllen und diese beinhaltete so viel mehr, als nur eine Hochzeit zu verhindern. Was mich allerdings wirklich überrascht hatte, war, dass man mich nicht nur freigelassen, sondern auch einige meiner Soldaten, die, wie geplant, in der Nähe gelagert hatten, gerufen hatte. Die ganze Nacht lang war ich durch den Wald gestreift, auf der Suche nach Wasser und etwas Essbarem. Ich hatte beinahe aufgegeben, als ich ihre Stimmen hinter mir gehört hatte. Sie hatten mich zu Tode erschreckt und mich gleichzeitig davor bewahrt, denn sie hatten mir Nahrung und einen warmen Unterschlupf geboten. Ich hatte mich ausgeruht und gestärkt. In der Zelle der Fähigen, hatte ich genug Zeit gehabt, um mir einen Plan auszudenken. Nun war es an der Zeit, ihn meinen Soldaten mitzuteilen, und sie von seiner Effizienz zu überzeugen. Was nicht besonders schwierig war, schließlich war ich ihr Prinz. Dies ließ meine Gedanken wiederum zu Prinzessin Celestine schweifen. Sie hatte, trotz ihrer Stellung, nichts zu melden. Was für eine Schande die Fähigen doch waren. Wut kroch durch meine Adern und brannte wie pures Gift. Doch sie gab mir den nötigen Ansporn, für das, was ich tun musste.

Celestine

Rieka führte mich die Treppen hinunter und drückte aufmunternd meine Hand. Doch sobald wir in der Eingangshalle ankamen, musste sie von mir ablassen. Nun begann mein Bruder mich zu führen. So nobel gekleidet wie heute, wirkte er tatsächlich wie die Gottheit, nach der er benannt worden war. Leichte Panik steigt in mir auf, als wir aus dem Tor traten und die geschmückte Gartenanlage betraten. Gäste tummelten sich und lachten. Beinahe ließen sie vermuten, dass es ein schöner Tag werden würde. Von Ballkleidern bis hin zu Anzugträgern und Uniformen war alles dabei. Wir reihten uns in das Getümmel ein und wippten zu der leisen Musik. Gläser mit Wein wurden uns in die Hände gedrückt und unzählige Menschen gratulierten mir zu meinem „Glück" und bestaunten mein Hochzeitskleid. Tatsächlich hatte meine Mutter ganze Arbeit bei der Auswahl der Stoffe geleistet. Rein weißer Stoff, überlegt, mit verwobener Spitze, die Ornamente wie Mond und Sterne zierten. Schlicht und zugleich auffällig schön. Auf dem Kopf, trug ich einen Schleier, der, wie eine Kapuze, locker über meinem Haar saß. Glasklarer Diamantschmuck, zierte meine Ohren, Hals und Hände. Gewiss, würde ich ihn, nur für diesen Abend behalten dürfen. Mein gespieltes Lächeln, schien die Leute nicht zu interessieren, sie waren zu beschäftigt, mit Köstlichkeiten und Geschichten.
Der Tag verflog viel zu schnell und gleichzeitig zäh und langsam. Es wurde gegessen, getanzt, geredet und gelacht. Jeder gab an, mit dem, was

141

er hatte und zeigte Unverständnis gegenüber der Ärmeren. Meine Mutter schien sich, mehr als nur zu amüsieren, während ich, in den Armen meines Verlobten gefangen, nach Luft rang. Person um Person, wollte mit uns sprechen. Ich drückte mich so gut wie möglich davor und fügte nur hin und wieder ein „Mhm" oder „Ja, natürlich" zu dem hinzu, was Finnian sowieso schon gesagt hatte. Mein Kleid fühlte sich enger an, als ich es jemals erwartet hatte. Schweißgebadet, wurde ich von einer Zofe auf die Seite gezogen. Ich dachte schon, dass mir endlich eine Pause vergönnt wurde, doch sie puderte nur schnell mein Gesicht und fuhr mir mit einem nassen Lappen über Schultern und Nacken.

»Sie dürfen nicht so schwitzen, eure Majestät. Sonst beginnen sie noch zu riechen.«

Beinahe wollte ich schon entgegnen, dass ich das nicht müsste, wenn mein Wille auch zählen wurde, doch dazu kam ich nicht. Man schubste mich bereits zurück in den Trubel und überließ mich wieder den grauenvollen Fragen, die sich bereits über zwei Stunden zogen.

*

Den ganzen Tag lang hatte ich nichts anderes getan, als mich von Gespräch zu Gespräch schieben zu lassen und das brave Mädchen zu spielen. Hin und wieder, schlich sich ein Tanz dazwischen und das wenige Nippen an teurem Wein, das mir erlaubt war, reichte bei weitem nicht aus, um meinen Durst zu stillen. Ich schwitzte wie noch nie zuvor, während meine Hände kalt vor Angst waren. Meine Knie zitterten und ließen Tänze ungeübt wirken.

Wenn ich es nur irgendwie aus dem Schloss

geschafft hätte. Wenn ich gestern zu Arlo gelangt wäre, hätte ich nun nicht hier stehen müssen. Doch anscheinend, meinte das Schicksal es nicht gut mit mir, denn die Sonne ging bereits unter und bot einen wunderschönen Anblick auf Mond und Sterne. Die nachtblühenden Blumen die ich mit Rieka ausgewählt hatte öffneten sich und präsentierten sich den staunenden Leuten. Es hätte so eine schöne Hochzeit sein können, wäre sie nicht erzwungen gewesen. Und nun war es so weit. Ich stand vor dem Altar, Finnian gegenüber. Schmerzhaft hielt er meine Hände, was mir nur einen weiteren Schauer über den Rücken trieb. Sein belustigter Blick bestätigte, dass er es bemerkt hatte und es in vollem Ausmaß genoss. Bestimmt dachte er schon daran, was er, nachdem er der Ring auf meinem Finger gesteckt hatte, mit mir machen würde. Was er in mich stecken würde, besser gesagt.

Ein weiterer Schauer. Ich bemühte mich, mich in mich selbst zurückzuziehen. Solange, bis die Stimme welche die immergleichen Worte sprach, nur noch von fern an mein Ohr drang und die erwartungsvolle Menge verschwommen, hinter mir lag. Auch den Blick meiner Mutter blendete ich so gut wie möglich aus. „Tief durchatmen Celestine"

Die Ringe wurden hergebracht und die Stimme des Priesters verstummte. Ich sah all meine begrenzten Freiheiten an mir vorbeiziehen, als Finnian meinen Ring, von dem Spitzen bedeckten Kissen nahm. Seine Hand kam meiner immer näher und ich fühlte mich kurz vor der Ohnmacht. Angsterfüllt kniff ich die Augen zusammen. Seine Hand streifte meine und kühles Metall berührte meine Fingerspitze. Und dann … dann war es weg. Ich hörte es klirren und öffnete die

Augen. Der Ring war zu Boden gefallen und um uns herum brach die Hölle aus. Leute schrien und stoben auseinander, als in ledernen Rüstungen bekleidete Menschen, den Schlosshof stürmten.

Menschen, wie mir auffiel. Keine Fähigen. Pures Chaos brach aus und das nicht nur in meiner Umgebung. Meine Gefühlte konnte ich nicht einordnen. Da war Erleichterung, aber auch Angst und Entsetzten.

»Prinzessin!«, eine königliche Leibwache warf sich vor mich und rettete mich gerade noch vor dem sicheren Tod. Ein schwarzer Pfeil blieb in seiner Brust stecken und rief mich zurück in die Gegenwart. Ich schrie. Pure Angst breitete sich in mir aus. War das der Krieg? Ich kreischte und lief so schnell, wie es mir mit dem engen Korsett und den langen Röcken erlaubt war. Um mich herum flogen weitere Pfeile und Klingen. Säbel und Schwerte zischten durch die Luft. Ohne meine eigene Waffe konnte ich mich noch nicht einmal verteidigen. Von Angst geplagt lief ich weiter in Richtung sicherer Schlossmauern. Aus dem Augenwinkel heraus, nahm ich wahr, wie sich mein Bruder, mit Sunil an seiner Seite, in den Kampf stürzte. Ganz der junge General, zu dem meine Mutter ihn erzogen hatte. Beinahe war ich am Tor angelangt. Gleich würde ich in Sicherheit sein. Gleich würde ich all jenen, die mich Tod wissen wollten, entfliehen. Ein Schmerz durchfuhr meinen Rücken, Fingernägel gruben sich in meine Seite und gleich darauf brach ein Körper über mir zusammen. Schmerzhaft wurde ich zu Boden gerissen. Blut. Überall Blut. Doch es galt nicht mir, wie ich bemerkte, als ich mich umdrehte. Wie versteinert blickte ich die Person an, die mich zu

Boden gerissen hatte. Eisblaue Augen blickten reglos ins Leere. Blut floss aus ihrem Mund und ein Pfeil steckte in ihrem Kopf. Im Kopf meiner Mutter.

Feind oder Freund

Kapitel 20

Celestine

Die Königin war tot. Noch immer saß ich wie versteinert da und allein der Fakt, dass mich jemand auf die Beine zog, regte mein Bewusstsein wieder an. Als sich mein Blick hob und diesen ganz speziellen Fleck anvisierte, erlitt ich bereits den nächsten Schock. Prinz Arlo stand mitten auf dem Platz. In schwarzer Lederrüstung, mit einem Bogen in der Hand. Langsam senkte er seinen Arm. Sein Blick lag noch immer auf meinem. Er öffnete den Mund, schien etwas zu sagen, doch ich verstand ihn nicht. Ich schrie und trat um mich. Mir war es egal, dass mein Kleid zerriss oder dass ich mich in der Öffentlichkeit befand. Das Einzige, was ich wollte, war mich zu rächen. Er sollte bluten für das, was er getan hatte. Ich hatte ihm vertraut und obwohl ich ihn nicht befreit hatte, hatte er mich hintergangen. Die ganze Zeit, war sein einziges Ziel gewesen, Krieg zu führen. Er war kein Stück besser, als das Volk, in dem ich gefangen war und er hatte es verdient, dass Leute schlecht über ihn dachten. Er hatte es verdient, gefangen zu sein. Zu leiden und zu bluten. Gefühle überschwemmten mich und ich handelte wie im Rausch. Weiterhin schlug ich um mich, biss und trat. Ich entkam den Fängen der Wachen, doch schon im nächsten Moment hatten sie mich wieder gepackt. Und als ich mich nun umdrehte, war Arlo verschwunden.
Ich wurde fortgezerrt und konnte mich nicht einmal mehr dagegen wehren. Schlapp hing ich in

den Armen der Wachen, ohne Willen, weiterhin durchzuhalten und zu kämpfen. Der Verrat zerrte an mir, genauso wie das Entsetzen daran, dass meine Mutter tatsächlich tot war. Nur schwer ließen sich meine Gedanken ordnen und wenn sie es einmal zuließen, fielen sie im nächsten Moment auch schon wieder in sich zusammen. Wie ein Stapel Karten, aus dem man ein Haus bauen wollte. Doch sobald auch nur der leichteste Windhauch kam, war die ganze Arbeit zunichte. Ich spürte wie meine Augenlider schwer wurden und ich mich der Erschöpfung hingab, die mich umfing. Es war ein leichtes, einfach aufzugeben. Nur entfernt, nahm ich wahr, wie Stimmen miteinander diskutierten und ich schließlich in weichen Daunen landete.

*

Meine Träume waren wirr und spiegelten die Ereignisse der letzten Stunden wider. Ein Chaos aus Farben und Gefühlen. Schweißgebadet wachte ich auf. Mein Atem ging schnell und meine Augen waren weit aufgerissen, der Zimmerdecke zugerichtet. Ich erkannte, dass es meine eigene war. Anscheinend hatte man mich einfach schlafen gelegt. Wie ein kleines Kind, dem man nicht erklären wollte, was passiert war. Wut machte sich in mir breit und ich spürte wie mein Gesicht heiß wurde. Allein das Chaos in meinem Kopf und die damit verbundenen Schmerzen, hielten mich davon ab, gleich aufzuspringen und die nächstbeste Person aufzusuchen, die ich anschreien konnte. Schmerzerfüllt kniff ich die Augen zusammen und massierte meine Schläfen. Gleich würde es besser werden. Gleich würde alles Sinn ergeben.

Hastig sah ich mich um und griff nach einem Glas Wasser, das auf meinem Nachttisch bereitgestellt worden war. Dankbar leerte ich den Inhalt. Angenehme Kühle breitete sich in meiner Brustgegend aus und vertrieb ein wenig von dem Schmerz, der sich dort angestaut hatte. Trotzdem wog der Verrat Arlos noch schwer. Ich hatte gedacht, dass er dachte wie ich. Dass ich ihm vertrauen konnte. Dass wir ein gutes Team wären. Doch anscheinend, war dem nicht so und ich musste lernen, meine Hoffnungen zu zügeln. Nichts an dieser Welt hatte eine Bedeutung, wenn man sie hintergehen konnte. Und das nutzten ihre Bewohner voll und ganz aus. Beinahe tat mir Layana leid. Die Göttin hätte bestimmt nicht gewollt, dass sie so hintergangen wurde. Was die anderen Götter bloß von ihr denken mochten? Erneut flammte ein Gefühl in mir auf. Trauer vermischt mit Hoffnung.

Hoffnung. Erneut dieses grausame Wort.

Der Tod der Königin tat mir nicht leid. Er war eine Wohltat für Layana. Der Tod meiner Mutter allerdings, der Frau die mich auf Erden beschützt und geliebt hatte, der Frau, die noch Chamillet mit Nachnamen geheißen hatte und der Frau die schon vor langer Zeit gestorben war, dieser Tod tat mir leid. Und diesem Tod trauerte ich nach, auch wenn ich selbst wusste, dass es albern war. Zu oft hatte sie mich verletzt und so oft hatte sie für richtig gehalten, was sie getan hatte. Doch nun war sie nicht mehr auf dieser Welt und wo auch immer sie nun sein mochte, sie spielte keine Rolle mehr. Ich richtete mir auf und stellte erschrocken fest, dass man mich ausgezogen hatte. Gewiss waren es Zofen gewesen. Ich fragte mich eher, wie lange und wie tief ich geschlafen hatte, wenn ich nichts davon mitbekommen hatte. Mit einem Schütteln meines Kopfes vertrieb ich diese Gedanken aus meinem Gehirn. Es war egal, denn es war passiert. Ich musste bloß aufpassen, dass so etwas in Zukunft nicht mehr geschah.

Schnell schlüpfte ich in ein Kleid, das es mir zumindest einigermaßen erlaubte, mich zu bewegen. Ich wollte mich rächen, dieser Entschluss stand fest. Und ich würde dadurch nicht wie meine Mutter werden, denn mein Ziel war es, diese Welt zu einem besseren Ort zu machen.

„Genauso wie ihres. Sie verfolgte nur einen anderen Ansatz"

Diese kleine Stimme in meinem Gedächtnis wollte mich von meinem Plan abhalten und ich konnte es ihr noch nicht einmal verübeln. Es war furchtbar leichtsinnig, das Königshaus zu hintergehen. Doch wenn ich genau nachdachte, hatte Arlo genau das schon getan und ich auch. Also war es eigentlich nur eine Erweiterung meines ursprünglichen Plans. Entschlossen trat ich aus meinem Zimmer und eilte die Korridore entlang. Die Stallungen waren mein Ziel. Ich würde mir Destry schnappen und diesem Idioten hinterher galoppieren. Er würde noch bereuen, was er getan hatte.

»Sie sind erwacht, Prinzessin.«

Erst jetzt fiel mir auf, dass ich nicht mehr allein war. Der überraschte Ausdruck eines Soldaten ließ vermuten, dass dies ein Wunder war. Stumm starrte ich ihn an. Was sollte ich darauf erwidern? Doch die Entscheidung wurde mir abgenommen, denn der Mann trat hinter mich und verdeutlichte mir, mit einer Hand hinter meinem Rücken, dass er mich vorwärtsgehen sehen wollte.

»Kommen Sie, ihr Bruder wartet schon seit einer

Ewigkeit.« Seine Stimme war neutral und doch angsteinflößend.

Dennoch wollte ich nicht gehorchen. »Tut mir leid, aber ich verfolge andere Pläne.«

Der Soldat zog eine Augenbraue nach oben. »Das mag ich zu bezweifeln. Euer Bruder ist der Erbfolge und wird damit schon in Kürze zum neuen König ernannt. Da ihr noch immer nicht verheiratet seid, seid ihr ihr nun sein Mündel«

Wieder wollte ich etwas erwidern, doch mir blieb keine Zeit dafür, denn der Mann schubste mich entschlossen vorwärts. Kurz darauf waren wir an einer, mir nur allzu bekannten Tür, angelangt. Goldene Muster zierten ihre schlichte, weiße Farbe. Mutters altes Arbeitszimmer. Zahlreiche Erinnerungen stiegen in mir auf, doch als die Tür geöffnet wurde, saß nicht meine Mutter, sondern mein Bruder hinter dem Schreibtisch. Überraschung zeigte sich auf seinem Gesicht.

»Du bist erwacht«, stellte er fest und ich meinte beinahe etwas wie Erleichterung in seiner Stimme zu erkennen. Ohne den Blick von mir abzuwenden, legte er seine Feder auf dem Tisch ab und trat dahinter hervor. Mit einem Nicken forderte er den Mann, der mich hergebracht hatte, dazu auf, den Raum zu verlassen, ehe er sich wieder mir zuwandte.

»Ich bin froh, dass es dir gutzugehen scheint.« Verdutzt blickte ich ihn an. »Wie lange habe ich geschlafen? «

Er lachte. »Ganze drei Tage, Schwesterherz. Einen solchen Schlaf möchte ich erst einmal haben.«

Ich schien ihn entgeistert angeblickt zu haben, denn er fügte schnell hinzu: »Aber das ist kein Wunder. Schließlich wurde deine Hochzeit von einem Attentat unterbrochen.«

Ach ja, die Hochzeit. Die hätte ich beinahe vergessen.

»Wo ist Finnian?«

»Dein Verlobter, hat sich mit einigen Soldaten auf den Weg gemacht, um den Prinzen Oryns«, angeekelt verzog er den Mund, »aufzuhalten.«

Wut breitete sich in mir aus, doch Adonis schien sie falsch zu deuten.

»Keine Sorge. Er wird für alles, was er getan hat, büßen müssen. Und wegen Mutter …«, ich unterbrach ihn. »Wieso habt ihr mich nicht eher geweckt?«

Verdutzt blickte mein Bruder mich an. »Ich dachte, es wäre besser, wenn du dich erst einmal erholst.«

»Was bringt mir Erholung, wenn ich mich lieber selbst rächen möchte?«

Nun war ihm sein Entsetzen mehr als nur deutlich anzusehen. Verwirrt schüttelte er den Kopf. »Ich verstehe, dass du aufgebracht bist. Aber du bist immer noch die Prinzessin. Ich verspreche, mich um die Angelegenheit zu kümmern, wie es von einem König erwartet wird.«

Erkenntnis regte sich in mir. »Wann wird die Krönung stattfinden?«

Stolz blickte er auf mich herab, was mich dazu brachte, diese Situation noch mehr zu verabscheuen.

»Ich wurde bereits zum König ernannt. Allerdings nur inoffiziell. Die Feier werden wir erst abhalten, sobald sich das Chaos ein wenig gelegt hat.«

Ich nickte.

»Und du wirst jetzt erst einmal in dein Zimmer zurückkehren. Ich werde Zofen nach dir schicken, um dir ein heißes Bad einzulassen und dir ein Frühstück vorzubereiten.«

»Ich möchte nicht baden und frühstücken, wie ein kleines Kind! Ich kann auch etwas tun.«
»Celestine«, seine Stimme war ruhig, doch die Drohung war deutlich herauszuhören.
»Nein! Ich werde mich dir nicht fügen, wie Mutter es von mir erwartet hat! Ich habe meinen eigenen Willen und ich möchte endlich die Gelegenheit dazu bekommen, ihn umzusetzen«, meine Stimme war scharf. Ich meinte es todernst.
»Celestine, ich verstehe, dass du aufgebracht bist, aber diese Aufgaben sind wirklich nichts für eine Prinzessin.«
»Das ist mir …«, nun war es er, der mich unterbrach.
»Was bringt es dir, Entscheidungen treffen zu dürfen, wenn sie dich umbringen werden?«, es war weniger eine Frage, als es sein sollte.
»Wer bestimmt schon wie eine Prinzessin zu sein hat. Und wer sagt, dass mich meine Entscheidungen umbringen!«, nun war ich zu laut geworden. Schuldbewusst schlug ich mir die Hände vor den Mund. Adonis Augenbrauen zogen sich zusammen. Er bebte und seine Locken fielen ihm ins Gesicht.
»Du hörst mir jetzt zu! Du wirst auf dein Zimmer gehen und du wirst baden und frühstücken. Ich bin der König und dein Vormund. Du tust, was ich dir sage!« Seine Worte waren eindeutig.
Ich konnte nicht anders, als mich still und wütend meinem Schicksal hinzugeben, als sogar drei Zofen herbeieilten, um ihrem neuen König zu dienen und mich zu versorgen. Sie schleppten mich zurück in mein Zimmer und versuchten mich mit aufmunternden Worten zu trösten. Doch nicht einmal Rieka, die erst etwas später hinzukam, konnte meine gute Laune zurückholen. Da ich sowieso nichts machen durfte, blieb ich in dem

heißen Wasser liegen, bis es vollkommen ausge-
kühlt und meine Haut schrumpelig war. Anschließend würgte ich ein paar Stücke Obst und Kuchen
hinunter und ließ mich wie eine Puppe ankleiden.

Kapitel 21

Celestine

Die nächsten Tage verliefen alle ähnlich. Ich wurde geweckt, gewaschen, bekam zu essen, wurde angekleidet und zum Lernen und Lesen in die Bibliothek gesteckt. Alles Zerstörte, im Schloss und Dorf, wurde wiederaufgebaut, Tote beerdigt und Verletzte gesundgepflegt. Mir selbst war es verboten, auch nur in irgendeiner Weise zu helfen. Reyna hatte sich wieder erholt und es geschah, was bereits angedeutet worden war. Heute war der Tag, an dem mein Bruder offiziell gekrönt wurde.

König Adonis.

Ich konnte mir bereits die Krone auf seinem Kopf vorstellen. Blieb nur zu hoffen, dass sie ihn nicht zu der Person werden ließ, zu der unsere Mutter gemacht worden war.

Wieder einmal befand ich mich in meinem Zimmer und wurde von allen Seiten aus in wundervolle Kleider gehüllt. Perlen wurden mir um den Hals gelegt und meine Haare wurden kunstvoll verflochten. Danach wurde ich in Richtung Ausgang des Schlosses geführt. Die Krönung würde in Reynas königlicher Zitadelle stattfinden. Ein göttlicher Ort, geziert von Abbildern der einzelnen Lebenselemente. Der Gott der Zeit, die Göttin der Träume, die Göttin der Seele und der Gott des Lebens. Aeon mit seiner goldbraunen Haut, den dunkelbraunen Locken, dem kantigen Gesicht und einer goldenen Uhr in der Hand. Layana mit ihren blonden Haaren und dem verträumten Ausdruck im Gesicht. Runa, deren lange, dunkle Haare, im Widerspruch zu ihren blauen Augen standen, trug ein reinweißes Kleid, welches die Seele repräsentierte. Und Adelio, der Gott des Lebens, blickte eingebildet hinter seinen schwarzen Haaren hervor. Die vier Götter sollten diese Krönung bestätigen und auch wenn es nur Bilder waren, die die Decke zierten, glaubte jede einzelne Person Reynas an sie. Die Bänke füllten sich mit Zuschauern und Bewohnern der Stadt. Ich selbst durfte natürlich auf der eigens gestellten königlichen Bank platznehmen. Rieka stand hinter mir und hatte mir beruhigend eine Hand auf die Schulter gelegt. Obwohl nicht ich diejenige war, die gekrönt wurde, fühlte ich ein unangenehmes Ziehen in meinem Bauch.

Adonis schritt den Gang entlang und die Stufen zu dem kleinen Podest hinauf. Er trug die königliche Uniform und einen langen dunkelblauen Mantel, der an den Rändern von Fell besetzt war. Einige Zuschauer ließen begeisterte Worte fallen und von denen, die dem Tod der Königin gefolgt waren, war nichts mehr übrig. Alle warteten auf den Moment, an dem der Priester fertig gesprochen, die Götter zugestimmt hatten und die Krone auf Adonis blonden Locken platziert werden würde. Sie sehnten sich nach einem neuen Herrscher, der sie anführte und im Krieg unterstütze, und ich verstand sie. Trotzdem hatte ich kein gutes Gefühl bei der Sache. Wie würde mein Bruder als König agieren? Ich hatte ihn schon als Prinzen und General zu selten gesehen, um ihn voll und ganz zu kennen und nun schlüpfte er wieder in eine neue Rolle. Wie alle anderen starrte ich den Priester an, der gerade seinen monotonen Sprechgesang zu den Göttern beendete. Die Krone, auf einem zum Umhang passenden, dunkelblauen Samtkissen platziert, leuchtete auf.

Ohs und Ahs drangen durch den Raum. Die langen, knochigen Finger des Mannes schlossen sich um das Gold der Krone und hoben sie an. Meine Augen folgten seiner Bewegung und dann war es so weit. Die Krone berührte Adonis Kopf, blieb darauf sitzen und Reyna hatte einen neuen König.

*

Tage waren vergangen und noch immer hatte mein Quengeln nicht zum Ziel geführt. Doch ich war nicht die Einzige, die kein Glück hatte, denn Adonis bekam die Nachricht, dass seine Soldaten noch immer keine Spur von Prinz Arlo hatten. Leider schien das Unglück mich jedoch zu bevorzugen, denn weitere zwei Tage später machte es sich Finnian wieder im Schloss gemütlich. Der Mann, den ich hätte heiraten sollen, hatte sich von seiner Armee getrennt und sich feige ins Schloss zurückgezogen. Sein widerliches Verhalten hatte sich nicht geändert und ich versuchte, ihm so gut wie möglich aus dem Weg zu gehen. Gerade saß ich in einem der vielen Ohrensessel der Bibliothek und stöberte in einem Buch über Kampfarten nach den besten Möglichkeiten, verschiedene Wesen umzubringen. Definitiv nicht die beste Lektüre für eine Prinzessin, doch wenn ich endlich aus diesem Schloss entkommen würde, wäre es bestimmt sinnvoll, mich richtig wehren zu können. Meine Augen flogen über einen besonders interessanten Absatz, über Todesfeen und Dämonen. Doch gerade, als es richtig spannend wurde, wurde ich von einem Geräusch unterbrochen. Die Bibliothekstore öffneten sich und Schritte kamen näher. Ich richtete mich in meinem Sessel auf und tauschte das Buch schnell gegen eines, über blumenverziertes Porzellan aus. Gerade noch rechtzeitig, denn die heraneilende Person bog bereits um die Ecke. Schwarze Stiefel und schwere Schritte kündigten einen Mann an. Straßenköter blondes, schulterlanges, strähniges Haar, bewiesen, dass es Finnian war. Na toll. Der hatte mir gerade noch gefehlt.

»Celestine«, mein Name löste schreckliches Unbehagen in mir aus, sobald er über seine Lippen kam. Trotzdem versuchte ich mich an einem Lächeln, auch wenn ich ein wenig Spott nicht verhindern konnte.

»Du bist zurück«, da er mich duzte, tat ich es auch.

»Wie ich sehe, geht es dir gut. Tut mir leid, dass ich nach der Hochzeit sofort wegmusste, aber meine neue Stellung als General hatte es von mir verlangt«, Stolz schwang in seinen Worten. Natürlich, da mein Bruder nun König war, war er zum General ernannt worden.

»Das muss dir nicht leidtun«, entgegnete ich und es entsprach der Wahrheit. Ich hatte die Zeit, in der er nicht da gewesen war, genutzt, um an meinem Plan zu feilen. Wenn er mich wieder für seine Befriedigung benötigte, konnte ich diesen wohl vergessen.

Finnian legte die Stirn in Falten. »Wir werden die Hochzeit natürlich so schnell wie möglich nachholen.«

Nein, bitte nicht! Ich würde alles tun, aber diesen Mann zu heiraten, gehörte nicht dazu. Er griff nach meiner Hand und legte sie auf die Sessellehne. Sein Körper über mir war sein Gesicht, meinem grenzüberschreitend nah. Ich wusste, was nun kommen würde. Er schloss die Augen und näherte sich mir, legte seine Lippen auf meine. Übelkeit und Schmerz durchflossen mich. Reflexartig entzog ich ihm meine Hand und schubste ihn so fest ich konnte von mir. Schwer atmend, sprang ich auf die Beine. Finnians Augen funkelten wütend. »Du wagst es, mich erneut von dir zu stoßen? Schon langsam glaube ich, du möchtest mich gar nicht heiraten.«

Genauso war es.

»Das werden wir schon noch ändern«, er grinste, gefährlich und voller Genugtuung. »Dir müssen Manieren beigebracht werden, Prinzessin. Mal sehen, was wir da tun können.« Er streckte seine Hand nach mir aus und hielt kurz vor meiner Brust inne. Ich wollte zurückweichen, doch es war bereits zu spät. Ich spürte den Sog, der aus meinem Inneren kam und mich zu ihm zog. Wie all meine Kraft und der letzte Anteil meiner Fähigkeiten auf ihn überging. Ich sackte in mir zusammen und fand mich kurz darauf in den Armen meines Verlobten wieder. Die Angst in mir kroch an die Oberfläche meiner Gefühle, aber die Kraftlosigkeit war zu groß, als dass ich mich wehren könnte. Ich wusste ganz genau, was Finnian hier tat. Er nutzte seine eigene Gabe: Fähige ihren Mächten zu berauben. Er kontrollierte meine Fähigkeit und zwang sie auf ihn überzugehen. Doch die Magie war meine Lebenskraft und damit entzog er mir auch diese. Er stahl mir alle Kraft und damit alle Chancen auf Leben. Bis auf einen winzigen Teil. Nur so viel, dass ich weiterhin am Leben blieb, der Schmerz, mich allerdings beinahe umbrachte. Gleich würde er mich auffordern, zu betteln und mich ihm zu unterwerfen. Nur dann würde er mir einen Teil wieder zurückgeben.

»Und? Wie fühlst du dich jetzt, Prinzessin? Denkst du noch immer, du seist stärker als ich

es bin?«, sein Mund verzog sich zu einem grauenvollen Lächeln und in seinen Augen sah ich,
wie sehr es ihn anmachte, mich auf dem Boden
knien zu sehen.
Böse funkelte ich ihn an. Zumindest so böse,
wie es mir die letzte Kraft erlaubte. Ich würde
mir nicht die Blöße geben, ihn anzubetteln.
Finnian schnalzte mit der Zunge.»Vor mir musst
du nicht die Starke spielen, Schätzchen. Wir
wissen beide, wo deine Schwächen liegen.«
Meine Arme zitterten, doch ich bemühte mich
weiterhin, zumindest halbwegs gerade sitzen zu
bleiben. So fest wie möglich, stützte ich mich
mit meinen Händen vom Boden ab.»Jedenfalls
nicht in dir.«
Finnian lachte und er schüttelte sich eine fet-
tige Haarsträhne aus dem Gesicht.»Jetzt sei
doch nicht so. Gesteh dir endlich selbst ein,
was du bist«, er kam auf mich zu und hob mein
Kinn an, um mein Gesicht zu betrachten.»So
schön und doch so dumm«, er ließ es wieder fallen.»Glaub mir, mit mir an deiner Seite wirst
du das beste Leben führen, dass du haben
kannst.«
Ich spuckte ihm vor die Füße. Wieder einmal sah
ich, wie die Wut in ihm anstieg und er es nicht
länger schaffte, sie zu unterdrücken. Knurrend
packte er mich am Kleid und zog mich auf die
Beine. Ich strauchelte und ein stechender
Schmerz durchfuhr meinen Knöchel. Mein Schrei
wurde durch Finnians Hand unterdrückt, mit der
er mich gegen die Bibliothekswand presste. Ich
konnte nicht verhindern, dass die Panik in mir
die Überhand übernahm und ich schnaubend durch
die Nase atmete. Für die ganze Angst, die ich
in mir trug, bekam ich viel zu wenig Luft und
ich spürte, wie sich die Welt, um mich

herumzudrehen begann, wie die Ränder verschwommen und schwarz flackerten.

»Ich benehme mich dir gegenüber wie alle anderen Männer, Prinzessin. Du könntest meine Sklavin sein. Vergiss nicht, wer ich bin und erweise mir endlich den nötigen Respekt …«, jemand schrie auf und mein Kopf fiel zu Seite. Verschwommen sah ich ein Mädchen im Türrahmen stehen. Eine Zofe. Erschrocken hielt sie sich die Hand vor den Mund. Finnian fluchte und ließ mich fallen. Ich rutschte die Wand entlang zu Boden und blieb liegen. Schwer atmend sah ich zu, wie das Mädchen davonrannte. Finnian eilte ihr nach, doch als er in den Korridor übertrat, blieb er stehen. Er drehte sich um und blickte zwischen mir und dem Weg, den das Mädchen genommen hatte, hin und her, als könnte er sich nicht entscheiden, was er tun sollte. Schließlich schien er sich allerdings für mich zu entscheiden. Seine buschigen Augenbrauen lagen tief über seinen blauen Augen. Ich hätte schwören können, Blitze darin zucken zu sehen. Seine Wut war spürbar.

Verängstigt rückte ich noch weiter an die Wand zurück und schob mich daran entlang, von ihm weg. Quälend langsam folgte er mir und schien jeden Augenblick meiner Angst zu genießen. Er nahm die Gänsehaut auf meinen Armen wahr und sein Blick folgte zweifellos auch den Schweißtropfen, die von meiner Stirn rannen. Sein Schuh klackte auf den weißen Marmorfliesen und der große Raum ließ jeden Schritt widerhallen. Außer diesem Geräusch, der herannahenden Schmerzen, gab es keine. Es gab nur ihn und mich, doch nicht leidenschaftlich, sondern mit Angst und Wut, die uns umhüllten. Sein Fuß landete auf meinem Rock und hielt mich davon ab, weiter rückwärts zu robben. Panisch griff ich danach und versuchte ihn unter seinem Schuh herauszuziehen, doch es ging nicht.

»Hoffen wir, dass du diesmal von deinen Taten lernst«, wieder hob er die Hand. Ich drückte die Augen zusammen, um nicht sehen zu müssen, wie sie näher rückte. Ich verstaute all meine Gefühle in den hintersten Winkeln meines Körpers, um den Schmerz nicht allzu schwer spüren zu müssen, aber er kam nicht.

Eine Sekunde, zwei, drei … nichts.

Vorsichtig öffnete ich ein Auge. Seine Hand war immer noch erhoben, doch um sie war eine weitere geschlungen. Sie rangen miteinander und Finnian versuchte, sich zu befreien. Mein Blick glitt hinter ihn und ich erkannte zwei Personen. Die weitere Hand gehörte meinem Bruder, dem König. Während hinter ihm die Zofe stand, welche geschrien hatte. Mit ängstlichem Blick sah sie den beiden Männern zu, wie sich ihre Rangelei, immer mehr zu einem Zweikampf entwickelte.

»Wie kannst du es wagen, meiner Schwester gegenüber, die Hand zu erheben!«

»Du bist zu gutmütig mit ihr, sie hat keine Manieren! Irgendjemand muss sie erziehen«, er zog an Adonis Haaren wie ein kleiner Junge, an den Zöpfen eines Mädchens.

»Glaub mir, ich weiß, was das Beste für sie ist. Noch seid ihr nicht verheiratet, sie steht immer noch unter meinem Schutz.«

Schläge um Schläge und Flüche um Flüche rangen sie miteinander. Doch ich hörte nicht länger zu, was der König zu seinem ehemaligen Freund sagte, denn je mehr die Kraft aus Finnian wich, desto mehr schien wieder auf mich überzugehen. Und als er schließlich keuchend nach Luft schnappte, stand ich wieder auf den Beinen.

Meine Füße hüftbreit auseinander und in Kampf-
position. All meine Gefühle waren tief in meinem
Inneren verstaut und nur die im Raum stehende
Wut konnte mich ergreifen.
»Ist euch schon einmal in den Kopf gekommen,
dass niemand von euch, ich ist? Keiner von euch
weiß, was das Richtige für mich ist und nur weil
ich eine Frau bin, heißt das nicht, dass ihr
für mich entscheiden könnt! Oder habt ihr auch
meine Mutter angezweifelt?,« ich brüllte und es
fühlte sich gut an.
Beide Männer glotzten verblüfft zurück. Sie
hatten aufgehört, sich zu prügeln und schienen
stattdessen kein Wort mehr herauszubekommen.
Ich schüttelte den Kopf.»Mir ist das Ganze hier
zu blöd, mit euch Männern«
Ich rannte los. Stapfend landeten meine Füße
auf den Fliesen, doch ich kümmerte mich nicht
darum, wie laut ich war. Und ich kümmerte mich
auch nicht darum, dass mich zahlreiche Zofen
und Diener auf meinem Weg in mein Zimmer an-
gafften. Ich rannte weiter, bis ich war, wo ich
hinwollte. Außer Atem riss ich meinen Schrank
auf und griff nach einer Tasche, in die ich ein
paar Tuniken und Hosen stopfte. Dann packte ich
meinen Säbel und schnallte ihn mir um. Einen
Dolch und ein paar Äpfel ließ ich auch noch in
den Rucksack hineingleiten. Ich warf ihn mir
über den Rücken und machte keine weitere Pause.
Ohne Pause rannte ich weiter, bis ich schließlich in den Stallungen angelangt war. Ich ignorierte die Fragen des Stallburschen und griff
nach einem Zaumzeug. Stampfend, schob ich die
Tür zu Destrys Box auf. Sie ließ sich ohne Probleme aufzäumen und als ich sie aus dem Stall
führte, hasteten bereits die ersten Bediensteten
aus dem Schloss. Es wurde nach mir

geschrien, doch das alles ignorierte ich. Stattdessen schwang ich mich, in einer geschmeidigen Bewegung, auf Destrys glatten Rücken. Zum Satteln hatte ich keine Zeit, aber ich war schon oft ohne geritten. Ich drückte die Schenkel schon zusammen, als ich die Zügel noch nicht einmal richtig in Händen hielt und galoppierte an. Ein paarmal drohte ich hinunterzurutschen, doch mein purer Wille hielt mich auf meiner Stute und trieb sie durch den Wald. Bäume zischten an uns vorbei und Hufe trommelten auf dem hohlklingenden Waldboden. Rehe und Elfen stoben zur Seite und über umgefallene Baumstämme oder Büsche sprang ich einfach hinweg. Ich galoppierte weiter, bis ich mir sicher sein konnte, dass ich weit genug vom Schloss entfernt war, um nicht sofort erwischt zu werden. Voller Adrenalin parierte ich durch und gönnte der schnaufenden Destry eine Schrittpause. Sie tat mir leid, aber leider war es nötig, so durch den Wald zu rasen. Endlich war ich aus dem Schloss herausgekommen und ich würde es nicht riskieren, noch einmal eingefangen und festgehalten zu werden. Ich riss große Streifen meines Kleides ab und stopfte sie zu den anderen Sachen in meine Tasche. Nun konnte ich mich freier bewegen und keine unnötigen Spuren blieben zurück.

Endlich könnte ich meine Pläne in die Tat umsetzten und mich rächen. All diese Männer würden bereuen, was sie getan hatten und schon bald würden sie MICH anflehen, gehen zu dürfen.

Kapitel 22

Celestine

Ich ritt immer weiter, bedacht darauf, so wenig Spuren wie möglich zu hinterlassen. Öfters nahm ich Umwege oder änderte abrupt die Richtung. Ich ritt kleine Bäche entlang oder, wenn niemand in der Umgebung war, auf Handelsstraßen, wo man Destrys Spuren nicht von denen anderer Pferde unterscheiden konnte. Die Dämmerung setzte ein, als ich plötzlich Hufgetrappel hörte. Ich hatte Glück, mich in einem Wald zu befinden und abwärts des Weges, zwischen den Bäumen, Schutz zu finden. So leise wie möglich wartete ich darauf, dass die Soldaten vorbeizogen. Ich war mir sicher, dass mein Bruder sie nicht ruhen ließ, bevor sie mich gefunden hatten. Selbstverständlich würden sie auch sämtlichen Passanten und Hausbewohnern berichten, dass ich gesucht wurde. Deshalb war ich froh, als ich auf den Weg zurücktrat und einen königlichen Soldatenumhang auf dem Boden liegen sah. Anscheinend hatte er sich in einem der niederen Äste verfangen und war dem Mann vom Leib gerissen worden. Ich stieg ab und hob ihn auf. Tatsächlich war eines der beiden Bänder, die ihn an Ort und Stelle halten sollte, in der Mitte gerissen. Doch das tat nichts zur Sache. Ich schüttelte die Nadeln heraus und befreite ihn so gut wie möglich vom Matsch. Danach zog ich mich wieder zwischen die Bäume zurück und tauschte mein zerschlissenes Kleid gegen eine Tunika und eine Hose aus. Meine Haare band ich mit einem Stofffetzen zurück und zog die Kapuze des Umhangs möglichst weit in mein Gesicht. Solange ich nicht sprach oder man mich zu lange betrachtete, könnte man meinen, ich sei ein Soldat, Reynas. Das hoffte ich zumindest.

Ich stieg wieder auf und ritt im Schritt weiter. Wenn Leute an mir vorbeikamen, hielt ich meinen Kopf gesenkt und meinen Mund geschlossen. Bis tief in die Nacht und damit bis ich ein Dorf erreicht hatte, hatte keiner meinem Aussehen angezweifelt, also traute ich mich, eine Unterkunft aufzusuchen. Ich ging auf eine Kneipe zu, an dessen Seite Stallungen grenzten. Noch bevor ich absteigen konnte, eilte bereits ein Stallbursche herbei. Er senkte ängstlich den Kopf und nahm Destrys Zügel in die Hand.

»Ich habe von dem Geschehenen gehört. Ich werde ihr Pferd selbstverständlich hier unterbringen. Es wird die beste Versorgung genießen und Sie können sich gerne in der Kneipe meines Onkels ausruhen.«

Ich war verwundert über seine Höflichkeit. Nicht oft wurde mir so etwas zuteil. Doch da man mich, anscheinend noch immer, für einen Soldaten hielt, war Höflichkeit angesagt. Das war gut.

Ich nickte und achtete sorgfältig darauf, dass meine Kapuze richtig saß. Sobald Destry in den Stallungen verschwand, nahm ich mir das Angebot des Jungen zu Herzen und verschwand in der Kneipe. Ich passte mein Gangbild, dem eines Soldaten, an. Es war gar nicht so einfach, nicht kerzengerade und hoheitlich zu gehen, doch es hatte etwas an sich.

Ich öffnete die dunkle Holztür und trat ein. Eine kleine Glocke kündigte an, dass jemand den Raum betrat. Schnell sah ich mich um und hielt dann auf einen Einzeltisch in einer kleinen Nische an. Erleichtert setzte ich mich so, dass man mein Gesicht nicht erkennen konnte. Der Nachteil daran war, dass der Raum hinter mir lag und somit nicht in meinem Blickfeld.

Die Gastfreundschaft ging weiter und man brachte mir einen großen Krug Bier und eine Schüssel voll Eintopf. Die heiße Suppe tat gut, auch wenn sie ganz anders war als das Essen, das ich sonst bekam. Kartoffeln und Speck würden mir Kraft für den kommenden Tag geben. Vorsichtig schnüffelte ich an dem Bier. Bestimmt würde ich es noch bereuen, wenn ich davon trank. Doch wenn es voll stehen blieb, war das ebenso verdächtig. Ein Soldat würde sich diese Gelegenheit nicht entgehen lassen.

Ich nahm einen vorsichtigen Schluck und musste mich zusammenreißen, nicht zu husten. Definitiv nicht mein Geschmack, aber die Flüssigkeit würde mir guttun. Also trank ich weiter. Mit jedem Schluck schien es mir besser zu schmecken und ich vergaß, dass ich nicht tun sollte, was ich hier tat. Ich leerte den Krug und plötzlich fiel mir die Musik, die im Raum klang, mehr denn je auf. Ich drehte mich um und sah Gäste tanzen und reden. Sie lachten und schienen Spaß zu haben. All das wollte ich auch, also stand ich auf und ging auf sie zu. Sofort wurde ich von einer Frau, mit hochgestecktem, schwarzem Haar, am Arm gepackt und auf die Tanzfläche gezerrt. Zum ersten Mal ließ ich mich nicht hinterher schleifen, sondern folgte ihrer Aufforderung. Sie schwang mich im Kreis und ich bewegte mich im Rhythmus der Musik. Ich lachte und glitt von Partner zu Partner. Hier schien es egal zu sein, wer man war oder was man getan hatte. Ich tanzte, bis mir die Füße schmerzten und weiter. Zwischendrin schüttete ich mir weitere Schlucke Bier den Hals hinunter und die Welt begann sich zu drehen. Farben wurden deutlicher und alles war so wunderschön. Ich tanzte weiter, schweiß rann mir über die Stirn und plötzlich wurde mir bewusst, wie heiß mir war. Ich hatte viel zu viel an. Hastig fummelte ich an der Schleife des Umhangs herum, bis sie aufglitt und der Stoff von meinen Schultern fiel. Ein paar Leute schnappten nach Luft, doch ich tanzte weiter. Es war so wunderschön. Nun löste ich auch den Stoffstreifen, der mein Haar zusammenhielt und ließ es mir über die Schulter fallen. Wieder hörte ich erschrockenes Keuchen, doch es kam von so weit her, dass es egal sein musste. Ich hüpfte und drehte mich, wiegte mich im Rhythmus, bis mich plötzlich jemand am Arm packte. Ein kräftiger Mann, mit vereinzelt grauem Haar, glotzte mich an. Wahrscheinlich stank er nach Alkohol, doch auch das war egal, denn das tat ich auch. Ich versuchte mich loszureißen, wollte mich weiterbewegen und als er mich nicht ließ, schwang ich ihn einfach mit. Die Musik war das Einzige was ich hörte und ich verlor mich in ihrem Rhythmus. Ich nahm wahr, wie der Mann lachte, er hatte Spaß, genauso wie ich. Doch dann ließ er eine Hand an meinen Hintern wandern und es riss mich wieder ein Stück zurück in die Realität.

Nein! Er durfte mich nicht berühren! Er durfte nicht …

»Lass mich los!«, ich schlug seine Hand von mir, doch er lachte bloß und kam mir wieder näher.

»Jetzt stell dich nicht so an, Schätzchen. Wir hatten doch Spaß.«

Panik stieg in mir hoch. Wie jedes Mal, wenn ich ungewollt berührt wurde. Er griff an meine Brüste und wieder stieß ich ihn von mir.

»Ach komm, ich wollte schon immer mal eine

Prinzessin in meinem Bett sehen«, seine Stimme klang tief und belustigtes Lachen drang von allen Seiten an mich heran. Wieder kam er auf mich zu und wieder berührte er mich, ließ mir keinen Ausweg und ergötzte sich an mir. Ich trat um mich, doch die Welt war zu verschwommen und mir zu schwindelig. Ich traf ins Leere und verfehlte ihn. Die Menge lachte, was mich nur noch weiter in den Wahnsinn trieb.

Waren wirklich alle Menschen so? Ging es ihnen nur darum, sich an jemandem zu befriedigen, jemanden zu quälen und gegen seinen Willen zu benutzen?

Seine Hand wanderte meine Hüfte hinunter und ich wusste, was gleich kommen würde. Schon zu oft hatte ich es selbst erlebt. Zu oft war es mir schon angetan worden.

Ein letztes Mal versuchte ich, mich vor ihm zu retten, doch er packte mich am Arm und hielt mich fest. Er zog mich von der Tanzfläche und die Welt drehte sich schneller als sonst. Schweiß vom Tanzen vermische sich mit Angstschweiß und dann erhob er seine Stimme.

»Die Prinzessin wird heute nur mit einem mitgehen und das bin ich!«

Weitere Worte drangen durch die Luft, doch schafften es nicht bis in meinen Kopf. Ich verstand ihren Sinn nicht mehr und wollte es auch gar nicht. Alles was ich spürte war, wie ein Arm unter meine Kniekehlen griff, um mich aufzuheben. Ich wurde eine Treppe hinaufgebracht und dann waren weiche Kissen unter mir. Gleich würde er beginnen…

*

Doch das hatte er nicht. Er hatte mir nichts zuleide getan und als ich aufwachte und meine Augen öffnete, gegen den stechenden Schmerz in meinem Kopf ankämpfte und mich zur Seite drehte, bemerkte ich, dass ich allein in einem Bett lag. Meine Schuhe hatte man mir ausgezogen und ordentlich neben der Tür abgestellt. Ich stöhnte und rieb mir die Schläfen. Warum ist das bloß alles so verdammt kompliziert? »Du hast zu viel getrunken. Von der falschen Flüssigkeit, das ist alles.«
Hatte ich diese Frage etwa laut ausgesprochen, oder warum hatte ich eine Antwort bekommen? Verwirrt öffnete ich die Augen erneut und sah, wie mir jemand ein Glas Wasser reichte. Ich ließ meine Augen seinen Arm hinaufgleiten und … war geschockt.
Es war nicht der Mann, der mich angefasst hatte.
»Guten Morgen, Celestine.«
Blitzschnell richtete ich mich auf und bereute es sogleich. Ein heftiger Schmerz durchfuhr meinen Kopf. »Autsch!« wieder presste ich eine Hand gegen meine Stirn.
»Langsam«, er lachte.
»Jetzt halt deine Klappe, Sunil. Du wirst mich doch sowieso wieder zurück in den Palast bringen, da kann dir mein Wohlergehen egal sein. Es ist ein Wunder, dass noch niemand hier ist, um mich zu holen.«
Sein Kiefer versteifte sich und ich hatte die seltsame Vermutung, etwas Falsches gesagt zu haben. Trotzdem griff ich nach dem Glas und nippte daran. Wasser rann meinen Hals hinab und erst jetzt fiel mir auf, wie heißer ich war. Sunil ließ sich neben mir auf dem Bett nieder

und man konnte beinahe meinen, dass er zur Familie gehörte. Nicht nur, weil er der beste Freund meines Bruders war und ich ihn kannte, seitdem ich in Layana angekommen war, sondern vor allem, weil er die gleichen blauen Augen hatte wie die ganze Königsfamilie. Was nicht verwunderlich war, schließlich hatten die meisten Fähigen strahlend blaue Augen, doch dunkle Haut war eine Seltenheit unter uns. Sunil war wirklich ein Wunder der Fähigen und wunderschön. Ich betrachtete ihn, nicht sicher, ob ich froh sein sollte, dass er mich gerettet hatte, oder wütend, weil er mich meinem Bruder ausliefern würde.

»Ich werde dich nicht zurückbringen.«

Ich verschluckte mich an meinem Wasser und er musste mir auf den Rücken klopfen, bis ich wieder Luft bekam. »Wie bitte?«

»Du hast richtig gehört. Heute ruhst du dich aus, morgen reiten wir weiter Richtung Oryn«, er stand auf und trat an ein kleines Fenster, durch das ein wenig Licht in den dunklen Raum fiel. Eine Minute lang sagte ich gar nichts. Mein Kopf war noch zu wirr, um denken zu können und nun erzählte er so etwas.

»A Aber warum?«, brachte ich schließlich heraus.

Sunil drehte sich wieder zu mir um. »Ist das wichtig? Ich helfe dir, das ist die Hauptsache.«

Plötzlich schien mein Gehirn wieder sehr gut zu funktionieren.

»Moment mal. Wenn du mir hilfst, dann habe ICH hier das sagen und nicht umgekehrt. Und ICH sage, dass ich die Wahrheit erfahren möchte. Also, warum?«

Sunil drehte sich seufzend wieder dem Fenster zu und einen Moment dachte ich, er würde nicht

mehr antworten, doch dann begann er zu sprechen.
»Dein Bruder wollte schon immer an den Thron
gelangen. Er erbte die Gabe der Zeit und als er
erfuhr, dass du als Tochter der Königin in den
Palast ziehen würdest und noch dazu älter warst
als er, bekam er Panik. Er hatte Angst du würdest alles erben, was ihm versprochen worden
war.«
»Das ist Schwachsinn.«
Sunil schüttelte den Kopf. »Wie du weißt, hat
er sich ein paar Jährchen vorgezogen, um älter
zu sein als du und damit das Anrecht auf den
Thron zu erlangen, komme was wolle. Ein paar
Jahre lang genügte ihm dieses Wissen, doch die
letzten Monate wurde er ungeduldig. Die Königin
war noch nicht alt und er wusste, dass sie nicht
bald sterben würde, wenn nicht ein Unglück geschah«, er drehte sich wieder zu mir um. »Also
hat er den Vorwand des Krieges gegen die Menschen genutzt, um Prinz Dunford festzunehmen.
Er ließ ihn foltern und vorführen, um seine
Gefangennahme echt aussehen zu lassen, aber es
war alles geplant.«
Nun blickte er mir tief in die Augen. »Am Tag
vor deiner Hochzeit, war ich es, dem der Befehl
erteilt worden war, den Prinzen freizulassen.«
»Nein!«, ich rückte von ihm weg, ich wollte das
nicht glauben.
»Er hatte Oryn anonyme Hinweise gegeben und somit ihre Truppen zum richtigen Ort geführt. Sie
haben sich um ihren Prinzen gekümmert und sich
am nächsten Tag gerächt.«
Ich schüttelte den Kopf, so heftig, dass es
schmerzte.
»Ich weiß von deiner Abmachung mit dem Prinzen,
er solle deine Hochzeit verhindern. Das hat er
getan und zusätzlich, seinen Hass gegen uns

Fähige freigelassen. Er hat die Königin getötet und somit ist genau das eingetreten, was dein Bruder immer wollte.«

Wieder und wieder schüttelte ich den Kopf. Das konnte nicht sein! Mein Bruder war nicht böse. Gut, er hatte seine Besonderheiten, aber er war nicht so- nicht wie unsere Mutter.

»Es tut mir leid, aber so ist es.«

»Und warum bist du dann hier? Das alles erklärt rein gar nichts. Hat er dich geschickt, hat er wieder irgendeinen Plan?«, ich fuhr ihn an und es fühlte sich komisch an, denn er war immer nett zu mir gewesen. Aber all das war zu viel.

»Ja, er hat mich geschickt, allerdings nur, um dich zu finden. Er denkt, ich bringe dich zurück«, Sunil machte eine Pause. »So wie du es auch getan hast, aber ich habe erkannt wie er ist. Er ist ein Monster. Diese Welt besteht nur aus Leuten wie ihm und eurer Mutter, sie alle wollen Macht und töten dafür«, er schüttelte den Kopf. »Layana hat sich ihre Welt bestimmt anders vorgestellt.«

Mein Mund war aufgeklappt. Das alles waren zu viele Informationen. Grauenvolle und schöne. Dachte Sunil wirklich gleich wie ich? Wollte er diese Welt auch zu einem besseren Ort machen?

»Trotz allem müssen wir nach Oryn, um zu beginnen, was wir vorhaben«, schien er meine Gedanken zu lesen. »Also ruh dich aus, damit wir morgen aufbrechen können.«

Kapitel 23

Celestine

Tatsächlich wusste ich auch Stunden nach dieser Unterhaltung noch nicht recht, was ich davon halten sollte. Bestimmt war es gut, jemanden an meiner Seite zu haben, wenn Sunil denn an meiner Seite war.

Schon einmal hatte ich das gedacht und es später bereut. Doch was konnte ich verlieren? Entweder, musste ich zurück zum Palast, oder ich kam dem Tod auf andere Art nahe. Beides würde kein schönes Ende nehmen und bei Zweiterem konnte ich zumindest versuchen, etwas Frieden herzustellen. Bei Zweiterem, wusste ich nicht, wann es so weit sein würde zu sterben; vielleicht würde ich auch noch viele Jahre leben. Andernfalls würde ich im Schloss Jahre vor mich hin leiden, bis ich endlich erlöst werden würde. Da hörte es sich bei weitem besser an, etwas zu riskieren und Sunil zumindest ansatzweise zu vertrauen.

Ich hatte damit angefangen, indem ich mich tatsächlich den restlichen Tag ausgeruht hatte. Wir hatten die meiste Zeit im Zimmer verbracht und es nur verlassen, um uns zu waschen und gewisse Geschäfte zu erledigen. Ich hatte gewartet, bis die Nachwirkungen des Alkohols nachgelassen hatten und vor allem viel geschlafen. Sunil hatte ein paar Mal probiert, mich in ein Gespräch zu verwickeln, doch meistens hatte ich ihn abgewimmelt oder mich schlafend gestellt. Ich brauchte Zeit, um all die Neuigkeiten zu verdauen und er sollte wissen, dass ich ihm nicht ohne weiteres vertraute. Auch wenn er

mich vor dem Grapscher gerettet hatte.
Die Nacht brach bereits an und zum ersten Mal ließ ich mich wieder richtig auf ein Gespräch ein. Es war notwendig, denn wir wollten die Route besprechen, die wir nach Oryn nehmen würden. Sunil hatte eine Landkarte auf dem kleinen Tischchen ausgebreitet, das in unserem Zimmer stand. Mit dem Finger fuhr er Wege ab und erklärte mir jeweilige Vor- und Nachteile.
»Wir sollten uns eine Hauptroute überlegen, aber auch einige Auswege, falls wir Verfolger bemerken sollten. Im Sumpf würde niemand nach uns suchen, aber auch aus gutem Grund. Wenn wir dort hingehen, haben wir unser Leben verspielt, sobald wir den ersten Fuß hineinsetzten.«
Ich nickte.
»Über Handelsrouten und Wiesen kommen wir wahrscheinlich am schnellsten voran, aber werden auch leicht gesehen«, nachdenklich legte ich einen Finger an meinen Mund.
»Soweit ich weiß, ist die Umgebung ziemlich flach und weitläufig, bis kurz vor Oryn.«
»Ja, es wäre am schlausten, uns nahe dem Walde fortzubewegen, damit wir, falls nötig, untertauchen können. In der Nähe Oryns werden wir uns auf einen Weg festlegen müssen. Dort gibt es zu viele Schluchten und Berge, vom Flachland ist dort nichts mehr zu sehen. Begehbare Wege gibt es kaum. Als Fremder hindurch zu gelangen, wird ein Glücksspiel. Entweder wir schaffen es oder nicht.«
Ich blickte ihn an. »Ist das nicht immer so?«
Sunil schmunzelte, schien jedoch in Gedanken vertieft.
Noch bis tief in die Nacht besprachen wir unsere Pläne. Ich hatte den ganzen Tag geschlafen und die Aufregung machte weiteres Ruhen fast

unmöglich. Trotzdem bestand Sunil darauf, dass wir uns noch ein wenig hinlegten, bevor der nächste Tag anbrach. Er überließ mir weiterhin das Bett und rollte sich selbst mit einer Decke auf dem Boden zusammen. Beinahe tat er mir leid, doch wenn ich mir überlegte, selbst dort zu liegen, wollte ich das auch nicht. Also wälzte ich mich hin und her, bis ich schließlich ebenfalls einschlief.

Sunil weckte mich, noch auf, bevor die Sonne zu sehen war. Verschlafen rieb ich mir die Augen. Dass ich überhaupt noch so müde sein konnte, jetzt, wo ich so viel geschlafen hatte, war ein Wunder. Sunil gab mir den Umhang zurück, den ich bei meiner unvorsichtigen Tanzeinheit abgeworfen hatte, und ich konnte es nicht verhindern, rot zu werden. Er hatte ihn wohl aufgehoben, bevor er mich hinaufgebracht hatte. Dankbar nahm ich ihn an mich und warf ihn mir über die Schultern. Wir hatten Glück und die Kneipe war bis auf den Inhaber noch leer. Sunil drückte ihm ein paar Goldmünzen, als Bezahlung, aber auch für sein Stillschweigen, in die Hand und verließ dann schweigend das Haus. Ich folgte ihm zu den angrenzenden Stallungen, wo wir uns unsere Pferde bringen ließen. Ich war verwundert, als ich sah, dass Destry einen Sattel auf dem Rücken trug, obwohl ich ohne angekommen war. Doch es war keinesfalls schlecht, so konnte ich mich besser auf ihrem Rücken halten und über die lange Strecke war es bestimmt angenehmer. Auch dem Jungen steckte Sunil Münzen zu, bevor wir aufstiegen und wegritten.

Seite an Seite trabten wir in Richtung Norden. Wir verließen das Dorf ohne Probleme und ohne viel miteinander zu sprechen. Als wir auf einen kleinen Pfad abbogen, der uns auf die ewigen

Wiesen brachte, legten wir noch einen kurzen Halt ein, um einer Bäuerin ein paar Vorräte abzukaufen.

An einem Fladenbrot kauend, ritt ich neben Sunil her.

»Bis die Sonne vollständig aufgegangen ist, sollten wir den Waldrand erreicht haben«, meinte dieser. »In ihrem Schatten können wir gemächlich weiterreiten und uns ausruhen; dort sollte uns niemand sehen. Nachts können wir auf die Wiesen, wo wir uns leichter und somit schneller fortbewegen können.«

Ich nickte verträumt, was ich dem leckeren Fladen zu verdanken hatte. Es war neu für mich, so einfache Speisen zu mir zu nehmen. Doch sie waren keinesfalls schlecht. Im Gegenteil, ich mochte die Geschmacksstarken Kräuter, die dieses Brot enthielt. Was mich daran zweifeln ließ, ob es überhaupt notwendig war, immer luxuriös zu kochen.

*

Tatsächlich kamen wir noch vor der Morgendämmerung am Waldrand an und das auch keine Minute zu spät, denn Soldaten des Hofes, hatten sich über die Wiesen verteilt und suchten nach mir. Zwischen den Bäumen hervor, beobachtete ich, wie sie von Haus zu Haus ritten, um sie zu durchsuchen.

»Das ist schlecht«, meinte Sunil. »Sie werden nicht mehr lange brauchen, bis sie bei der Bäuerin ankommen und, dass zwei angebliche Soldaten bei ihr eingekauft haben, wird ihnen bestimmt seltsam vorkommen. Wir sollten tiefer in den Wald vordringen.«

Ich nickte bloß. Es bedarf keine Worte, denn

ich wusste, dass er recht hatte. Ich teilte seine Meinung und es hatte keinen Sinn, sich ihm zu widersetzen. Entschlossen lenkte ich Destry zwischen den Bäumen hindurch. Wurzeln hatten sich auf dem Waldboden verflochten und bildeten ein Netz, das zum Stolpern einlud. Wir kamen nur langsam voran und es war eine Konzentrationsarbeit, die Pferde auf die besten Pfade zu führen. Je weiter wir kamen, desto verwilderter wurde der Wald und es war klar ersichtlich, dass hier selten ein menschliches Wesen unterwegs war. Der lichte Laubwald, der für Reyna so typisch war, war in einen dunklen Nadelwald übergegangen. Farne zierten Baumstümpfe und Pilze wuchsen auf dicken Moospolstern. Der Tag verstrich, doch es wurde immer noch nach mir gesucht. Zwar trugen wir die gleichen königlichen Umhänge, trotzdem war es zu riskant, uns hinaus zu trauen. Man würde sich wundern, warum Sunil wieder hier war, falls man ihn erkannte. Danach würde man sich an mich wenden und dann wäre alles vorbei. Ein weiterer Grund, der uns davon abhielt, den Schutz des Waldes zu verlassen.

»Wie lange schätzt du, werden sie noch nach mir suchen?«

Sunil betrachtete mich mit hochgezogenen Augenbrauen, als wäre meine Frage verrückt. »Sie werden nicht aufhören, ehe sie dich finden und wenn ihnen das Grund dazu gibt, sofort zum Rückschlag gegen Oryn überzugehen, wird sie das nur noch mehr freuen.«

Das ergab Sinn. Und genau das wollte ich verhindern. Ich wollte mich an Arlo rächen, ich wollte ihm zeigen, dass ich ihm nicht einfach verzeihen würde, was er getan hatte. Auch nicht jenen, die an seiner Seite gekämpft hatten.

Obwohl zweifellos er derjenige war, der sie angeleitet hatte. Doch ich würde ihn nie umbringen wollen, ich würde nie einen Krieg heraufbeschwören. Vielleicht wünschte ich mir, in meinen trostlosesten Momenten, ihn tot zu sehen. Würde es jedoch tatsächlich so geschehen, würde ich mir das nie verzeihen.

Sunil sprach weiter und achtete nicht darauf, dass ich in Gedanken abgeschweift war.

»Sie werden vermuten, dass du nach Oryn willst. Den Wunsch, dich selbst zu rächen, hast du Adonis gegenüber oft genug erwähnt. Sie werden den gleichen Weg gehen wie wir und die ganze Route absuchen. Ein Grund, noch vorsichtiger zu sein, als sowieso schon.«

Ich gab ein zustimmendes Murren von mir. Nur ungern würde ich zurück ins Schloss geschleppt werden. Sehr ungern. Und was mit Sunil geschehen würde, wenn man herausfand, dass er mir geholfen hatte, anstatt mich auszuliefern, wollte ich mir ebenfalls nicht ausmalen müssen. »Du hast recht, wir sollten …«, ich wurde mitten im Satz unterbrochen, als plötzlich etwas aus dem Gebüsch sprang. Einen Aufschrei konnte ich nicht unterdrücken, als es auf uns zuraste. Unsere Pferde scheuten und ich hatte Mühe, mich im Sattel zu halten. Destry blies die Nüstern auf, riss den Kopf nach oben und verdrehte ihre Augen, bis nur mehr das Weiße zu sehen war. Sunils Pferd stieg, als dieser gerade sein Schwert aus der Scheide zog. Ich wollte es ihm gleichtun, doch noch bevor ich meinen Säbel hervorgeholt hatte, hatte uns das Wesen bereits erreicht. Sunil lenkte sein Pferd mit Mühen vor meines und stieß die Klinge ohne zu zögern in die Kehle des Monsters. Es erschlaffte und fiel zuckend zu Boden. Erstarrt musterte ich es. Es würde

mich nicht wundern, wenn es gleich wieder aufstände, so wie es aussah. Blassgraue Haut überzog einen dürren, menschlichen Körper. Sein
Bauch war eingefallen und Rippen und Schlüssel-
beine stachen hervor. Pechschwarze Augen blickten uns aus tiefen Einkerbungen heraus an, sein
Mund war weit aufgerissen und zeigte zahlreiche
Reihen spitzer Zähne. Doch eines stieß mich mehr
ab als alles andere. Denn auf dem kahlen Kopf
des Wesens tummelten sich nicht nur ein paar
einzelne Härchen, sondern Schlangen. Sie schienen mit ihm verwachsen und zuckten noch immer
wild durch die Luft. Ihre schwarzen Schuppen
hoben sich dramatisch von der blassen Haut ab
und aus ihren Mäulern stieg Rauch dem Himmel
empor.
»Wir müssen hier weg!«, zischte Sunil mir zu.
Stumm nickte ich, ich war unfähig, auch nur ein
Wort von mir zu geben. Dieser Anblick war ein
Schock und auch wenn ich alle Bücher der Bibliothek, über magische Geschöpfe oder tödliche
Wesen, gelesen hatte, war mir keines im Kopf
geblieben, welches mit diesem hier zusammen-
passte. Sunil schien es ähnlich zu gehen, denn
auf unserer holprigen Flucht schwieg auch er.
Vielleicht lag es allerdings auch daran, dass
er nicht noch mehr Aufmerksamkeit auf uns lenken
wollte.
»Sie haben uns gehört, nicht wahr? Und der
schwarze Nebel, sie werden ihn sehen.« Es war
eine Frage, auf die ich die Antwort bereits
kannte, trotzdem stellte ich sie. Vielleicht
weil da noch ein winziger Funke Hoffnung war,
dass sie es nicht getan hatten und ich es nach
Oryn schaffen würde. Sorge stand in Sunils
blauen Augen.
»Wir können nur hoffen, dass sie uns in diesem

Labyrinth von Wald nicht so schnell finden. «
Ich schluckte. Nicht die Antwort, auf die ich
gehofft hatte. Eine ganze Weile lang ritten wir
schweigend nebeneinander. Nebelschwaden waberten über den Boden und erschwerten die Sicht.
»Es bringt nichts. Machen wir eine Pause«, Sunil
schwang sich aus dem Sattel und kam elegant auf
etwas auf, was sich unter dem Nebel befand.
»Fuck!« Er sprang zur Seite und hampelte wie
wild herum. Dann schlug er mit den Händen auf
seine Hosenbeine und das war der Moment, als
ich begriff. Er war in nichts anderem, als einem
Ameisenhaufen gelandet. Müssten wir nicht leise
sein, hätte ich wohl schallend aufgelacht. So
begnügte ich mich mit einem garstigen Kichern.
Sunil warf mir einen genervten Blick zu und
stieß mich in die Seite. »Komm doch selbst runter. Mal sehen, was für eine Überraschung dich
erwartet.«
Grinsend ließ ich mich aus dem Sattel gleiten
und zu Sunils Bedauern kam ich auf stinknormalem
Moos und Nadeln auf. »Pures Glück«, er zog eine
Schnute.
»Glück kann man immer gebrauchen. Vor allem in
unserer Situation. « Ich öffnete eine Satteltasche und steckte beide Hände hinein. Mit jeder
griff ich nach zwei Äpfeln, wovon ich einen
Sunil zuwarf, der noch immer genervt zu sein
schien. Wahrscheinlich klemmten ihm noch immer
ein paar Ameisen zwischen den Beinen.
Noch immer grinsend, drehte ich mich wieder um.
Einen Apfel steckte ich mir selbst in den Mund,
die zwei anderen unseren Pferden. Beide kauten
genüsslich und Destry schienen auch die Strei-
cheleinheit zu gefallen, die sie sich heute mehr
als verdient hatte. »Du warst ein braves Mädchen. « Sanft küsste ich ihre Nüstern. »Und so

mutig.« Ich legte meine Stirn gegen ihre und genoss das Gefühl der Wärme, die sie an mich abgab. Der Nebel legte sich kalt und nass auf meine Kleider und ließ mich frieren, doch Destry gab mir wieder Halt und wärmte mich. Nicht umsonst war sie mein Pferd. Ich hatte sie mir ausgesucht, als ich in Layana gelandet war. Es war eine reine Gefühlsentscheidung gewesen und ich bereute sie kein bisschen. Ich hatte die richtige Wahl getroffen und das würde ich jetzt wieder tun. Es war richtig, nach Oryn zu gehen. »Genug gekuschelt«, raunte Sunil mir zu. Er hatte die Hände in die Seiten gestemmt und wirkte ernst. »Wir sollten den Moment nutzen und uns ausruhen. Im Nebel können uns die Soldaten nicht so schnell finden. Ich halte Wache, leg dich hin.« Er machte eine Kopfbewegung in Richtung zweier gegenüberstehenden Bäume. Ein großes Tuch hing zwischen ihnen und bildete eine Art Hängematte.

»Damit du nicht auf dem nassen Boden liegen musst.« Er verzog das Gesicht und es war deutlich zu sehen, dass ihm das ganze peinlich war. Als ehemaliger, bester Freund meines Bruders auf mich aufzupassen, während ich schlief und das alles ohne Anstandsdamen oder Zofe. Das wäre im Schloss undenkbar. Doch ich war ihm dankbar und nickte ihm noch einmal zu, bevor ich die wenigen Schritte zu dem kleinen Lager überwand und mich in den Stoff gleiten ließ. Er schmiegte sich wie ein Kokon um mich und ich fühlte mich angenehm gestützt. Beinahe wie ein eingepupptes Baby. Dementsprechend schlief ich auch relativ schnell und ruhig ein.

Doch die Ruhe hielt nicht lange an. Zumindest mochte ich das zu glauben, denn Sunil hatte mich noch nicht zu meiner Wachschicht aufgeweckt, als ich erwachte. Brüllen und Schmatzen waren in der Dunkelheit zu hören. Erschrocken wirbelte ich hoch und befreite mich hektisch aus den vielen Stofflagen. Endlich kam ich auf dem Boden auf, aber er war immer noch von Nebel verdeckt und ich hatte das Loch nicht gesehen, in das ich nun stieg. Mein Knöchel gab nach und ein stechender Schmerz durchfuhr mich.

»Ahh!« Meine Finger gruben sich in nasses Moos. Ich biss die Zähne zusammen und richtete mich wieder auf. Ich hatte eine ganz üble Vorahnung, was uns im Wald gefunden haben könnte. Und damit meinte ich nicht die Fähigen.

Als ich endlich wieder fest auf beiden Beinen stand, zog ich selbstbewusst meinen Säbel und marschierte in genau die Richtung, vor der die Pferde scheuten. Schon kurz darauf entdeckte ich Sunil. Drei der schrecklichen Monster, denen wir schon untertags begegnet waren, krochen auf ihn zu. Hinter ihnen kamen bereits weitere angeschlichen. Ich sah mich schnell um, um einen Überblick zu bekommen und war nicht überrascht, als ich bereits einige Leichen bemerkte. Sunil hatte gute Arbeit geleistet. »Warum hast du mich nicht geweckt!« Es war mehr eine Anschuldigung als eine Frage.

»Entschuldigung, Prinzessin«, er war definitiv genervt. »Ich war zu beschäftigt damit, Euch zu verteidigen.«

Ich hatte keine Zeit mehr, etwas zu erwidern, denn nun hatten die Monster auch mich entdeckt und krochen auf Händen und Beinen auf mich zu.

Angewidert schnitt ich dem nächsten den Kopf vom Leib, bevor er mich erreichen konnte. Doch es war nur der Anfang gewesen und die Monster schienen mit jedem Tod wütender zu werden. Oder motivierter, ich konnte es nicht sagen. Zornige Schlangenköpfe zuckten durch die Luft und wanden sich. Als eine davon etwas auf mich zu spuckte, konnte ich nur im letzten Moment zur Seite springen. »Scheiße! Diese Schlangen spucken Gift.«

»Habe ich auch schon bemerkt.« Sunil kam Rückwärts auf mich zu. »Rücken an Rücken. Nur so haben wir eine Chance, es sind zu viele.«

Ich befolgte seinen Befehl und wusste, was zu tun war. Schon oft hatten wir es im Unterricht geübt, aber das hier war mein erster echter Kampf. Stückweiße bewegten wir uns im Kreis und töteten so viele, wie wir konnten. Kopf um Kopf durchtrennte ich Hälse, doch es reichte nicht aus. Hastig griff ich in meine Manteltasche, um auch meinen Dolch einsetzen zu können. Mit ihm konnte ich die näheren Gegner abwehren und ihn in ihr Herz rammen oder die Kehle durchschneiden, je nachdem, was mir in dem Moment sinnvoller erschien. Doch mit zwei Armen und unterschiedlichen Waffen zu kämpfen, war anstrengend und kräfteraubend. Ich musste stets auf zwei unterschiedliche Gegner und somit Plätze achten. Situationen mussten vorhergesehen werden und ich hatte darauf, bestmöglich zu reagieren. Meine Arme wurden schwer und es war eine Herausforderung, meine Waffen erhoben zu halten. Die Gegner schienen kein Ende zu nehmen. Ich rammte einem weiteren die Klinge in die Brust, doch ich verfehlte den besten Punkt und stieß auf eine der Rippen. Das Monster schrie auf, aber es war nicht schwer genug verletzt und ging nicht zu Boden. Ich wollte erneut zustechen, doch ich wurde bereits am Handgelenk gepackt. Spitze Klauen gruben sich in meine Haut und mein Fleisch brannte wie Feuer. Ich unterdrückte einen weiteren Aufschrei und nahm stattdessen den ganzen Schmerz in mir zusammen und rammte damit ein weiteres Mal meinen Dolch in das Wesen. Diesmal verfehlte ich nicht und die kalten Finger lösten sich schlaff von mir. Mit einem Tritt stieß ich die Leiche zu Boden.

Um uns herum hatte sich der Nebel schwarz verfärbt, denn auch hier drangen aus den toten Schlangenköpfen dunkle Schwaden. Wieder und wieder stieß ich zu und schöpfte all meine Kraft aus. Ich würde hier nicht sterben. Ich würde nicht sterben und Sunil ebenso wenig.

»Sunil«, ich keuchte, als er hinter mir in die Knie ging. »Geht schon.«

Ich glaubte ihm nicht, denn seine Stimme klang leise und gequält. Doch auch wenn ich wollte, konnte ich ihm nicht helfen. Ich musste selbst kämpfen, denn wenn ich das nicht tat, würden wir mit Sicherheit sterben. Beide!

»Halte durch. Bitte«, immer wieder sprach ich diese Worte und es hörte sich beinahe an wie ein Mantra. Sie gaben mir Hoffnung und ich war erleichtert, als sich Sunil wieder aufraffte und uns weiterhin verteidigte. Doch er schwankte gefährlich und ich wusste, dass ein weiterer Schlag gegen ihn nicht geschehen durfte. Meine linke Hand brannte immer stärker. Es schien Gift in die Wunde gelangt sein, welches sich nun ausbreitete. Tapfer kämpfte ich weiter. Ich ignorierte den Schmerz und schwang meinen Säbel. Endlich schien sich die Anzahl der Gegner zu verringern.

Das dachte ich, kurz bevor ich wieder alles

doppelt sah. Waren es tatsächlich noch so viele Monster oder spielte das Gift mit meinen Sinnen? Verzweifelt ließ ich meinen Säbel durch die Luft zischen. Irgendetwas würde er schon treffen. Ich würde nicht aufgeben. Und tatsächlich spürte ich noch ein paar Mal einen kurzen Widerstand, doch dann gaben auch meine Beine nach und ich sank mit den Leichen zu Boden. Meine Sicht drehte sich und mir wurde furchtbar übel. Ich rang nach Atem.

Angst.

Ich hatte Angst um mein Leben und Angst um Sunil, der noch immer, mit einer Hand auf seinen Bauch gepresst, weiterkämpfte.

»Celestine!« Seine Worte kamen von so weit her. »Celestine«, noch weiter. Immer weiter und weiter. Die Welt verfärbte sich schwarz und ein paar Silhouetten waren das Letzte, was ich sah, bevor alles dunkel und still wurde.

Kapitel 24

Celestine

Dunkelheit. Das Gefühl von Schwerelosigkeit, der Druck, die Schmerzen und Gedanken, sie alle schienen wie verschwunden. Ein Gefühl der Leere. Doch konnte man es überhaupt noch „Gefühl" nennen, wenn dort nichts war?
Ein Gefühl war, soweit ich wusste, etwas, was man spürte und fühlte. Aber ich empfand nichts, rein gar nichts.
Was war das also hier?
Die Zeit schien still zu stehen. Aber was bedeutet stillstehen eigentlich? Bedeutet es, dass sich nichts verändert, bewegt oder voranschreitet? Ist man allein in einer regungslosen Welt, zurückgelassen nur mit seinen Gedanken?
Ich spürte, wie ich in mir zusammensackte und sich Panik in mir ausbreitete.
Panik!
Panik!!
Ein Gefühl!
Ich spürte wieder etwas und keine Sekunde nachdem ich es realisiert hatte, begann die Zeit wieder zu rennen.
Stimmen, Schreie, Personen, Lichter. Hell, dunkel und schließlich Farben. Ich bekam alles mit, doch es ergab keinen Sinn mehr. Weiß, Blau, alle möglichen Farben verschwammen ineinander und vermischten sich mit Geräuschen. Es dröhnte in meinem Kopf, zugleich schienen die Stimmen von so weit wegzukommen. Ich versuchte mich darauf zu konzentrieren und schaffte es ein paar der in meinem Kopf nachhallenden Phrasen zu entziffern und zu verstehen.

»Celestine.«

»Celestine«, wieder und wieder erklang mein Name. So wie Sunil ihn gesagt hatte, aber mit einer mir fremden Stimme. Sie war eindeutig weiblich und wirkte verängstigt und gehetzt. Ich wollte ihr gerne sagen, dass ich das ebenfalls war. Dass ich ihr nicht helfen konnte, auch wenn ich es wollen würde.

Doch dann lichtete sich meine Sicht und ich sah, dass der Waldboden unter mir verschwunden war. Stattdessen lag ich auf Wolken. »Bin ich tot?« Wasserkristalle schwebten um mich herum und brachen das Licht zu wunderschönen Farben.

»Noch nicht. Deine Zeit ist noch nicht gekommen.«

Nun trat eine Frau in mein Sichtfeld und verursachte, dass mir die Kinnlade herunterklappte. Lange weißblonde Haare und verträumte blaue Augen. Das Abbild Layanas.

Ihr freundliches Gesicht lächelte auf mich herab und sie bot mir eine Hand an. Ich ergriff sie und ließ mich nach oben ziehen.

»Ja, ich bin Layana.« Ihre Worte klangen gewählt und geplant, als hätte sie diese Situation schon längst durchlebt, wenn sie denn überhaupt real war. Ich betrachtete die Frau vor mir. Ein langes weißes Kleid, wie ich sie gerne trug, wehte um ihren zierlichen Körper. Sie war wunderschön und mir seltsam bekannt.

Doch mit einem Mal verhärteten sich ihre weichen Züge und wieder trat die Angst in ihr Gesicht.

»Du musst mir helfen. Hilf Layana!«, ihre Worte verwandelten sich in einen Singsang. »Nutze deine Kräfte, verteidige das Leben. Vernichte das, was noch nicht gehört, ohne es zu töten …«

Ich war wie erstarrt. Immer und immer wieder wiederholten sich diese Worte und erinnerten mich an mein Mantra von vorhin. Doch war dieses hier viel qualvoller, beinahe weinend. Ich wollte meine Hand nach ihr ausstrecken und sie beruhigen oder was auch immer ich tun sollte. Doch gerade als meine Finger ihr langes Gewand berühren sollten, löste sie sich ins Nichts auf und mit ihr all das Licht.

Ich fiel.

Fiel wieder ins Nichts.

Arlo

Angespannt blickte ich in die Ferne. Es war ein Wald, der mir die Sicht versperrte, doch die Schwarzen Schwaden, die daraus aufstiegen, hatten nichts Gutes zu verheißen.

»Arlo. Gehen wir weiter. Das hat nichts zu bedeuten«, Bethany, die einzige Frau, der es in Oryn erlaubt war, eine Kriegerin zu sein, stand hinter mir und legte mir eine schwere Hand auf die Schulter. Ich drehte mich zu ihr um und blickte in ihre schwarzen Augen. Ihr kantiges Gesicht und die eng am Kopf zurück geflochtenen Haare betonten, wie gefährlich sie sein konnte. Nervös spielte sie mit ihrem Lippenpiercing herum. Auch ihr schien nicht wohl zu sein.

»Nein.« Ich hatte bereits beschlossen, zu überprüfen, was im Wald vor sich ging, als ich die Rufe Layanas gehört hatte. Ein ständiges Heulen und weinen des Windes, das einem in Mark und Bein fuhr. Stets ein Zeichen von Gefahr und selten eine unzuverlässige Warnung. »Wir reiten dorthin.«

»Bist du verrückt? Es könnten die Fähigen sein. Du hast die Königin umgebracht, Reyna will dich tot sehen!«, Bethany fuchtelte verzweifelt mit ihren bemuskelten Armen herum. In einer anderen Situation hätte ich mich vielleicht darüber lustig gemacht, doch nun war ich nicht in der Stimmung für Späße. Ich wusste, wer dort im Wald war und ich wusste, wer in Gefahr schwebte und damit meinte ich nicht uns. Entschlossen schwang ich mich in den Sattel und packte die Zügel. »Das war ein Befehl.« Ich hatte keine Ahnung, wie meine Stimme noch immer so ruhig klingen konnte, aber sie tat es. Etwas, über das ich erleichtert war, denn ein Anführer musste von seinen Taten überzeugt sein. Ich drehte mein Pferd und erhaschte dabei einen Blick auf Bethany, die nun ebenfalls seufzend aufstieg. Meine restlichen Männer waren nie abgestiegen. Ich stieß meinem Pferd die Hacken in den Bauch und trieb es vorwärts. Wir hatten nicht mehr viel Zeit, wenn wir etwas unternehmen wollten.

Hastig schlängelte ich mein schnaubendes Pferd durch Bäume, das Schwert bereits gezückt. Nebelschwaden waberten über den Boden, doch noch waren sie weiß.

Wir ritten weiter in die Richtung, aus der die Schwärze gekommen war, und keine zehn Minuten später waren wir dort angelangt. Meine Männer teilten sich auf und umzingelten die Kampfstelle. Unzählige Leichen lagen bereits am Boden, doch keine menschlichen, soweit ich sah. Erleichterung machte sich in mir breit. Verwundert darüber, hob ich mein Schwert und rammte es einem besonders hässlichen Cursespeaker ins Herz. Und dann fiel mein Blick auf den Mann in der Mitte des Kreises, der noch immer kämpfte, obwohl er verletzt war und der Beweis für meine Vermutung war hier. Es war ein Soldat Reynas, doch wer neben ihm, zusammengesackt auf dem Boden lag, war niemand anderes als die Prinzessin.

Celestine

Gleichmäßiges hin und her sacken und Geklapper, weckte mich aus meiner Trance. Die Dunkelheit verschwand und stattdessen kamen alle Geräusche wieder zurück. Vögel zwitscherten und ich spürte Sonnenstrahlen, die meine Nase kitzelten. Meine Augenlider zuckten und schließlich riss ich sie auf. Ich musste Sunil helfen!
»Sunil!«
»Er ist okay«, raunte mir eine Stimme, von hinten ins Ohr. Verwirrt sah ich mich um. Ich lag nicht weiterhin auf dem Waldboden. Keine Monster waren mehr um mich herum und keine Klauen drohten sich in mein Fleisch zu bohren. Meine Augen zuckten zu meinem Arm, doch die Wunde war mit einem Stofftuch verbunden worden. Nun spürte ich auch Druck darüber und sah sogleich einen Gürtel, der eng um meinen Arm geschnallt war. »Damit sich das Gift nicht weiter ausbreiten kann. Aber keine Sorge, du hast bereits das Gegengift in dir, also können wir ihn gleich abnehmen.«
Als ich hinter mich sah, fiel ich vor Schreck beinahe vom Pferd.
»So schlimm ist mein Anblick jetzt auch nicht«, lachend blickte er mich an.
»Na, gefällt es dir etwa nicht, wenn es noch ein Mädchen gibt, dass deinem Prinzencharme nicht unterliegt?«, die Stimme kam von neben uns und ich drehte meinen Kopf zur Seite, um

die Sprecherin zu sehen. Staunend ließ ich meinen Blick über ihre Muskeln wandern, dann drehte ich mich wieder zurück zu dem Mann hinter mir, der die Frau nun böse anfunkelte. Ich erwachte aus meiner Starre und begann zu zappeln und um mich zu schlagen. »Was machst du hier! Willst du mich etwa entführen? Lass mich sofort runter!«, brüllte ich ihn an. Sein Pferd scheute und ich hatte Mühe darin, mein Gleichgewicht zu halten, während er versuchte, es wieder zu beruhigen. Schließlich gab er auf und schlang stattdessen die Arme fest um mich.
Ich konnte mich nicht mehr bewegen. Ich konnte nicht flüchten, ich bekam keine Luft.
»Lass mich sofort los, du Bastard! Du hast kein Recht dazu mich festzuhalten! Du hast meine Mutter umgebracht! Du bist ein Monster!«, ich wollte ihn von mir stoßen, doch er hielt mich fest. Also ergriff ich die letzte Möglichkeit, die ich hatte und biss zu.
»Ahh! Miststück!«, fluchte er.
»Dann lass mich verdammt nochmal los.«
»Damit du weglaufen kannst und ich dich ein weiteres Mal retten muss?«, er war eindeutig wütend, aber das war ich auch. Vielleicht hatte er mich gerettet, aber er hatte mich auch hintergangen. Prinz Arlo Dunford war nichts anderes, als ein Menschenarsch, der meine Wut verdient hatte. »Du bist ein Mörder!«
»Du auch. Gerade eben hast du das erwiesen. Van Doreen hat auf keinen Fall all diese Cursespeaker allein umgebracht. Er ist gut, aber nicht so gut.«
Cursespeaker, Van Doreen- Sunil? Egal. Erst einmal.
»Das war Notwehr! Ich habe keine Menschen umgebracht.«

Noch immer hatte Arlo die Arme um mich geschlungen. Bethany hatte nach den Zügeln geangelt und führte sein Pferd.

»Habe ich auch nicht. Ich habe Fähige umgebracht, keine Menschen.«

Er trieb mich in den Wahnsinn. »Das ist dasselbe«, fauchte ich zurück.

»Ach wirklich?«, ich hörte die Belustigung in seiner Stimme, »Ich und du, wir sind dasselbe?«

Ich zappelte und versuchte mich zu befreien. Kopfschmerzen quälten mich. Ich hatte keinen Nerv für diese Diskussion. Ich wollte mich einfach nur an ihm rächen und nun war er derjenige, der mich festhielt.

»Ich warte auf eine Antwort, Prinzessin.«

»Was hast du mit Sunil gemacht?«, wich ich ihm aus.

Er seufzte. »Van Doreen hat sich gut geschlagen, aber er war schwer verletzt. Er hätte die Reise nicht überlebt. Nachdem wir alle Cursespeaker getötet hatten, haben wir ihn mit seinem Pferd zum Waldrand gebracht. Die Soldaten werden ihn finden und sich um ihn kümmern.«

Cursespeaker, das mussten diese Monster sein. Aber Sunil schien so weit überlebt zu haben, das war eine gute Neuigkeit. Trotzdem fühlte ich mich schuldig, dass ich ihn im Stich gelassen hatte. Diese verdammte Vision. Warum mussten meine Kräfte genau in diesem Zeitpunkt verrücktspielen? Ich hatte sie noch nie richtig unter Kontrolle gehabt.

»Reise? Welche Reise?«

Arlo lachte und ich spürte seinen Bauch an meinem Rücken. Wütend versuchte ich ein wenig von ihm wegzurücken, was sich als schwierig herausstellte, da er mich noch immer festhielt.

»Du hast mir versprochen, mit mir zu kommen und

uns zu helfen, wenn ich deine Anforderungen erfülle.«

Überrascht drehte ich meinen Kopf zur Seite. »Und das hast du nicht, also hast du keinen Grund, mich mitzunehmen.«

»Hast du deine eigenen Anforderungen vergessen? Ich habe deine Hochzeit verhindert, die Monarchie geändert, denn nun ist dein Bruder König und um einen Krieg zu verhindern, brauche ich dich. Zusammen können wir es schaffen, Cinderella.«

Böse funkelte ich ihn an. »Nenn mich nicht so«, meine Stimme war ein Fauchen und ich selbst war überrascht, wie kampflustig es klang.

Doch Arlo tat nichts weiter, als mich anzugrinsen. »Wieso denn? Du bist eine Prinzessin, trägst gerne Hellblau, hast blondes Haar und reitest auf einem weißen Pferd. Eindeutig Cinderella«, er zuckte mit den Schultern, als wäre ganz klar, was er da sagte.

»Destry. Wo ist sie?«

»Wenn das der Name deines Pferdes ist«, er deutete hinter sich, »sie ist bei Emilio.«

Ich drehte mich in seiner straffen Umarmung, die eher Fesseln um den ganzen Körper ähnelten, nach hinten. Tatsächlich trottete Destry neben einem anderen Pferd her. Sein Reiter hielt ihre Zügel in der Hand und Destry schien als Handpferd zufrieden zu sein.

»Sie war ganz schön aufgebracht, als wir sie gefunden haben, ist hektisch durch den Wald gelaufen und hatte keine Ahnung, wo sie hinsollte. Du kannst froh sein, dass sie sich nicht verletzt hat.«

Ihr ging es ebenfalls gut. Ein weiterer Stein der Erleichterung, viel von mir. »Wieso sitze ich dann hier und nicht auf ihr? Ich kann selbst

reiten.« Wieder wand ich mich in Arlos Armen. »Glaubst du wirklich, ich riskiere es, dich bewusstlos über ein Pferd zu werfen? Und glaubst du ernsthaft, ich würde meine Meinung jetzt, wo du munter bist, ändern? Wie soll ich denn sicher sein, dass du die Chance nicht nutzt und gleich darauf über alle Berge bist?«
Ich musste zugeben, dass ich gehofft hatte, genau das tun zu können. Zu meinem Bedauern war der Prinz anscheinend nicht so dumm, wie ich es gerne hätte. Schmollend ließ ich mich in seinen Armen zusammensacken. Er lachte. Wenigstens hatte ich Zeit, mir einen anderen Plan auszudenken.

*

Ein paar Stunden später setzte bereits die Dämmerung ein. Wir befanden uns in einem kleinen Stück Wald, zwischen zwei Bergen. Ein gutes Zeichen, denn das hieß, dass wir die ewigen Wiesen überwunden hatten. Grillen zirpten und hin und wieder flog ein Glühwürmchen an uns vorbei. Nach endlosem Protest hatte Arlo endlich seine Finger von mir genommen, allerdings noch immer darauf bestanden, dass ich mit ihm auf seinem Pferd ritt.
Staunend hob ich eine Hand und ließ den kleinen Käfer um meinen Finger kreisen. Sein Hinterteil blinkte leuchtend und schien alle Geheimnisse der Dunkelheit zu kennen. Traurig zog ich meine Hand wieder zurück. Wie einfach all das bloß wäre, wenn ich die Geheimnisse dieser Welt kennen würde. Wie viel Leid uns erspart bleiben würde. Ich seufzte.
»Ich kann deine Gedanken förmlich hören«, Arlos Stimme kitzelte meinen Rücken. Den ganzen Weg

hierher hatte kaum jemand gesprochen und ich
wusste, dass ich die aufgeregte Freude, die ich
nun spürte, nicht genießen sollte.
»Was quält dich?«
Ich lachte, um meine Unsicherheit zu überspie-
len. »Mal davon abgesehen, dass ich gerade entführt werde - ich denke nur daran, wie viel
einfacher es wäre, einen Krieg zu verhindern,
wenn wir alle die Wahrheit sagen würden. Lügen
sind eine Dummheit und Geheimnisse führen zu
Missverständnissen. Es wäre viel leichter, ohne
sie.«
Ein Glucksen hinter mir verriet mir, dass Arlo
meine Gedanken wohl ziemlich amüsant fand. »Mal
davon abgesehen, dass ich dich gerade nur dahin
bringe, wo du hinwolltest - kann es nicht auch
schön sein, Geheimnisse zu haben?«
Ich zögerte und beschloss, seinen Konter zu ignorieren. »Vielleicht sind sie reizvoll, wenn
sie zwei Menschen miteinander verbinden, aber
sie sollten kein Ausweg dafür sein, zu verheimlichen, was man wirklich ist oder möchte. Sie
sollten keine Waffe sein.«
Arlo schwieg. »Sehr tiefgründig, deine Gedanken«, seine Stimme war leise und vibrierte auf
meiner Haut.
»Dazu scheinst du wohl nicht imstande zu sein«,
neckte ich ihn.
Wieder lachte er und eine wohlige Gänsehaut
überfuhr meinen Rücken. Arlo schien es zu bemerken, denn er legte mir eine Hand um die
Taille und malte zarte Kreise mit seinem Finger
auf meinen Bauch. »Ich kann sehr wohl tiefgründig sein.«
»Ach wirklich? Na dann bin ich mal gespannt.«
»Soll das heißen, dass du mich besser kennenlernen möchtest?«

Es war eine Frage, über die ich selbst erst nachdenken musste. Und die Antwort war ja, eindeutig. Ich wollte seine Geheimnisse erfahren, von denen er, ganz bestimmt, welche hatte. Ich wollte seine Stimme hören und seine Hände auf meiner Haut spüren.

Warte was? Stopp!

So durfte ich nicht denken, das war ganz und gar nicht gut. Es könnte meine ganze Mission in Gefahr bringen, wenn ich mich in ihn verleibte. Allein, dass ich schon darüber nachdachte, sollte eine Straftat sein.

»Ich sollte nein sagen, aber möglicherweise bin ich neugierig, was sich hinter der dunklen Fassade des Schattenprinzen verbirgt«, meine Wangen wurden heiß und ich war froh, dass er es nicht sehen konnte.

»Die dunklen Fassaden des SCHATTENPRINZEN?«

Ich zuckte mit den Schultern. »Wenn du mich Cinderella nennst, nenne ich dich eben so.«

Wieder spürte ich seinen Körper an meinem vibrieren und der Ton seines Lachens löste gefährliche Gedanken in mir aus. »Klingt das nicht ein wenig dramatisch?«

Nun war ich diejenige, die lachte. »Tut das Cinderella nicht auch? Schließlich hat sich ihre Stiefschwester die Ferse abgehackt, um in den Schuh zu passen.«

»Da hast du auch wieder recht.«

Bethany grunzte und drehte sich um. »Gefährliche Jungs. Unser Prinz gibt der Prinzessin recht, mal sehen, wem wir in Zukunft Folge leisten müssen.«

Gelächter ertönte auch hinter uns, es war beinahe falsch, so viel Spaß zu haben, während ein Krieg drohte auszubrechen.

»Schlagen wir ein Lager auf«, Arlos Stimme war

bestimmt. Erleichtert rutschte ich nach ihm aus dem Sattel und landete wieder in seinen Armen, doch diesmal waren sie nur sanft um mich gelegt und konnten kaum grob wirken. Meine Beine schmerzten, als ich ein paar Schritte tat und über den weichen Waldboden ging. Der Nebel war, den Göttern sei Dank, verschwunden.

Arlo reichte mir eine Decke und ich wickelte mich darin ein. Es war mehr als nur ungewohnt, unter freiem Himmel zu schlafen. Der ganze überflüssige Prunk des Schlosses kam mich lächerlich vor, gegenüber der Schönheit des Nachthimmels. Ich hatte mich etwas abseits auf den Rücken gelegt und sah in den Himmel. Mir war klar, dass wir auf dem ganzen Weg nach Oryn nur Pausen machen würden, wenn die Pferde welche brauchten; das hatte Bethany mir klargemacht. Wahrscheinlich würde ich also dauerhaft an Arlo kleben und umso mehr war ich überrascht, als er sich nun neben mich legte.

»Wieso bist du nicht bei deinen Männern? Und Frau«, fügte ich hinzu.

»Einerseits, weil ich noch immer befürchte, du könntest abhauen, wenn ich nicht persönlich auf dich aufpasse und andererseits, weil ich zugebe, dass ich dich gerne kennenlernen würde.«

Wieder wurden meine Wangen rot. Ich drehte meinen Kopf zur Seite und machte die schönen Konturen seines Gesichts aus. Es war seltsam, neben einem Mann zu liegen, ihm stundenlang so nah zu sein und keine Angst vor ihm zu haben. Arlo würde mich nicht verletzen, nicht körperlich. Das einzige, auf das ich bei ihm achtgeben musste, waren meine Gefühle. Dafür konnte ich ihn noch nicht gut genug einschätzen.

Kapitel 25

Celestine

Tagelang reisten wir durch das Land, die Landschaft veränderte sich und wurde felsiger, kantiger und wilder. Genauso wie meine Gefühle zu Arlo.
Inzwischen durfte ich wieder allein auf Destry reiten. Wir hatten über unsere Pläne gesprochen, den Krieg zu verhindern, allerdings derweilen noch keine Lösung gefunden. Was aber auch daran liegen konnte, dass wir verschiedene Ansatzpunkte verfolgten. Keiner vertraute dem anderen zu hundert Prozent und ich wusste, dass nicht nur ich diejenige war, die sich fragte, was der jeweilige Grund war, einen Krieg verhindern zu wollen. Ich konnte verstehen, dass Arlo glaubte, ich wäre wie alle anderen Fähigen. Mit unseren Kräften könnten wir die Menschen leicht vernichten und uns ihr Land aneignen. Das Einzige, was sie noch davon abhielt, war, dass sie lieber mit ihren Gegnern spielten. Sie wollten sie betteln und leiden sehen und ihnen anschließend nicht einmal die Erlösung schenken. Etwas, was viel schlimmer war als der Tod, war zu leiden. Das war, was Fähigen ihren Ruf gegeben hatte, obwohl sie so viel mehr sein könnten und es machte mich traurig, dass anscheinend nur ich und Sunil wahrgenommen hatten, was Andere für normal empfanden. Wir hatten unsere Kräfte von den Göttern geerbt. Sie sollten benutzt werden, um das Leben zu erleichtern und nicht, um es Anderen zu erschweren.
Die Götter wären enttäuscht, wenn sie wüssten, was vor sich ging. War das Layana nicht schon?

Ich hatte sie in meiner Vision gesehen und es hatte sich viel zu real angefühlt, um es nicht zu sein. Sie war außer sich gewesen, in Panik. Sie meinte, ich solle meine Kräfte benutzen, um diese Welt zu retten. Aber was könnte ich mit meinen mickrigen Visionen und Illusionen anrichten? Ich hatte schon einzelne Personen verwirrt oder sie so weit in den Wahnsinn getrieben, bis sie von mir abgelassen hatten. Etwas, was ich nicht gerne tat und bestimmt könnte ich damit keinen ganzen Krieg aufhalten.

»Wenn du noch lange so angestrengt nachdenkst, bekommst du bald die ersten Sorgenfalten, Cinderella«, riss mich Arlo aus meinen Gedanken. Mein Bauch begann zu kribbeln und ich versuchte, mir angestrengt einzureden, dass mir dieser Spitzname nicht gefiel.

»Das würde der Schattenprinz natürlich schrecklich finden, nicht wahr?«, ich zwinkerte ihm zu. Oh Gott, was hatte ich getan. Hatte ich etwa gerade mit Arlo Dunford geflirtet? Seine braunen Augen weiteten sich und die hellen Sprenkel darin wurden noch sichtbarer. Doch der Augenblick hielt nicht lange an, denn wie es sich für einen Prinzen gehörte, hatte er im nächsten Augenblick auch schon wieder die Maske der Emotionslosigkeit aufgesetzt und lenkte sein Pferd in eine Kurve. Ich mahnte mich, endlich meinen Blick von ihm abzuwenden. Ich konnte ihn nicht noch länger anstarren, auch wenn es durchaus beeindruckend war, wie sich seine Muskeln anspannten, wenn wir das Tempo beschleunigten und über Pfade galoppierten. Vielleicht war es besser gewesen, als ich noch voller Wut in ihn einstechen wollte. Ich würde der Verliebtheit noch voll und ganz verfallen. Ich bekam Aufmerksamkeit von ihm und er machte mich nicht dafür hinunter, dass ich eine Frau war. Noch dazu kam, dass er viel zu gut aussah, mit seinem schwarzen Haar und den dunklen Augen. Geheimnisvoll und mysteriös, stark und gleichzeitig gerecht. Wo wäre das Problem, ihn zu lieben? Noch im selben Moment fiel es mir ein. Geheimnisvoll.

Geheimnisse waren zu oft unausgesprochene Probleme und etwas, was ich unmöglich ignorieren könnte. Was, wenn er mich noch einmal hineinlegte, wenn er mich nur genauso benutzen wollte wie Finnian? Ich sollte erst gar nicht anfangen, ihn zu mögen. Es würde so vieles komplizierter machen.

Zitternd zog ich meinen dicken Umhang fester um meine Schultern. Nicht nur die Landschaft, sondern auch die Temperatur hatte sich verändert. Wir machten kaum noch Pausen, da wir in den schneebedeckten Klippen drohten abzustürzen, sobald wir das lockere Gestein für längere Zeit belasteten. Sunil hatte recht gehabt. Es war ein schwerer Weg nach Oryn und ohne Einheimische, die die Gefahren dieser Orte kannten, wohl kaum zu schaffen. Ich ließ Destry so nahe wie möglich an der Felswand laufen, um nicht abzurutschen und mit ihr in die Tiefe zu stürzen. Allein der Blick in die Abgründe, die sich dort auftaten, trieb mir den Schweiß auf die Stirn und ließ mich zugleich noch mehr erzittern.

»Bald haben wir die Berge überwunden«, wandte sich Arlo an mich, »Dann sind es nur mehr ein paar Kilometer durch den großen Nadelwald und dann sind wir da.«

Ich nickte während mir eisiger Wind über die Wangen strich. Beinahe konnte ich sie nicht mehr spüren und ich war froh, dass mir Emilio, ein junger Mann in Arlos Truppe, eine Dose mit einer fettigen Creme gereicht hatte, als wir den Anstieg der Berge gewagt hatten. Ohne diese hätte ich wohl schon etliche Erfrierungen.

Kapitel 26

Celestine

Der Kiefernwald lichtete sich und der Anblick, der sich mir nun bot, war gleichzeitig genau das und alles andere, als das, was ich erwartet hatte. Zusammengedrängt zwischen Bergen, am Ende der Welt, ruhte diese kleine Stadt. Wenn man sie denn überhaupt so nennen konnte, denn die Fähigen hätten sie keinesfalls als eine solche bezeichnet. Ungläubig starrte ich die Gebäude an. Ich musste mich beinahe zusammenreißen, nicht vor Ekel zusammenzuzucken und Arlo war deutlich anzusehen, dass es ihm peinlich war, was ich hier sah.

»Das ist Oryn, oder besser gesagt, alles, was davon noch übrig ist.« Er machte eine Geste in die Gasse vor uns. Brüchige Steinwände drängten uns in ihrer Mitte zusammen. Stinkende Pfützen hatten sich auf den matschigen Pfaden angesammelt und Ratten huschten zwischen den Häusern hindurch. Vereinzelte Frauen und Männer, unter löchrigen Umhängen versteckt, schlurften zu einem Brunnen, der sich in der Mitte des Dorfes befand. Einer nach dem anderen, ließen sie Eimer an einem Seil hinab und hievten sie gefüllt wieder nach oben. Mein Herz zog sich zusammen, als ich die schlechte Qualität des Wassers sah.

»Der Brunnen ist verseucht«, kam es von Arlo. »Die meisten nehmen alle paar Tage, den schweren Weg in Richtung Berge auf sich, um etwas von dem frischen Quellwasser zu ergattern, allerdings ist die Bevölkerung arm und durch den Krieg zu schwach. Kranke können den Weg nicht mehr in Kauf nehmen.«

Tränen bildeten sich in meinen Augenwinkeln, nicht nur dem strengen Geruch zu schulde.

»Früher lief das Quellwasser direkt durch die Stadt. Wir hatten nie ein Problem mit Durst oder verkeimten Wasser«, er zuckte mit den Schultern als hätte er bereits alles Mögliche versucht, war aber gescheitert. »Die Fähigen haben auf Befehl der Königin hin, seinen Lauf geändert. Nun fließt es auf der anderen Seite des Berges hinab, in Richtung Reyna. Es wäre nicht weiter schlimm, wenn sie den Fluss gegabelt hätten, aber sie haben alles für sich in Anspruch genommen. Den ganzen Aufwand betreiben sie nur, um uns zu schwächen und leiden zu sehen. So wie ich die Fähigen kenne, werden sie uns nicht einmal umbringen, sondern auf Knien betteln lassen.«

Ich erbebte vor Trauer und Schock als ich erkannte, dass er recht hatte. Meine Mutter war eine grauenvolle Frau gewesen. Ihr Volk hatte ihr all ihre Lügen abgekauft, genau wie Adonis. Er würde es nicht anders weiterführen.

Zu gerne würde ich Arlo sagen, dass es mir leidtat. Dass ich all das nicht wollte und anders war als meine Familie. Aber ich befürchtete, in Tränen auszubrechen, sobald ich auch nur meinen Mund öffnete. Schweigend gingen wir durch die Straßen und einen weiteren Hügel hinauf. Kühle Blicke bohrten sich in meinen Rücken und jagten mich die Klippen geradezu nach oben. Ich hegte keine Zweifel daran, dass ich ohne Arlo an meiner Seite, bereits tot wäre. Ich war nicht nur eine Außenseiterin für Oryn, sondern auch ihre Feindin und das zurecht, denn sie hatten nicht gerade gute Erfahrungen mit den Fähigen gesammelt. Trotzdem setzte es mir mehr zu, als es sollte und ich war froh, als wir die schützenden

Mauern des Herrschaftssitzes endlich erreichten. Staunend betrachtete ich das Schloss. Dicke steinerne Mauern und Metallgitter ließen es eher wie eine Burg aussehen. Kein Reichtum zeichnete sich an den Wänden ab, Gemälde oder vergoldete Tapeten, waren nur rar eingesetzt worden. Die Armut Oryns, hatte sich auch unter ihren Herrschern ausgebreitet. Ein Stich in meinem Herzen ließ mich zusammenzucken. Diese Menschen litten und mussten verseuchtes Wasser trinken, während die Fähigen in Gold badeten. Ich schluckte meine Angst und Trauer hinunter, jetzt war nicht der richtige Zeitpunkt dafür. Gleich würde ich dem König und der Königin Reynas gegenüberstehen, ich würde Arlos Eltern begegnen. Sofort wurden meine Knie zittrig. Was, wenn sie schlecht auf mich reagierten, wenn sie mir die gleichen Blicke zuwarfen, wie ihr Volk? Ich spürte eine Hand die Meine streifen und als ich an mir herabsah, bemerkte ich, dass es Arlos war. Er war so nah neben mich getreten, dass ich seine Wärme an meinem kalten Körper spürte, unsere Schultern nur wenige Zentimeter voneinander entfernt. Eine wohlige Gänsehaut überkam mich und ich atmete tief durch. Wir waren vor einer großen hölzernen Tür gelandet, die einzige, die mit goldenen Griffen verziert war. Zweifellos der Thronsaal. Ein letztes Mal, trafen sich meine Augen mit denen des Prinzen, ehe die Türen geöffnet wurden und nur ein langer Teppich, uns von den Herrschern Oryns trennte. Arlo setzte sich in Bewegung und ich folgte ihm mit angehaltenem Atem. Bloß nicht stolpern, Celestine. Du darfst dir deine Angst nicht anmerken lassen.

Vorsichtshalber ließ ich meinen Blick auf den Boden gerichtet und stieg über eine Falte des

Teppichs. Ein Skandal in Reyna, doch hier schien es nicht wichtig zu sein, alles perfekt aussehen zu lassen.

Nicht mehr.

Goldene Quasten hingen lose an den Seiten der dunkelgrauen Stoffbahn. Einige waren sogar abgefallen. Ich traute mich, den Blick zu heben. Auch König und Königin, waren lange nicht so prunkvoll gekleidet, wie es in Reyna dem Standard entsprach. Eine kleine Welle der Erleichterung, überkam mich. Dann musste ich mir zumindest keine Sorgen darum machen, dass ich selbst nur in zerschlissenen Hosen und einer Tunika vor ihnen stand. Doch die Blicke der Herrscher galten sowieso nur ihrem Sohn. Königin Kalea stand auf, die Arme weit ausgebreitet und mit einem Lächeln auf dem Gesicht. Ihr dunkelbraunes Haar wehte wellig im Wind, der durch die geöffneten Fenster drang. Ich blieb stehen, während Arlo auf sie zutrat und sich in die Arme nehmen ließ. Eine Geste der Zuneigung, die mir nie zuteilgeworden war. Mein Herz zog sich zusammen, als ich sah, wie Kalea ihrem Sohn liebevoll übers Haar strich.

»Du bist zurückgekehrt.« Sie nahm seine Hände in ihre. »Gesund«, ihre Augen glänzten, als hätte sie nicht daran geglaubt. Ich musste mich zusammenreißen, dass mir selbst bei diesem Anblick keine Träne entglitt. Wie gerne würde ich nur auch so geliebt werden. Doch meine Sorge wurde sofort durchschnitten, als ich den scharfen Blick des Königs bemerkte, der nun auf mir ruhte. Ich zuckte zusammen und duckte mich automatisch ein wenig weg, ehe ich mich verbeugte. Inzwischen hatte auch Kalea mich bemerkt.

»Wen hast du denn da mitgebracht, Arlo?«, ihre Stimme war alles andere als feindlich, eher neugierig.

»Eine Fähige. Die Prinzessin höchstpersönlich«, kam es von König Elijah. Sein schwarzes Haar war hinten zusammengebunden und ließ seine harten Züge noch mehr hervortreten. Erneut zuckte ich zusammen. Er sah seinem Sohn so ähnlich und doch unterschieden sie sich an den Augen. Kein Funken von Hoffnung oder Wärme glitzerte in denen des Königs. Kälte umfing mich und ich wurde mir den offenen Fenstern einmal mehr bewusst. Die Brauen des Königs zogen sich wütend zusammen. »Was hat sie hier zu suchen, Sohn!«, seine Stimme war harsch.

»Sie ist hier, um zu helfen.«

»Zu helfen? Bist du von allen guten Geistern verlassen? Sie wird uns ausspionieren, unsere Schwächen notieren und weiterleiten. Sie ist eine Lügnerin und Mörderin, wie ihr ganzes Volk.«

Arlo trat schützend vor mich. Etwas in mir zerbrach; wieder wurde ich nicht anerkannt.

»Vater!«, Arlo war ebenfalls wütend.

Der König winkte eine Wache heran. »In den Kerker mit ihr«, sein Befehl war deutlich und seine Augen noch kälter als zuvor.

»Sie bleibt hier.« Einen Moment schien die Wache tatsächlich zu zögern. Wem sollte er Folge leisten? Beide Befehle kamen von königlicher Familie, aber einer war von höherem Rang. Die Wache trat weiter auf mich zu.

Ich würde in den Kerkern landen. In einem feuchten, modrigen Loch, genau wie Arlo es vor kurzem noch war.

Ich zuckte zurück, als ein Arm sich nach mir ausstreckte. Arlo reagierte und schob sich erneut vor mich. Wieder kam die Wache auf mich zu, doch noch bevor sie mich hatte erreichen können, glitt sie die gegenüberliegende Wand hinab. Ich erstarrte. Arlo hatte die Wache seines eigenen Reiches von den Füßen gerissen und gegen eine Wand geklatscht.

Ein wütendes Grummeln erklang vom Thron aus. Die Königin schrie auf und hielt sich eine Hand vor den Mund. Der König zögerte nicht länger und sprang auf. Nach wenigen, im Raum nachhallenden Schritten, war er bei uns angelangt.

»Vater, beruhige dich.« Eine seltsame Anforderung von jemandem, der gerade einen anderen zur Ohnmacht gebracht hatte. Doch der König ging, wie erwartet, nicht darauf ein. Wutentbrannt packte er seinen Sohn am Kragen. Seine Augen standen nahezu in Flammen und als er den Mund öffnete, waren keine Zähne, sondern Fänge zu sehen.

Erneut zuckte ich zurück, mein Blick starr auf die beiden Männer gerichtet. Der König rüttelte an seinem Sohn, bis dessen Tunika riss. Die Königin war noch immer wie erstarrt. Würde sie ihrem Sohn denn nicht helfen?

»Mach die Augen auf! Gutherzigkeit hat nichts verloren, sobald es um Fähige geht!« Mit diesen Worten ließ er seinen Sohn los. Arlo ergriff die Chance und stieß seinen Vater von sich. Dieser taumelte nach hinten, ehe er sich von der Wand abstieß und auf mich zulief. Panik und Wut stand in seinen Augen und das war der Moment, indem ich begriff, was gerade geschah. Der König schien nicht mehr er selbst zu sein, und das nicht nur innerlich. Seine Augen wurden pechschwarz und seine Haut leichenblass. Klauen, statt Füße, trugen ihn zu mir hin. Ein fürchterliches Lachen drang aus seinem Mund, der nun tatsächlich ein Maul voller Messer war. Kopfschüttelnd fletschte er die Zähne, sein

Schädel brach auf, und was daraus hervorkam, ließ mich vor Angst aufschreien. Schlangenköpfe zuckten wütend, zischelnd durch die Luft. Nur wenig Sekunden später, war er bei mir angelangt. Kein König mehr, nein. Ein Cursespeaker, ein Monster, welches mich ohne jegliche Mühe zerfleischen würde.

»Lauf!« Es war Arlo der sich soeben auf seinen Vater stürzte. Bethany und Emilio kamen ihm zu Hilfe, mit Waffen, die wir beide nicht dabeihatten. Ich konnte nicht kämpfen, mein Säbel war mir im Thronsaal verwehrt worden, fiel es mir wie Schuppen von den Augen. Erneut sprang die Bestie auf mich zu. Ich musste laufen. Davonlaufen.

Und das tat ich. Wie von der Tarantel gestochen, stemmte ich die Beine in den Boden und stieß mich so fest davon ab, wie ich konnte. Gänge, Bilder und Räume an meinen Seiten nahm ich nur mehr als vorbeirauschende Schlieren wahr. Hinter mir waren noch immer ein Fauchen und der rasselnde Atem des Monsters zu hören. Ich schlug einen Haken und bog ab, lief einen weiteren Korridor entlang, so schnell, wie ich konnte. Immer mehr Schreie waren zu hören, doch ich kümmerte mich nicht darum. Ich tat, was Arlo mir zugerufen hatte, und lief, lief durch einen Dienstbotenausgang hinaus und den Hügel und die Klippen hinunter in die Stadt. Verfolgt von einem Monster.

Kapitel 27

Celestine

Noch immer rannte ich. Meine Lungen brannten, doch wie jedes Mal gab ich dem Schmerz nicht nach. Gasse um Gasse schlängelte ich mich durch die Stadt. Lachen aus Flüssigkeiten, von denen ich nicht wissen wollte, was sie waren, spritzten unter meinen Füßen auf. Mein Atem ging schnell. Schon seit einiger Zeit wurde ich nicht mehr verfolgt. Das Einzige, was mich noch immer vorantrieb, waren die Angst und die Enttäuschung.

Ich lief und lief, Bäume taten sich neben mir auf und der steinige Boden verwandelte sich in Nadeln und Moos. Ich war zurück im Wald und kümmerte mich nicht um seine dunklen Tiefen, die mich zu verschlucken drohten, sobald ich den Weg verließ. Es war mir egal und ich lief direkt hinein. Was hatte ich schon zu verlieren? Man verheimlichte mir alles, benutzte mich und hinterging mich. Ich war nichts weiter als eine Puppe an der man, zur Unterhaltung ein paar Fäden zog. Und genau diese Puppe, die ich war, erschlaffte nun. Ich sank in mir zusammen und landete auf dem Nadelboden. Kälte kroch mir in die Knochen und Nebel ließ meine Kleider klamm werden. Das Gesicht in die Hände gestützt, saß ich da. Dunkelheit umfing mich und wirkte beinahe wie ein tröstlicher Schutz, der mich von der Außenwelt abschirmte. Tränen liefen meine Finger entlang und tropften auf den Boden.

Warum hatte Arlo mir nicht verraten, wer die Cursespeaker waren? Dass sie einst Menschen gewesen waren, dass sie sich verwandelt hatten.

Hatte Arlo sein eigenes Volk getötet, als er mich und Sunil gerettet hatte? ICH hatte getötet. Menschen! Keine Monster, Menschen! Es war grauenvoll. Ich war kein Stück besser als die Fähigen. Vielleicht hatte der König guten Grund gehabt, auf mich loszugehen. Wahrscheinlich verteidigte er nur sein Reich. Ich weinte, bis meine Tränen vergossen und aufgebraucht waren. Danach überkam die Wut. Nein, ich war nicht wie die anderen Fähigen. Der König hatte kein Recht dazu gehabt, einfach auf mich loszugehen. Arlo hätte mir von der Sache erzählen müssen. Wie sollte ich ihm je wieder vertrauen? Ich hatte gedacht, wir stünden auf der gleichen Seite, dass wir das gemeinsam durchziehen würden. Wir wollten ein Team sein und er hatte mir eine wichtige Information verschwiegen. Vielleicht hatte er mich verteidigt, ja, aber das rechtfertigte noch immer nicht, dass er mir nichts erzählt hatte. Was, wenn ich in diesem Moment allein gewesen wäre. Dachte er etwa, dass er immer an meiner Seite kleben könnte, immer auf mich aufpassen würde? Vertraute er mir so wenig? Musste er mich beobachten? Was, wenn genau er das tat, was sein Vater mir angeschuldigt hatte? Wenn er mich eigentlich als Versuchsobjekt benutzte, um die Schwächen der Fähigen herauszufinden. Es sollte mir egal sein, denn ich fühlte mich ihnen nicht angehörig, obwohl ich ihre Prinzessin war. Sie hatten mich nie akzeptiert und dasselbe tat ich mit ihnen. Der Grund, der mich aufregte, war der, dass ich erneut als Puppe benutzt werden sollte. Ich wollte kein Versuchskaninchen sein, an dem man Experimente durchführte. Mein einziger Wunsch war es, den Krieg zu verhindern. Und Liebe.

Eine kleine garstige Stimme in meinem Kopf, nichts weiter war das. Ich brauchte keine Liebe und auf keinen Fall war ich in den Schattenprinzen verliebt. Die Aufregung, die ich gespürt hatte, als ich den Thronsaal betreten hatte, hatte allein der Angst, der Reaktion des Königs und der Königin gegolten. Und diese hatte sich als berechtigt entpuppt, schließlich war Elijah keine zehn Minuten später auf mich losgegangen. Ich hatte Grund dafür, wütend auf Arlo zu sein. Was bildete sich dieser Idiot eigentlich ein?

Erst tat er so, als würde er auf meiner Seite stehen und dann das. Hatte er überhaupt vorgehabt, mir von diesen Monstern zu erzählen? Wer wusste schon, was er mir noch alles verheimlichte?

Wütend stieß ich mich von dem dumpfen Waldboden ab und trat erneut in die Dunkelheit. Ich würde zum Schloss zurückkehren und diesem Prinzling zeigen, wozu eine Prinzessin fähig war. Ich würde nicht mit mir spielen lassen. Nicht mehr. Das lag hinter mir.

Das Blut in meinen Ohren rauschte vor Wut und war der Grund dafür, weshalb ich viel zu spät bemerkte, dass etwas im Gebüsch neben mir raschelte und klingelte. Kleine Glöckchen hallten hell in der Nacht, sangen ein Lied, das die Erfüllung meiner Wünsche versprach. Ich wollte ihm nicht nachgeben, ich wusste, was das hier war. Kannte die Gefahr aus einem der Bücher, welches ich in Reynas Bibliothek gelesen hatte. Doch der Klang der Glocken lockte mich. Zog mich hinein in eine Hypnose, der ich nicht widerstehen konnte. Spielte mir Ruhe und Zufriedenheit vor, ließ mich lachen und um Bäume springen. Ich war so glücklich wie schon lange nicht mehr.

All der Druck war von meinen Schultern gewichen, allein Freude erfüllte meinen Körper. Lachend streckte ich meine Arme zu beiden Seiten aus und drehte mich, bis ich vor Schwindel zu Boden fiel. Nun kicherte ich nur umso heftiger. Was für ein Spaß das war, wie leicht man sich fühlen konnte. Ich wollte für immer hierbleiben und diese Leichtigkeit spüren.

»Ich tue alles dafür, dass ich mich für immer so fühlen darf!«, die Worte drangen aus meinem Mund, bevor ich sie hatte überdenken können. Die Glockenmelodie kam näher und wurde noch heller. Spielte noch mehr freudige Melodien, die meine Gedanken verschwinden ließen. Und dann war sie da. Ein in einen Umhang gehülltes Wesen, mit knittrigen Flügeln und eingefallenem Gesicht. Gleich groß wie ich schwebte sie vor mir. Glöckchen waren um ihren Hals, Fuß- und Armgelenke auf kleine Fäden aufgefädelt und erregten meine Aufmerksamkeit. Verzaubert trat ich näher, berührte die goldschimmernden Instrumente. Sah das Lächeln auf dem Gesicht der Frau und fühlte mich sicher.

So sicher wie ich mich nicht fühlen sollte. Ein kurzer Gedanke, der sofort wieder verklang. Wer war diese Frau? »Das ist wunderschön«, ich berührte ihre verrunzelten Wangen und wollte meine Arme um sie schlingen. Und das tat ich auch. Ich umarmte die Frau und ließ mich weiter in ihren Bann ziehen. Gab mich den Melodien hin und glitt durch die Nacht. Die Glöckchen begleiteten uns auf unserem Weg in die ewige Besonnenheit. Ich würde glücklich sein. Für immer.

Doch plötzlich verklang die Melodie und wandelte sich zu einem grässlichen Läuten. Ich wurde weggedrückt und schrie. Wollte mich

weiterhin an die Frau klammern, die diese wun-
dervollen Dinge getan hatte, doch sie stieß mich
von sich. Kurz darauf, sah ich weshalb.
Mit beiden Händen hatte sie das Ende ihrer Kette
gepackt. Sie zog daran und versuchte wütend, es
zu sich zu ziehen. Wie beim Tauziehen glitt die
Kette hin und her, zwischen zwei Personen, die
sie ergattern wollten. Nun blickte ich zur anderen Seite. Ein Mann zog weiterhin an der Kette
und riss die Glöckchen ab. Schillernd fielen
sie zu Boden.
»Nein!«, ich hastete zu den goldenen Kügelchen
und sammelte sie ein. Wie einen Schatz hielt
ich sie mir an die Brust. Nadeln bohrten sich
in meine Knie und Ellbogen, als ich mich schützend über sie kauerte. Niemand würde sie mir
wegnehmen. Sie waren mein Eigentum, meine Rettung. Ich wollte glücklich sein. Immer mehr
Glöckchen fielen von der Kette zu Boden und
immer mehr schob ich unter mich. Doch die Melodien wurden immer leiser und schwächer. Die
Schwerelosigkeit, in der ich geschwebt hatte,
ließ nach. Ich fiel zurück in die Realität.
»Nein!« Ich wollte mich erneut an die Frau klammern, wollte sie dazu zwingen weiterzuspielen,
mir zu helfen. Ich wollte alles, bloß nicht
wieder zurück in die Realität, wo mich Sorgen
und Angst quälten.
Ein Pfeil flog durch die Luft und traf den Kopf
der Frau. Schwarze klebrige Flüssigkeit si-
ckerte daraus hervor und beschmutzte mein
Kleid. Sie kreischte auf, beinahe animalisch
und schrecklich hoch. Ich hielt mir die Hände
auf die Ohren. Ich wollte doch nicht mehr hier
sein. Das war schrecklich, es tat weh.
»Wehre dich!« Eine Stimme, die aus der Ferne zu
mir durchdrang. Ich griff nach einem nieder

hängenden Ast und brach ihn ab. Wütend und
schmerzerfüllt stach ich in die Frau ein. Sie
sollte aufhören, zu kreischen. Sie sollte auf-
hören mir weh zu tun. Immer mehr schwarzes Blut
drang nun auch aus ihrem Mund und veränderte
ihr Kreischen zu einem unheimlichen Gurgeln.
Dann verstummte sie, würgte und fiel zu Boden.
Die Geräusche waren verklungen. Ich ließ den
Stock fallen und fiel mit ihm. Ich hatte eine
Frau getötet.
»Ich habe getötet!
Habe eine Frau umgebracht!
Ich bin ein Monster, nicht besser als meine
Mutter!«, schrie ich die Worte aus mir heraus.
Ich schrie alles heraus, was mich quälte. Ich
hatte den Kampf verloren. Ich war genau das,
was der König von mir erwartet hatte.

Arlo

Scheiße! Blut klebte an meinen Händen, als ich
die Nachricht bekam. Celestine war von einer
Todesfee angegriffen worden. Fluchend hastete
ich durch die Korridore zu meinem Zimmer. Ich
stieß die Tür auf und blickte mich hastig um.
Celestine lag auf meinem Bett, Bethany saß neben
ihr. Ich ging auf die beiden zu und ließ meine
Augen dabei nicht von der Prinzessin gleiten.
Wenn ihr etwas zugestoßen war, würde Reyna mich
umbringen - wenn sie das nicht sowieso tun würden.
»Sie ist okay«, Bethany verdrehte die Augen.
»Du hättest sie sehen müssen, sie hat auf die
Alte eingestochen, als wäre sie der Tod höchstpersönlich«, sie lachte. Doch mir war nicht zu

Lachen zumute.

»Du weißt, dass diese Witze gefährlich enden können.«

Das Mädchen stöhnte. »Was soll sie uns schon antun? Sie ist noch nicht einmal hier.«

»Nur eine Frage der Zeit, das hat sie uns erst heute wieder bewiesen.« Ihre Augen verdunkelten sich und die Belustigung schwand aus ihrem Gesicht. »Du hast …«

»Was wäre mir anderes übriggeblieben?«, unterbrach ich sie. »Ich tue das nicht aus Spaß, Bethany.«

Sie nickte und legte tröstend eine Hand auf meine Schulter. »Sag, wenn du etwas brauchst.«

Die Tür schloss sich hinter ihr und ich brauchte ein paar Sekunden, um mich wieder zu sammeln. Dann wandte ich mich dem Bett zu. Celestine lag mit geschlossenen Augen darauf. Schwarzes Blut verklebte ihr blondes Haar und ihre Kleidung. Man würde es möglichst schnell abwaschen müssen, wenn man nicht wollte, dass es darin trocknete. Ich setzte mich neben sie auf die Bettkante und hob die Hand. Mein Herz zog sich zusammen, wenn ich sie so sah, und dass ich daran Schuld war, zerbrach es. Ich hielt inne, doch niemand war hier, der es sehen könnte. Ich war allein mit der Prinzessin Reynas. Vorsichtig ließ ich meine Hand hinabgleiten und strich ihr eine blonde Haarsträhne aus dem Gesicht. »Du bist so viel mehr, als du denkst, Cinderella.«

Kapitel 28

Celestine

Langsam öffnete ich die Augen. Die Sonne ließ ihre Strahlen durch das Fenster, auf mich herabfallen. Ich blinzelte und schlug mir stöhnend die Hände auf den Kopf. Wie oft war ich schon, mit schrecklichen Kopfschmerzen und nur halben Erinnerungen, an einem völlig neuen Ort, an einem anderen Tag aufgewacht. Eine wirklich schlechte Eigenschaft von mir. Doch diesmal war es anders, denn ich konnte mich an alles erinnern. Ich war in den Wald gelaufen und blind vor Wut gewesen. Ich war in die Fänge einer Todesfee geraten, obwohl ich alles über diese Wesen gelesen hatte. Wie dumm konnte man bloß sein?

Beschämt drückte ich mein Gesicht in das Kissen unter mir. Ich hatte die Fee getötet. Die Enttäuschung wurde stärker. Ich hatte sie umgebracht und mich damit gerettet, trotzdem hätte es nicht sein müssen, wäre ich nicht in den Wald gerannt. Und das hätte ich erst gar nicht gemacht, wenn Arlo mir die Wahrheit erzählt hätte.

Arlo.

Ruckartig setzte ich mich auf und sah mich um. Ich war in seiner Burg. Bethany und Emilio hatten mich zurückgebracht. War das sein Zimmer? Hatte ich in seinem Bett geschlafen? Nein, das durfte nicht sein. Ich musste das seltsame Flattern in meinem Bauch ignorieren. Ich durfte nicht noch einmal so dumm sein, und ihm vertrauen.

Es klopfte an der Tür und ich fuhr zusammen.

»Ja.« Sie öffnete sich und ich bereute meine

Gedanken umgehend.

»Wie geht es dir?« Arlo kam auf mich zu. Trotzig verschränkte ich die Arme vor der Brust, die seltsam sauber war. Ich trug neue Kleider. Hatte man mich etwa gewaschen? »Als würde dich das etwas kümmern«, entgegnete ich trotzdem. Überraschung stand in seinem attraktiven Gesicht. Scheiße! Hatte er etwa geglaubt, ich würde ihm einfach so verzeihen?

»Wenn es mich nicht kümmern würde, warum habe ich dann gegen meinen eigenen Vater gekämpft, warum habe ich dann Emilio und Bethany geschickt, um nach dir zu suchen?«, seine Stimme hatte etwas Fürsorgliches an sich und gleichzeitig stand Schärfe in ihr.

»Wenn ich dir wirklich so wichtig wäre, hättest du selbst nach mir gesehen.«

»Das habe ich, glaub mir. Ich war mehr als nur einmal hier, um zu überprüfen, ob es dir gut geht. Du hast immer geschlafen.«

Nun wurde ich wütend. »Das war, nachdem ich angegriffen wurde, du bist nicht gekommen als ich in Gefahr war.«

»Weil ich währenddessen mit der Gefahr meines Vaters beschäftigt war und glaub mir es war nicht einfach ihn umzubringen, aber nötig.«

Ich stockte, mein Atem stockte. »Du hast deinen Vater umgebracht!«, es war keine Frage, sondern eine Anschuldigung. Erschrocken wich ich vor ihm zurück. »Du bist ein Monster! Verschwinde!« Es war mir egal, dass ich ihm in seinem eigenen Haus Befehle erteilte.

»Hör mir doch zu!«

Heftig schüttelte ich den Kopf. »Ich spreche mit keinem Monster.« Tränen standen mir in den Augen, doch ich bemühte mich, sie nicht hinabrinnen zu lassen. Er sollte nicht glauben, dass ich seinetwegen enttäuscht war. Dass er mir nicht genug vertraut hatte, um mir die Wahrheit zu erzählen, war schon schlimm genug gewesen. Aber das, dass er seinen eigenen Vater umgebracht hatte, war die Höhe.

Arlo zuckte zusammen und einen Moment lang schien ich tatsächlich Verletzung in seinem Gesicht zu erkennen, ehe er aufstand und sich ohne ein weiteres Wort aus dem Zimmer schlurfte. Müde sah ich ihm nach und wartete auf den Moment, in dem die Tür ins Schloss fiel. Dann vergrub ich mein Gesicht in meinen Händen und begann zu weinen.

Arlo

Celestines Worte hatten mich härter getroffen, als sie es tun sollten. Ich wusste, dass ich das Richtige getan hatte, dass es keinen Ausweg gab und trotzdem fühlte es sich falsch an. So wie jedes Mal, wenn ein Mensch durch meine Hand starb. Es war alles andere als meine Natur, zu töten, doch wusste das niemand. Ich stand als Mörder hier, so wie mein ganzes Volk und so würde es wohl bleiben. Ich hatte gehofft, dass ich in Celestine eine Verbündete gefunden hatte, jemanden dem es ähnlich ging. Und vielleicht war das auch so, wir hatten dasselbe Ziel, aber ein Problem stand zwischen uns.

Die Angst, jemandem zu Vertrauen.

Wir hatten beide Geheimnisse voreinander und ich würde ihr nur zu gerne die ganze Wahrheit erzählen, aber ich befürchtete, dass sie mich dann nur noch mehr hassen würde. Dass ich ihr das Risiko nicht wert war.

Wir hatten beide schlechte Erfahrungen gemacht und würden sie auch weiterhin tun.

Schweigend schlurfte ich die Korridore entlang. Die Luft war kalt und ein Gewitter war aufgezogen. Ein Zeichen dafür, dass der Tod meines Vaters nicht der einzige dieses Tages gewesen war. Mein Herz zog sich zusammen, bei der Erinnerung an ihm. Das schlechte Gewissen würde mich für immer plagen. Was für ein wundervoller Mensch er nur gewesen war, bevor das alles begonnen hatte. Bevor sie beschlossen hatte, diesen gottverdammten Fluch auf uns zu legen. Ich brauchte Celestine, um ihn loszuwerden, dass wusste ich und schon langsam glaubte ich, sie auch so zu brauchen. Ein schwaches Lächeln stahl sich auf meine Lippen. Sie war so wunderschön und ganz anders als die Fähigen, denen ich zuvor begegnet war. Ich blieb stehen. Ich musste ihr die Wahrheit sagen. Zumindest einen Teil davon. Es wäre zu selbstsüchtig aufzugeben, nur weil ich Gefühle für sie hegte, die ich nicht zugeben wollte. Es wäre dumm, weil ein blöder Streit uns davon abhielt, etwas zu unternehmen bevor es zu spät war.

Ich drehte um, ohne noch weiter darüber nachzudenken, es würde nichts bringen. Dann würde ich andere Entscheidungen treffen, unter anderen Vorwänden und immer würden sie mir erst als richtig, und danach falsch vorkommen.

Nun schlurfte ich nicht mehr schlapp vor mich hin, ich hastete zurück zu meinem Zimmer, nein, ich lief. Ihre Worte würden mich nicht mehr treffen, sie durften es nicht. Ich würde im Sinne meines Volkes handeln. Meine Schritte hallten durch die Gänge und die kalte Luft zischte an meinem Körper vorbei. Ich rannte so schnell ich konnte, um den Zweifeln meines Gehirns zu entkommen. Schlitternd kam ich vor der Tür meines Zimmers, das ich vorübergehend

Celestine überlassen hatte, zum Stehen. Ohne anzuklopfen, stieß ich die Tür auf. Ich wollte schon zu sprechen beginnen, mich rechtfertigen, als ich bemerkte, dass der Raum lehr war. Ich klappte meinen Mund wieder zu, trat weiter hinein, drehte mich einmal im Kreis und blieb schließlich vor der Badezimmertür stehen. Hoffnungsvoll legte ich mein Ohr dagegen, keine Geräusche. Ich klopfte, doch auch eine Antwort bekam ich nicht. Erneut stieß ich die Tür auf und fand den dahinterliegenden Raum leer vor. »Scheiße«, fluchte ich. Dieses verflixte Mädchen, immer musste sie abhauen! Konnte sie sich nicht einmal der Situation stellen, in der sie sich befand? Erneut rannte ich los. »Bethany!« Die Frau trat gerade um die Ecke, ein Teller mit Essen in der Hand. Ich entriss es ihr und ließ es zu Boden fallen, wo es klirrend zersprang.

»Hey! Bist du nicht mehr ganz dicht?«

»Das kannst du dir jetzt sowieso in den Arsch schieben.« Aufgebracht raufte ich mir die Haare. »Sie ist abgehauen.« Bethanys Augen glitten zu meiner Zimmertür, ehe sie realisierte, was ich gesagt hatte. »Scheiße!«, kam es nun auch von ihr.

»Informiere Emilio. Alle Tore sollen geschlossen werden, auf die Fenster haben wir keinen Einfluss, wir müssen sie finden.«

Bethany nickte nur knapp und rannte los. Ich tat es ihr gleich und kontrollierte noch einmal die Fenster in meinem Zimmer. Sie waren verschlossen und auch wenn ich hinausblickte, waren keine Spuren zu entdecken, die auf eine Flucht hindeuten könnten.

Stundenlang durchkämmten wir das Schloss, keine Spur von der Fähigen. Wütend schnaubte ich durch die Nase. Wir hatten jeden erdenklichen Winkel kontrolliert und nichts gefunden. Wahrscheinlich war sie bereits die ganze Zeit außerhalb des Schlosses und hatte ein leichtes Spiel damit zu entfliehen, während wir sie hier suchten. Vielleicht sollte ich die Tore wieder öffnen und Suchposten ausschicken lassen.

Moment!

Celestine war nicht dumm. Sie kannte sowohl den Aufbau eines Schlosses als auch seine Möglichkeiten und Gepflogenheiten, auf unterschiedlichste Situationen zu reagieren. Was wäre, wenn sie genau das wollen würde? Dass ich denke, sie sei bereits entflohen, damit alle das Schloss verlassen und sie ungesehen ausbrechen kann. Es war unmöglich, dass sie niemand während einer Flucht gesehen hatte. An allen Ausgängen standen rund um die Uhr Wachposten. Auch das Schloss selbst wurde von außen durch regelmäßige Rundgänge kontrolliert. Sie musste sich irgendwo aufhalten, wo man sie nicht vermutete. Entschlossen rannte ich los. Ich hatte eine Vermutung, die mich nicht losließ. Stockwerk um Stockwerk ging ich tiefer, bis ich schließlich die muffigen Räume des Kerkers erreicht hatte. Kalte Steinwände ließen meine Schritte widerhallen und ein Tropfen war zu hören. Eine Gänsehaut überkam mich, zu schlechte Erinnerungen mit Zellen hatte ich in den letzten Wochen gemacht. Doch ich ging weiter, selbstbewusst und ohne Zweifel, dass ich nicht recht hatte. Die meisten Zellen waren leer, trotzdem blickte ich in jede einzelne hinein. Ein paar Gestalten regten sich in den hintersten Ecken, als ich vorbeiging. Ich blickte in ihre Gesichter. Alte Männer, die sich an jungen Mädchen vergriffen hatten, Leute, die einen Putsch planten und welche, die sich dem ehemaligen König widersetzt hatten. Einige kannte ich, andere nicht, aber keine davon war eine Prinzessin. Zelle um Zelle suchte ich ab, bis ich schließlich vor einer ankam, in der sich niemand regte, um durch die Gitter zu spähen. In einen dunklen, noch viel zu gut erhaltenen Umhang gehüllt, saß die Person mit dem Gesicht zur Wand da.

»Dreh dich um, Prinzessin.«

Kapitel 29

Celestine

»Ich muss schon sagen, es war nicht gerade meine Glanzleistung, dich unbeaufsichtigt zu lassen und du hattest keinen schlechten Plan, Cinderella. Aber leider ist er dir misslungen. Scheint wohl so, als müsstest du noch ein wenig länger mit mir zusammenarbeiten.«

Wütend ließ ich mich zurück in das Zimmer schleifen, in dem ich bereits zuvor gewesen war. Es würde nichts bringen, mich nun loszureißen. Alle waren bereits auf Alarmbereitschaft. Trotzdem gab ich Arlo nicht den Genuss, etwas zu sagen. Ich würde meine Meinung nicht ändern, er war ein Monster und ich würde hartnäckig bleiben. Irgendwie würde ich es schaffen, meinen Willen durchzusetzen und wenn ich dafür zu härteren Maßnahmen greifen musste.

Arlo blieb stehen und zerrte an meinem Arm, damit ich vor ihn trat. Böse funkelte ich ihn an, während ich bereits Pläne schmiedend den Raum betrat.

»Mach dir erst gar nicht die Mühe, hier rauszukommen. Sowohl hier im Gang als auch vor den Mauern dieses Zimmers stehen Wachen.« Mit einem süffisanten, letzten Lächeln schloss er die Tür hinter mir und ich hörte, wie sich ein Schlüssel in ihrem Schloss drehte und einschnappte.

Der Fakt eingesperrt zu sein, brachte meine Wut zur Weißglut. »Dreckiger, selbstsüchtiger Lügner!« Ich trat gegen die Tür, was ich im selben Moment bereute, denn ein stechender Schmerz durchfuhr mein Bein. Fluchend nahm ich es in die Hand, während ich auf dem anderen hüpfend durchs Zimmer stolperte. »Ahhhh! Du wirst es noch bereuen, dass du mich hier einsperrst! Ich werde dich aufschlitzen und den Krähen zum Fraß vorwerfen, sobald ich hier wieder hinauskomme!« Ich machte eine Bewegung mit meiner Hand, als würde ich einen Dolch in sein Herz rammen. Jetzt kannte ich keine Gnade mehr. All meine gute Erziehung fand hier ihr Ende, die Brutalität der Fähigen übernahm die Oberhand. Doch von vor der Tür war nur ein leises Lachen wahrzunehmen.

»Ich freu mich schon darauf, Cinderella.«

»Hört verdammt nochmal auf, mich so zu nennen! Wenn überhaupt, seid Ihr dazu verpflichtet, mich mit „Eure Hoheit" anzusprechen. Das Duzen habt Ihr Euch verspielt, Arschloch!«

Erneutes Lachen. Lachen, das trotz meiner Wut eine Gänsehaut auf meinen Armen verursachte. Wohlige Gänsehaut. Wütend strich ich darüber und versuchte sie zu vertreiben. Diesmal würde ich hart bleiben. Vielleicht hatte meine Mutter wirklich recht gehabt und die Menschen waren ein hinterlistiges und gnadenloses Volk, deren Wunsch es war, unser Leben zu quälen.

Rasend vor Hass stieß ich einen kleinen Tisch und die darauf stehende Vase um. Sie zersprang in tausend Scherben und Wasser verteilte sich über dem Boden. Ich wirbelte herum und zerstörte alles, was ich in die Hände bekam. Bettdecke und Kissen zerfielen in Fetzen und Federn blieben auf dem nassen Boden kleben. Ich schrie und fegte eine Reihe Bücher aus einem Regal. Etwas, was ich bei normalem Verstand nicht übers Herz bringen würde, aber hier war nichts mehr normal. Als Nächstes packte ich einen auf der Wand hängenden Spiegel und warf auch ihn mit einem Schrei zu Boden. Ich randalierte und würde nicht zulassen, dass man mich hier noch lange

einsperrte. Wenn sie wollten, dass ich über-
lebe, mussten sie mir irgendwann etwas zu essen
und trinken bringen und dann bot sich mir Gelegenheit auszubrechen. Doch vielleicht wäre es
nicht schlecht, bis dahin einen Plan parat zu
haben. Allerdings war es in meiner Wut beinahe
unmöglich zu denken, ich musste ihr noch ein
wenig freien Lauf lassen. Und genau deshalb riss
ich nun sämtliche Schränke auf und schleuderte
deren Inhalte rücksichtslos zu Boden. Niemand
machte Anstalten, mich zu stoppen, also würde
ich auch noch nicht damit aufhören.

*

Zeit verging, ich konnte nicht genau sagen, wie
viel, aber da es draußen bereits dunkel wurde,
mussten es einige Stunden sein, die verstrichen
waren. Bereits nach einiger Zeit, hatte ich mich
erschöpft auf den Boden fallen lassen. Seitdem
lag ich auf einem Haufen, bestehend aus Gewän-
dern und Federn. Noch immer war ich alles andere
als gut gelaunt, doch die größte Wut war verstrichen. Was sich allerdings sofort ändern
würde, würde der Prinz auch nur einen einzigen
Schritt auf mich zugehen. Ich würde ihm an die
Gurgel springen und ihm ungefiltert alles ins
Ohr brüllen, was ich von ihm dachte. Ich würde
alle Schimpfwörter benutzen, die ich kannte,
und auch vor Gewalt nicht zurückschrecken.
Ich ließ meinen Kopf zur Seite fallen und entdeckte ein Buch mit der Aufschrift: Fähigkeiten
und übernatürliche Zauber. Gelangweilt griff
ich danach und begann lustlos durch die Seiten
zu blättern. Wenn ich hier schon eingesperrt
war, konnte ich die Zeit zumindest nutzen, um
zu lesen. Ich kehrte an die erste Seite zurück

und begann die ersten Zeilen zu lesen. Langweiliges Zeug, das ich bereits hunderte Male gehört hatte. Die Kräfte der Fähigen entspringen den unterschiedlichen Elementen der Götter, blablaba. Langweilig.

Wieder blättere ich durch die Seiten, bis ich an einer Stelle ankam, die mich tatsächlich dazu brachte innezuhalten. Telepathie und ihre Einsatzbereiche. Interessant. Und ähnlich zu meiner Fähigkeit. Sehr ähnlich.

Ich sollte meine Kräfte benutzen, hatte Layana gesagt. Was, wenn sie doch mehr waren, als ich gedacht hatte? Wenn ich so darüber nachdachte, hatte ich sie, seitdem die Hochzeit mit Finnian abgebrochen worden war, noch nicht einzusetzen versucht. Eigentlich sollte der Bann, der es ihm erlaubte, sie zu regeln, nun gebrochen sein. Wenn das stimmte, hieß das, dass ich sie wieder zurückhatte.

Rasch ließ ich das Buch fallen und richtete mich auf. Neue Hoffnung keimte in mir auf. Nur weil ich noch immer hier drinnen hockte, hieß das nicht, dass ich nichts unternehmen würde. Vielleicht konnte ich irgendwie eine Verbindung mit jemandem aus Reyna herstellen und ihn rufen.

Ich schloss die Augen und konzentrierte mich auf meine Atmung, versuchte immer entspannter zu werden und meine Umgebung auszublenden. Ich ließ mich in Trance fallen, bis sich alles um mich herum ganz leicht und weich anfühlte. Dann suchte ich nach einer Verbindung, nach einem Steg, an dem ich anlegen konnte. Doch das stellte sich als schwieriger heraus, als ich gedacht hatte. Angestrengt dachte ich an meinen Bruder. Er würde alles in Gang setzten, um mich zurückzuholen, wie er es sowieso schon tat, aber ein weiterer Ruf würde es noch beschleunigen.

Seltsamerweise fand ich keinen Anhaltspunkt bei ihm. Ich suchte weiter und versuchte es mit verschiedensten Leuten. Sunil, die Schneiderin, ja sogar Finnian. Niemand schien mich zu hören. Als letztes versuchte ich es bei Rieka. Sie war zwar nur eine Zofe und es würde nicht einfach für sie werden, Gehör zu finden, doch sie kannte mich am besten und einen Versuch war es wert. Angestrengt rief ich mir ihr Aussehen vor Augen, ihre Stimme und ihre Witze. Und dann war ich da, Ich sah ihr dunkles Haar und ihre Augen, die genau wie meine geschlossen waren. Richtig, es war tief in der Nacht, sie musste schlafen. Hoffentlich nahm sie mich trotzdem wahr. »Rieka! Hol Hilfe. Ich bin in Oryn, der Prinz hält mich in seiner Burg gefangen. Man kann ihm nicht trauen, er will mich benutzen. Er hat meine Mutter getötet, ich kann nicht riskieren die nächste zu sein. Wir haben doch einen Plan, Rieka. Hol Hilfe!«

Ich sprach die Worte nicht laut aus, doch sie waren deutlich hörbar, während ich ihr all meine Erinnerungen der letzten Tage zeigte. All die schrecklichen Dinge die passiert waren, um sie davon zu überzeugen, das stimmte, was ich sagte. Sicher war sicher.

Nach Luft schnappend öffnete ich die Augen.

*

Tage vergingen und noch immer machte niemand Anstalten die Tür zu öffnen. Ich hörte lediglich wie alle paar Stunden eine neue Wache kam, um vor dem Zimmer Stellung aufzunehmen, während die andere ging. Man hatte mir nie etwas zu essen gebracht und trinken musste ich aus einer kleinen Wanne, die noch immer im Badezimmer stand. Es war schmutzig und vermutlich das, womit man mich gewaschen hatte, nachdem ich im Wald zusammengebrochen war. Doch es war besser als nichts und deshalb trank ich es. Müde betrachtete ich mich in einer der Spiegelscherben, die auf dem Boden lag. Ich hatte tiefe Ringe unter den Augen und mein Bauch war eingefallen. Ich hatte bereits ein Hemd, das vermutlich Arlo gehörte, zerrissen um den Stoffstreifen als Gürtel zu verwenden. Ansonsten würde meine Hose nicht mehr auf meiner Hüfte halten. Die meiste Zeit verbrachte ich damit, auf dem Boden zu hocken und in Gedanken und Vorwürfen zu versinken. Gerade wollte ich mich wieder stöhnend aufs Bett fallen lassen, als ich ein leises Klacken wahrnahm. Mit zusammengekniffenen Augen blickte ich zur Tür und sofort waren all meine Alarmglocken wiedererwacht. Schnell und leise begab ich mich auf die Seite, an der sie sich öffnen würde und drückte mich gegen die Wand. Luft anhaltend wartete ich, bis die Schnalle nach unten gedrückt und die Tür geöffnet wurde.

Einen Moment noch.

Füße traten in das Zimmer und danach ein Körper. Noch bevor ich erkennen konnte, wem er gehörte, schlug ich zu. Ich nahm meine ganze Kraft zusammen, um meine rechte Faust in den Bauch des Menschen zu rammen. Er krümmte sich und ich nutzte den Augenblick, um aus meinem Versteck herauszutreten und an ihm vorbei auf den Korridor zu hasten.

»Kleines Mistvieh!« Ein Arm schlang sich um meine Taille und durchkreuzte meinen Plan. Ich wurde zurück in den Raum gezerrt und als ich der Person ins Gesicht blickte, überraschte es mich kein bisschen, dass es Arlo war.

Noch bevor ich in irgendeiner Weise reagieren konnte, wurde ich rückwärts aufs Bett geschubst, während die Zimmertür wieder von außen verschlossen wurde. Anscheinend war Arlo nicht alleine aufgekreuzt. Natürlich nicht.

Ich stöhnte. Normalerweise wäre ein Ausbruchsversuch mich nicht so außer Atem bringen, aber nach tagelanger Schlaflosigkeit und ohne Essen und richtigem Trinken, war jede Bewegung eine Anstrengung. Trotzdem kochte ich vor Wut. »Was willst du jetzt plötzlich wieder von mir? Nach all den Tagen, bin ich dir doch wieder etwas wert?«, fuhr ich ihn an. Am liebsten würde ich ihm das Gesicht auskratzen und eine der vielen Scherben in seinen Körper rammen, bis er blutete. Alleine meine Gesundheit hielt mich davon ab. Ich war nicht bereit für einen Kampf. »Du würdest mir nicht glauben, wenn ich dir sagen würde, dass du mir schon die ganze Zeit viel zu viel wert bist.« Ich schnaubte und ein hysterisches Lachen entfuhr meiner Kehle. »Nein, das würde ich tatsächlich nicht.«

Arlo lächelte nur müde. »Ich habe dir etwas zu essen mitgebracht.«

Erst jetzt bemerkte ich den Korb, den er in der Hand hielt und mir nun entgegenstreckte. So gern ich ihn ihm auch aus den Fingern reißen und mich darüber hermachen würde, ich verschränke stur die Arme vor der Brust. »Woher soll ich wissen, dass es nicht vergiftet ist?«, ich schämte mich nicht dafür, dass ich bei diesen Worten spuckte. »Würde ich dich vergiften, wenn ich dich noch brauchen würde? Gibt es nicht einfachere Möglichkeiten, um jemanden umzubringen?«, er atmete tief aus, als sei seine Geduld endgültig verstrichen.

»Du könntest mich auch vergiften, um meine Sinne

durcheinander zu bringen und mich zu etwas zwingen, was ich nicht möchte«, meine Augen waren noch immer zu Schlitzen verengt.

Arlo schüttelte den Kopf. »Ich weiß ja nicht, wie du auf solche Ideen kommst, aber wenn es dich beruhigt …«, er griff in den Korb, zog eine Hähnchenkeule hervor und biss hinein, »…es ist nicht vergiftet.«

Ich beobachtete, wie er das Fleisch kaute und mir lief das Wasser im Mund zusammen. Erst als er geschluckt hatte, entzog ich ihm den Korb und widmete mich seinem Inhalt. Es bestand zwar noch immer eine gewisse Gefahr, dass die anderen Dinge darin vergiftet waren, aber mein Hunger war bereits zu weit fortgeschritten. Ungeduldig fummelte ich an dem Verschluss eines Trinkschlauches herum, bis ich ihn endlich geöffnet bekam. Ich verschluckte mich beinahe, während ich seinen Inhalt hinunterkippte, aber das frische Wasser war mir zu wertvoll, um es auszuspucken.

Arlo starrte mich die ganze Zeit über wortlos an, während ich den Korb Stück um Stück leerte. Ich verschlang die restlichen Hühnerkeulen, Kartoffeln, Brot und Äpfel. Erst als ich den letzten Bissen hinuntergeschluckt hatte, hob ich meinen Blick wieder und widmete mich dem Prinzen. »Wenn du wieder unbeschadet hier rauskommen möchtest, bist du mir einige Erklärungen schuldig, Prinzling.«

Kapitel 30

Arlo

Ich seufzte. Es brach mir beinahe das Herz, Celestine in so einem Zustand zu sehen. Es war nicht einfach gewesen, sie die letzten Tage hier zurückzulassen, doch ich hatte nicht anders gekonnt. Mir war keine Wahl geblieben, aber jetzt konnte ich tun, was ich bereits vor ihrem Fluchtversuch vorgehabt hatte.

»Da hast du wohl recht, Cinderella.« Ich bemerkte ein leichtes Zucken um den Mundwinkel des Mädchens, als der Spitzname meine Lippen verließ, sie sagte allerdings nichts. Ich lächelte leicht, was mich allerdings wie eine Ohrfeige traf, als ich mich an das erinnerte, was ich ihr zu sagen hatte.

»Also«, begann ich. »Die ganze Sache beginnt viel früher, als du wahrscheinlich denkst. Du kennst bestimmt die Geschichte der Götter und wie sie Layana errichteten.« Celestine schnaubte. »Natürlich.«

Ich versuchte ruhig zu bleiben. »Allerdings haben sie den Fähigen gegenüber einiges verschwiegen, schließlich seid ihr so etwas wie ihre Kinder.«

Celestine hob eine Augenbraue und forderte mich somit auf weiterzusprechen. Was ich tat.

»Ich erzähle dir jetzt die wahre Geschichte.«

»Woher willst du wissen, dass es die Wahre ist?«

»Hör mir doch verdammt noch mal einfach zu«, ich platzte gleich aus allen Nähten. Dieses Mädchen machte mich noch wahnsinnig. Trotzdem fuhr ich fort. »Vor langer Zeit beschlossen die vier Götter, der Gott des Körpers, der Gott der

Zeit, die Göttin der Seele und die Göttin der Träume, dass sie sich einsam fühlten und sich daran etwas ändern sollte. Genau deshalb erschufen sie unsere Erde. Die Götter hatten ein beinahe unendliches Leben, doch die Menschen erbten dieses Geschenk nicht. Ihre Zeit wurde knapp, der Körper verlor an Kraft, die Träume verflogen und der Geist verlor an Antrieb. Eine neue Macht gesellte sich hinzu - der Tod.«
Celestine gähnte und ließ sich zurück in die Kissen sinken. Es war nicht zu übersehen, dass sie die Geschichte langweilte.
»Er war noch jung und unerfahren, getrieben durch seinen Instinkt, tat er was von ihm verlangt wurde. Die Götter verstanden nicht, warum die Menschen nicht für immer leben konnten, warum sich der Tod an ihrem Werk nährte.
Sie verabscheuten ihn und von den Menschen wurde er nicht anders wahrgenommen. Er galt als egoistisches Monster.«
»Ist er auch. «
»Doch die Götter ließen sich nicht von ihrem Plan abbringen. Ihnen gefiel es, Gesellschaft zu haben, sich um jemanden zu kümmern und zu Sorgen. Sie wollten, dass es ihren Schützlingen gut ging und sandten ihnen Helfer, die sie zu Wohlstand und Reichtum führen sollten.
Doch die Menschen waren getrieben durch die Angst vor dem Unbekannten - dem Tod. Und als sich die ersten Helfer - die Fähigen«, berichtigte ich mich selbst,» ausbreiteten, wohlgesinnt und mit guten Absichten, wurden sie vertrieben. Vertrieben, weil sie anders waren, weil sie unglaubliches verrichten konnten.«
»Ja, daran solltest du dich vielleicht einmal erinnern, wir können Unglaubliches verrichten«, nuschelte Celestine an einem Hühnerknochen

233

kauend.

»Die Jahre vergingen und die Helfer vermehrten sich, unbemerkt, doch die Angst blieb. Bald gerieten sie in Vergessenheit und waren nicht mehr als eine Legende.

Doch als Seuchen, Brände und Kriege die Welt heimsuchten, suchte man nach einer Erklärung, einem Schuldigen und die fand man in den Fähigen. Die Menschen bezeichneten sie als Hexen und verbündete des Todes. Als böses Omen. Sie wollten sie verbannen, also wurden sie verfolgt und hingerichtet.« Ich sah, wie Celestine bei diesen Worten erschauderte, genau das war ihre Vergangenheit.

»Die Götter waren schockiert von der Brutalität der Menschen und wütend auf den Tod, der sie antrieb sich zu fürchten. Viele Menschen kamen unschuldig und tragisch ums Leben. Die Götter konnten nicht länger zusehen und schmiedeten einen Plan. Sie wollten all jenen, die es verdient hatten, deren Leben noch nicht enden sollte, eine zweite Chance geben. Sie wollten einen Ort des Friedens erschaffen, an dem ihre Schützlinge ihr Leben zu Ende leben könnten. Doch sie wussten, dass egal auf welcher Welt, der Tod eine Rolle spielen würde. Sie kamen nicht drumherum, etwas, ohne ihn zu errichten. Also traten sie mit gespielter Freundlichkeit vor den Tod, der sich schüchtern in eine Ecke verkroch, und boten ihm an ihm zu helfen. Er solle den Tod der Unschuldigen hinauszögern und ihn erst überbringen, wenn ihre zweite Chance vorbei war.

Der Tod willigte ein, in der Hoffnung endlich respektiert zu werden. Die neue Welt, als Himmel der Unschuldigen oder auch nach Layana, der Göttin der Träume bezeichnet, wurde erschaffen.

Doch die Wächter hintergingen den Tod und ließen ihn anders als sich selbst, nur die Welt betreten, wenn er benötigt wurde.

Der Tod war wütend und enttäuscht, dass er selbst von den Göttern des Lebens nicht respektiert wurde, obwohl er Teil der Realität war. Die Zeit verging und die Welt wurde älter. Sie benötigte die ganze Kraft der Götter und so verwandelten sie sich in einen Kreislauf, indem sie nurmehr Geist und nicht Körper waren.

Doch der Tod war allein, er wurde stets benötigt und noch immer nicht als Teil der Realität angesehen. Das trieb ihn dazu Rache üben zu wollen.« Ich legte eine Atempause ein. Celestine schien etwas verwirrt und nachdenklich zu sein, sagte allerdings nichts.

»Jetzt sind wir hier, wo wir sind. Der Tod ist genau wie die Götter eine Person, genauer gesagt eine Frau. Ihr Name ist Kadira und sie will, genau wie in der Legende Rache nehmen. Noch immer. Und daran arbeitet sie nicht schlecht.«

»Aber was hat das damit zu tun, dass du mich brauchst? Und die Fähigen anscheinend auch?«

Ich ging nicht auf ihre Frage ein, sondern erzählte weiter. »Kadira kann nicht selbst auf diese Welt kommen, deshalb ist es schwieriger für sie, sich zu rächen. Und jetzt komme ich zu dem Punkt, der dich überraschen wird. Ich hoffe, du wirst nicht zu brutal.« Ich lächelte leicht.

»Kadira war, wie gesagt, nicht immer böse. Als sie zu dem Kreislauf des Lebens hinzukam, war sie noch jung und schüchtern. Der Tod sollte für sie nie etwas Bösartiges und Schreckliches sein, sondern ein angenehmes Ende nach einem glücklichen Leben. Und genau deshalb hat auch sie Unterstützer auf der Erde, genauso wie die Götter die Fähigen haben.« Ich wartete kurz ab und studierte Celestines Gesichtsausdruck. So still, wie jetzt hatte ich sie selten erlebt. »Diese Unterstützer, sollen Menschen die bald sterben würden, auf ihrer Reise dorthin begleiten und ihre Umgebung und Schmerzen ausblenden. Sie sollen die Reise so bequem wie möglich gestalten, während die Menschen ins Reich des Todes übergehen, das wie gesagt als nichts Schlechtes geplant war.«

Celestine nickte.

»Diese Unterstützer Kadiras heißen Dämonen und sind, wie du merkst, auch etwas Anderes, als von ihnen erwartet wird. Vor dir steht einer.«

Celestine schnappte nach Luft und riss ihre Augen auf. »Beweise es!«

Mit einem Lächeln und einem einzigen intensiven Blick auf sie, blendete ich die Umgebung für sie aus. Ich wusste, dass Celestine nun nichts anderes als dunklen aber angenehmen Rauch um sich herum wahrnahm und auch die Geräusche sollten gedämpft sein. Einen Moment lang ließ ich sie darin eingeschlossen, ehe ich meine Kraft wieder in mich sog.

Der Blick den die Prinzessin mir schenkte, war ungläubiger als je zuvor. Ich hatte sie überzeugt.

»Also weiter zur Geschichte. Auch wir wurden hingerichtet, weil wir als böse angesehen wurden und sind zu Ungunsten der Götter, auch hier gelandet, da unser Leben noch nicht beendet sein sollte. Doch Kadira wurde wie gesagt von den Göttern hintergangen und wollte sich rächen. Sie wurde zu dem, was jeder von ihr dachte. Zu einer gefährlichen Frau, vor der man Angst haben musste und glaub mir, das lässt sie auch uns spüren.«

Mir blieb nicht unbemerkt, dass Celestine etwas

von mir abrückte.

»Sie will sich rächen und genau deshalb hat sie uns einen Fluch an den Hals gehetzt«, ich konnte nicht verhindern, dass Wut in meiner Stimme mitschwang. »Wir müssen regelmäßig töten. Fähige. Und wenn wir das nicht tun, verwandeln wir uns in wahre Monster. In Cursespeaker, die kennst du ja bereits.«

Celestine machte den Mund auf, als wolle sie etwas sagen, schloss ihn dann allerdings wieder.

»Nichts kann einen Cursespeaker davon aufhalten zu töten, außer dem Tod selbst. Man kann sie nicht heilen und genau deshalb musste ich meinen Vater umbringen.« Traurigkeit überkam mich, als ich daran zurückdachte und ich sah so etwas wie Verständnis und Mitleid in Celestines Augen aufblitzen. »Er hätte so viele mehr getötet als ich es muss, um mich nicht in einen von ihnen zu verwandeln. Ich tue das alles nur in der Hoffnung, das zu beenden. Wir werden wie Puppen von Kadira benutzt, um ihre Angelegenheiten zu regeln, und euch geht es nicht anders. Kadira wollte die Fähigen umbringen, woraufhin die Götter ihre Fähigen benutzten, um ihnen einzureden, dass wir böse seien und sie uns umbringen müssen. Kadira bekam somit, was sie wollte, denn ihr neuer Plan ist es, durch einen Krieg beider Reiche alle zu töten. Selbst ihre eigenen Leute und damit ganz Layana auszulöschen.« Ich sah, wie Celestine der Atem stockte. Sie schien mir zu glauben, was mich unglaublich erleichterte. »Allerdings scheinen die Götter dich irgendwie nicht zu überzeugen. Du bist noch immer der Meinung, es sollte keinen Krieg geben und genau deshalb habe ich auf deine Unterstützung gehofft. Wenn wir es schaffen, unsere Reiche davon zu überzeugen, dass ein Krieg nicht notwendig ist, wenn wir uns irgendwie zusammentun könnten und damit diesen Bann vertreiben, dann wäre das alles vorbei.«

Kapitel 31

Celestine

Es herrschte Stille. Ich glaubte ihm, ich sah den Schmerz in seinen Augen und wusste, dass es zu schwer wäre, sich in so kurzer Zeit eine solche Geschichte auszudenken und sie dann auch noch so gut vorzutragen. Vorsichtig hob ich die Hand und näherte mich ihm, dann legte ich sie auf seine Schulter. Er sah mir tief in die Augen und ich kam nicht drumherum, die Wärme und zugleich Traurigkeit darin zu bemerken.

»Ich glaube dir«, meine Stimme war leise, aber ich wusste, dass er mich gehört hatte, denn die Sorge in seinem Gesicht wurde etwas weniger.

»Es tut mir so leid. Ich wollte dir nie etwas verheimlichen, aber ich hatte Angst, dass du mich verabscheuen würdest, wenn du wüsstest, wer ich bin. Wer viele aus meinem Volk sind.«

Er wirkte ehrlich bestürzt und es war ihm sichtlich peinlich. Ich lächelte zärtlich und legte meine Hand auf seine Wange, strich ihm mit der anderen das dunkle Haar zurück und gab dem Gefühl nach, das mich schon so lange quälte. Ich näherte mich ihm immer weiter, lehnte mich näher zu ihm, bis uns nur mehr wenige Zentimeter voneinander trennten. Arlos Augen loderten auf vor Lust, auch er spürte es. Spürte, was schon die ganze Zeit zwischen uns stand. Gleichzeitig überbrückten wir den letzten Abstand und unsere Lippen trafen aufeinander. Ich war mir sicher, dass meine ganz trocken und eingerissen waren, von den vergangenen Tagen, doch Arlo schien das egal zu sein. Ein ganzes Gefühlschaos ging in mir los, als ich seine Haut an meiner spürte.

Ich vergrub meine Hände weiter in seinem Haar, während seine zu meiner Taille wanderten und mich vorsichtig auf seinen Schoß zogen. Ich setzte mich auf seine Oberschenkel und versuchte zu ignorieren, was ich dazwischen spürte. Meine Wangen waren zweifellos rot angelaufen, während er aufkeuchte. Wir vertieften unseren Kuss, bis seine Zunge vorsichtig um Erlaubnis bat, in meinen Mund einzudringen. Ich gewährte sie ihr. Wir atmeten immer schwerer, dachten jedoch nicht daran, aufzuhören. Ich spürte, wie Arlos Hand vorsichtig unter das Hemd wanderten, das ich übergeworfen hatte. Seine Finger streichelten meine Wirbelsäule entlang und entlockten mir ein Stöhnen, das jedoch in einem weiteren Kuss unterging. Auch ich ließ meine Hände seinen Körper entlangwandern und seine Bauchmuskeln spüren. Atemlos fiel ich auf die Matratze zurück und zog Arlo mit mir, ließ ihn meinen Hals küssen und meinen Bauch streicheln. Seine Hand fuhr weiter hinauf zu meinen Brüsten, sanft und unglaublich liebevoll, doch ich kam nicht darum herum mich bei dieser Berührung an etwas zu erinnern. Sofort stieg Panik in mir auf. Angst, benutzt zu werden, Angst vor Schmerzen. Arlo bemerkte es und zog seine Hand sofort zurück. Er ließ sich neben mir nieder und strich mir beruhigend durchs Haar.
»Hey, alles gut. Wir müssen das nicht machen. Du brauchst keine Angst zu haben.«
Tränen liefen mir über die Wange und ich schluchzte. »Es tut mir leid. Ich will es aber … aber ich habe zu schlechte Erinnerungen daran.« Vorsichtig blickte ich ihn an, gewappnet auf Enttäuschung oder Wut. Doch das Einzige, was ich sah, war Verständnis.
»Du kannst dir nicht vorstellen, wie wütend mich

der Gedanke daran macht, dass es solche Menschen wie Finnian gibt«, wieder fuhr er mir sanft durchs Haar.

Ich lachte. »Ja, mich auch.«

Arlo erwiderte mein Lächeln, während seine Lippen über meine Stirn strichen. »Wir werden all deine schlechten Erinnerungen nach und nach durch neue, gute ersetzen. Natürlich nur, wenn du möchtest.«

Die Fürsorge in seinen Augen hatte ich beinahe nicht verdient, doch ich nickte. Ich wollte nichts sehnlicher als das. Lächelnd vergrub ich mein Gesicht an seiner Brust, spürte seinen Atem und roch Wald und Rauch. Langsam schloss ich die Augen, beruhigt und mit der Gewissheit, dass Arlo auf mich aufpassen würde, schlief ich ein.

*

Ich öffnete die Augen und der warme Geruch von Wald schlug mir entgegen. Tief atmete ich ihn ein, ließ ihn durch meine Lungen strömen und mich frei fühlen. Erst dann realisierte ich, was ich hier gerade tat. Mit zweifellos roten Wangen, rückte ich etwas von Arlos Brust ab. Sobald ich den Kopf hob, blickte ich in verschmitzte, braune Augen.

»Dir muss nicht peinlich sein, wenn du all das genießt, Cinderella.«

Ich lächelte vorsichtig. »An das muss ich mich wohl erst gewöhnen.« Arlo erwiderte mein Lächeln und drückte mir einen Kuss auf die Stirn. Dann richtete er sich auf und sprang wie ein kleines Kind aus dem Bett. Erst jetzt bemerkte ich das Tageslicht, das durch die Fenster strömte. Es war bereits hell und die Sonne stand hoch am Himmel. »Meine Güte wie lang haben wir denn geschlafen?«

Ein tiefes, ehrliches Lachen erklang aus Arlos Kehle. »Lang genug, um uns ein schönes Frühstück verdient zu haben.«

Er reichte mir seine Hand und als ich danach griff, zog er mich aus dem Bett. Mit einer mehr oder weniger eleganten Drehung, landete ich in seinen Armen. »Ich glaube, das Tanzen müssen wir ebenfalls üben«, erwiderte ich lachend. »Wir werden noch genug Zeit dazu haben.«

Wir gingen zur Tür, kurz davor hielt Arlo inne. »Du willst doch nicht noch immer wegrennen, oder?« Er hatte eine Augenbraue hochgezogen und Belustigung schimmerte in seinen Augen.

»Glaub mir, wenn ich das wollte, hätte ich dich bereits im Schlaf erstochen.«

»Feige«, mit diesen Worten zog er einen Schlüssel aus seiner Hosentasche und steckte ihn in das Schloss.

»Du hattest die ganze Zeit über einen Schlüssel!«, ich raufte mir die Haare und stampfte trotzig auf dem Boden auf, woraufhin Arlo nur lachte.

»Tja, ich bin der Prinz, was soll ich sagen.« Wir verließen das Zimmer und gingen den Korridor Hand in Hand entlang, bis wir schließlich in einer Art kleinen Bibliothek landeten. Bethany lehnte gerade in ein Buch vertieft an einem Regal. Der Anblick ließ mich irgendwie staunen. Ich hätte nicht gedacht, dass die muskelbepackte, mutige Kriegerin las. Als sie uns bemerkte, steckte sie ihre Lektüre schnell wieder zwischen die anderen und kam auf uns zu. »Da bist du ja«, die Worte waren an Arlo gerichtet, doch nun wanderten ihre Augen über unsere ineinander verschränkten Hände zu mir. Ihre Augenbraue wanderte nach oben. »Ich dachte schon,

sie hätte dich erstochen und aufgeschlitzt.«
Mein Gesicht wurde rot, genau das hatte ich
vorgehabt. Arlo grinste mich an.
»Sie konnte meinem Charme nicht widerstehen.«
Daraufhin gab ich ihm einen spielerischen Klaps
auf den Oberarm, wobei mir nicht entging, wie
straff seine Muskeln waren. »Hey. Da hast du
die Wahrheit aber ganz schön verdreht.«
Bethany nickte mir wissend zu und schlenderte
dann zum Ausgang der Bibliothek. »Ich sage
Anthony Bescheid.« Daraufhin verließ sie den
Raum und keine fünf Minuten später kam ein äl-
terer Hofangestellter mit einigen Haushälterinnen angelaufen, um uns ein Frühstück aufzuti-
schen, für das es definitiv schon zu spät war.
Ich musste mich zusammenreißen, um von all den
Büchern erst einmal Abschied zu nehmen und mich
dem Essen hinzugeben. Arlo lachte. »Du wirst
noch genug Zeit haben, um deine Nase in jedes
einzelne dieser Bücher zu stecken.«
Ich lächelte etwas unsicher zurück. Es war wunderschön, mit ihm Zeit zu verbringen, aber ungewöhnlich. Dass es nun wirklich offiziell war,
dass ich ihn mochte, war neu für mich. Zu lange
hatte ich es versteckt und mir selbst nicht
eingestanden und nun saßen wir zusammen in einer
Bibliothek und frühstückten. Nachdem wir ineinander verschlungen in seinem Bett aufgewacht
waren, nicht zu vergessen. Ich konnte ein Grinsen nicht verhindern, weshalb ich mein Gesicht
schnell hinter einer Tasse Tee versteckte. Bei
dem heißen Getränk sollte niemandem auffallen,
wie erhitzt ich war.

*

Nachdem wir fertig gegessen und ich eine Weile
in der Bibliothek gestöbert hatte, beschlossen
wir hinunter ins Dorf zu gehen, um den Bewohnern
bei der Beschaffung des Frischwassers zu helfen. Eine Zofe hatte mir ein Zimmer gerichtet, was
mich ein wenig enttäuschte. Viel lieber hätte
ich weiterhin bei Arlo geschlafen. Doch wer
wusste schon, was in der nächsten Nacht passieren würde, vielleicht würde er ja zu mir kommen.
Arlo hatte noch einige Formalitäten zu klären,
bevor wir loskonnten. Schließlich war der König
gestorben und er der direkte Nachkomme. Das
Ganze erinnerte mich auf unangenehme Weise an
die Geschichte meiner eigenen Familie, denn wie
Adonis würde nun auch er König werden. Zusätzlich wollte er noch bei seiner Mutter vorbeisehen, was ich gut verstehen konnte. Schließlich trauerte diese bestimmt sehr über ihren
Ehemann. Ich nahm mir vor, mich in den nächsten
Tagen selbst einmal bei ihr blicken zu lassen,
um meine Trauer auszusprechen und natürlich
auch, um mich für alles zu bedanken, was sie
mir bereitstellte. Gerade jetzt wurden einige
ihrer eigenen Kleider in meinen Schrank ge-
hängt. Doch für den heutigen Ausflug hatte ich
mir tatsächlich nur eine Reithose und Tunika
geschnappt. Die fremde Zofe flocht mir die Haare
zu zwei Zöpfen, die sie jeweils auf der gegen-
überliegenden Kopfseite festpinnte. Eine einfache Frisur, bei der mein Haar nicht im Weg
war oder zu Schaden kam. Aufgeregt wartete ich
darauf, dass Arlo an meiner Tür klopfen und mich
abholen würde. Es war mir mehr als nur peinlich,

welche Dinge ich gestern zu ihm gesagt hatte und dass er mir so weit vertraute, dass er mich heute mit zu seinen Leuten nahm, machte mein Schamgefühl nicht gerade besser. Ich hoffte, ihn nicht zu sehr verletzt zu haben, allerdings hatte er mich auch mehrere Tage lang in einem Zimmer hocken lassen. Ohne Verpflegung, so gesehen, waren wir also quitt.

Ungeduldig lief ich in meinem neuen Zimmer auf und ab. Es war nicht so luxuriös wie das, dass mir in Reyna gehört hatte. Trotzdem hatte ich mehr, als es zum Leben brauchte. Ich wusste, dass wir nicht für immer in dieser Glückseligkeit bleiben konnten. Irgendwann mussten wir uns sowohl dem Tod als auch dem Krieg stellen. Doch für heute konnte das warten. Wir würden klein anfangen und die Verpflegung der Stadt verbessern, bevor wir uns Gedanken über dieses Unterfangen machen würden.

Endlich klopfte es an der Tür und mit einem freudigen „herein" bedeutete ich Arlo, dass ich bereit war. Er trat ein und betrachtete mich von Kopf bis Fuß. Ich spürte, wie mir dabei erneut die Röte ins Gesicht schoss, doch anscheinend schien ihm zu gefallen, was er sah, denn er kam lächelnd auf mich zu und drückte mir einen Kuss auf die Stirn. Ich sog seinen Duft ein und hätte am liebsten die Augen geschlossen, mich an ihn geschmiegt und den ganzen Tag mit ihm in diesem Zimmer verbracht. Doch das ging nicht. Wir konnten nicht nutzlos herumsitzen, wenn wir gebraucht wurden. Vor allem er, als zukünftiger König Oryns, hatte Verpflichtungen.

»Bist du bereit?«, ich wusste, dass er bei mir bleiben würde, falls ich es nicht wäre, doch ich nickte. Die Zeit der ängstlichen Celestine war vorbei. Ab jetzt würde ich meinen Säbel schwingen und kämpfen, wenn es Leben zu retten gab. Ich würde mich den Schwierigkeiten stellen und sie bezwingen. Entschlossen straffte ich die Schultern und blickte in Arlos dunkle Augen. »Ja, ich bin bereit.«

*

Schon wenige Minuten später, saß ich wieder auf meinem Pferd. Man hatte Destry in den königlichen Stallungen untergebracht und für sie gesorgt, worüber ich sehr dankbar war. Ich tätschelte ihren Hals und genoss jede ihre geschmeidigen Bewegungen. Wir ritten den kleinen Berg, auf dem sich die Burg befand, nach unten und waren schon bald mitten im Dorf angekommen. Wieder schlängelten wir uns durch enge Gassen und wo wir auch waren, trafen misstrauische Blicke und saurer Gestank auf uns. Es war eine Qual, das höfliche Lächeln auf meinem Gesicht aufrechtzuerhalten. Am liebsten hätte ich mir die Nase zugehalten und dem Hustenreiz in meinem Hals nachgegeben. Allerdings wusste ich, wie wichtig es war, das Vertrauen eines Volkes innezuhaben. Zu Hause hatte ich dieses Privileg vertan, was es nur noch wichtiger machte, es hier zu erlangen.
Ich war erleichtert, als sich die Gassen auftaten und wir auf dem zwar kleinen, aber zumindest etwas geräumigeren Stadtplatz ankamen. Zahlreiche Männer hatten sich hier bereits versammelt. Frauen waren nur wenige unter ihnen, was darauf schließen ließ, dass die Arbeit, die uns bevorstand, hart werden würde.
Bethany und Emilio, die ebenfalls dabei waren, halfen einem Bauern dabei, einen Karren an

seinem Esel zu befestigen. Anschließend wurden alle möglichen Gefäße und Krüge angeschleppt und daraufgestellt. Wir hatten ebenfalls einen solchen Karren dabei, dieser war allerdings schon befüllt. Als schließlich alles verstaut war, fuhren, ritten und gingen wir los. Es fing an mit einem einfachen Weg durch den Wald, danach ging es mit einem sanften Anstieg auf den Berg los. Doch wie ich es bereits geahnt hatte, blieb es nicht dabei. Schon bald wurde der Bergpfad so schmal und steinig, dass wir die Pferde stehen lassen mussten. Wir bildeten eine Schlange bis hinauf zu der Stelle, an der es Wasser geben sollte. Und tatsächlich stießen wir auf eine kleine Quelle, die unter ein paar Steinen verborgen lag.

»Wenn die Fähigen davon wüssten, hätten sie uns auch diese hier weggenommen«, antwortete Arlo auf meinen fragenden Blick hin. Ich nickte und machte mich daran, ebenfalls einzelne Felsen und Steine aufzuheben, um sie auf die Seite zu legen. Sofort rann mir der Schweiß von der Stirn. Anscheinend war ich doch noch nicht so fit, wie ich es gerne gehabt hätte. Doch die Arbeit lohnte sich, denn unter den ganzen Steinen, die wir per Hand zur Seite legten, kam eine kleine Einkerbung zum Vorschein. Darin sammelte sich klares Wasser, das blubbernd aus dem Boden stieg.

»Eigentlich hatten wir geplant, es zu uns ins Dorf zu leiten. Doch die Leute sind so schwach, dass wir es nicht schaffen würden, das Ganze durchzuziehen. Vor allem unbemerkt.«

Wieder konnte ich nur nicken. Noch immer war es ein Schock zu hören, was mein eigenes Volk anderen antat, auch wenn ich es mir hätte denken können.

Kübel um Kübel nahm ich entgegen und befüllte ich. Anschließend gab ich ihn wieder an die Menschenschlange weiter, die ihn zurück zu den Karren transportierte und auflud. Meine Hände schmerzten und ich hatte wohl noch nie so geschwitzt wie jetzt, trotzdem war die Arbeit befriedigend. Ich machte damit einen kleinen Teil von dem wieder gut, was meine Mutter zunichtegemacht hatte.

Meine Mutter.

Reyna.

Rieka.

Ich vermisste sie. Rieka war wohl die einzige Fähige die ich wirklich gerne bei mir hatte. Sie stand immer an meiner Seite und hätte bestimmt liebend gerne mitgeholfen, all diese Menschen hier mit Wasser zu versorgen. Bevor ich emotional werden konnte, schob ich den Gedanken wieder beiseite und schöpfte weiter Wasser. Immer wieder traf sich mein Blick mit Arlos. Ich wusste, dass er bei dem kleinsten Zeichen von Unbehagen meinerseits aufhören würde, mit mir zurück zum Schloss reiten würde. So sehr ich seine Führsorge auch zu schätzen wusste, wünschte ich mir gerade, er sei noch genauso wie in den Tagen, die er mich in seinem Zimmer vergammeln lassen hatte. Damals war es ihm auch egal gewesen, wie es mir ging und genau das wollte ich jetzt auch. Es sollte egal sein, wie es mir selbst ging, wenn ich dabei Leuten helfen konnte, die es schlimmer getroffen hatten.

*

Ich wusste nicht, wie viel Zeit vergangen war, bis wir fertig waren. Das Einzige, wobei ich mir sicher war, war, dass ich Blasen an meinen

Händen und unglaublichen Hunger hatte. Arlo lachte, als mein Bauch abermals grummelte. Sanft legte er mir eine Hand auf den Rücken.

»Anthony hat uns bestimmt schon ein Abendessen vorbereiten lassen.«

»Mit dem Gedanken daran, habe ich die letzte halbe Stunde überwunden.« Ich grinste und gemeinsam machten wir uns auf den Weg zurück. Wir halfen, die Krüge und Gefäße abzuladen und nahmen die Dankesworte der Leute lächelnd entgegen. Mir fiel ein Stein vom Herzen, als ich bemerkte, dass sie auch an mich gerichtet waren. Anscheinend war ich nicht mehr für alle zu fürchten. Zufrieden ritt ich Seite an Seite mit Arlo zurück zum Schloss, wo uns Anthony bereits empfing.

»Ah, Anthony. Wir freuen uns schon auf das Essen. Könntest du bitte Mutter Bescheid geben, dass sie sich gerne zu uns gesellen kann?« Arlo rutschte von seinem Pferd und ich tat es ihm gleich. Allerdings entging mir nicht, wie Anthony nervös mit seinen Händen spielte.

»Sogleich Prinz.«

Nun hatte auch Arlo es bemerkt und hob fragend eine Augenbraue.

Der Diener atmete einmal zitternd durch. »Zwei Leute Reynas kamen hierher und haben nach ihrer Prinzessin verlangt«, er machte eine Kopfbewegung in meine Richtung, die mir das Herz in die Hose sacken ließ.

Kapitel 32

Celestine

Arlos ganzer Körper spannte sich neben mir an, während in mir die Schuldgefühle nach oben krochen.

»Wir wussten nicht recht, mit ihnen anzufangen, weswegen wir sie erst einmal wegsperren ließen«, stammelte der arme Diener. Bestimmt hatte es einiges an Männern und Kraft benötigt, um zwei Fähige des Hofes einzusperren. Mit einem Mal fiel alles an Selbstbeherrschung von mir ab und ich rannte los. Durchquerte Korridore und Räume, schlängelte mich an Dienern und Zofen vorbei, bis ich endlich am Eingang der Kerker ankam. Schlitternd kam ich vor der Holztür zum Stehen und packte den kalten Türknauf. Ich riss die Tür regelrecht auf und stolperte die Stufen hinunter. Ich stolperte und konnte schon sehen, wie ich mit dem Gesicht auf dem Boden aufschlug, als mich jemand an den Schultern packte. Ich wurde hochgerissen, worüber ich froh war, bis ich bemerkte, dass mich die Arme nicht mehr losließen. Ich wurde herumgewirbelt und gegen die kalte Felswand gedrückt. Mein Kopf schlug bei dem Aufprall nach vorne. Ich stöhnte und blickte verwirrt in das Gesicht vor mir. Ich konnte es mir wirklich nicht leisten, jetzt aufgehalten zu werden. Es dauerte einen Moment, bis ich das Bild, das mir meine Augen zeigten, stillhalten und anschließend verstehen konnte. Ein blaues Auge, eine zweifellos gebrochene Nase, Blut, das daraus hervor rann und über zersprungene Lippen tropfte. Der Kopf war an den Seiten abrasiert und die vielen geflochtenen Zöpfe sahen wirr aus und hatten sich aus dem Pferdeschwanz gelöst, den die Frau einst getragen hatte - Bethany.

Noch heute Morgen hatte ich sie gesehen und wäre bei ihrem wissenden Lächeln am liebsten im Erdboden versunken. Nun starrten mich ihre braunen Augen kalt und wütend an.

»Du hast doch nicht ernsthaft geglaubt, damit durchzukommen, oder? Du warst es doch, die sie gerufen hat!« Nicht nur ihre Spucke, sondern auch ihre Worte trafen mich mehr als sie sollten, vor allem, weil sie recht hatte.

»Glaub mir … könnte ich die Zeit zurückdrehen …«

»Ja, genau. Das sagt jeder Gefangene, wenn er erwischt wird. Der König hatte recht und Arlo wird das auch gleich einsehen.« Sie bewegte langsam ihren Kopf von links nach rechts und ließ ihre Zunge zischeln, wie die einer Schlange. »Wir hätten dir von Anfang an nicht vertrauen dürfen. Ich war die einzige, die dich durchschaut hat, aber auf eine Frau hört man natürlich nicht. Außer auf dich - eine Fähige. Du hast ihm den Kopf verdreht! Du bist eine hinterlistige Schlange und steckst mit deinem Drecksvolk noch immer unter einer Decke. Das ganze Drama und Geheule war nur gespielt, gibs doch zu!«

Ich zog den Kopf ein. Anfangs hatte ich mir tatsächlich nichts sehnlicher gewünscht, als von Reyna abzuhauen, doch als ich allein in diesem Zimmer eingesperrt saß, tagelang, konnte ich nicht leugnen, genau das vorgehabt zu haben. Heftig schüttelte ich den Kopf. »Bethany, ich habe gesehen, wie es euren Leuten geht. Ich könnte niemals …« Wieder wurde die Tür aufgerissen und hastige Schritte erklangen.

»Bethany!«, es war Arlos Stimme, die durch den Tunnel hallte. »Lass sie los.«
Mein Herz zog sich noch fester zusammen, als ich in seine ausdruckslosen Augen blickte.
»Arlo!«
»Lass sie los! Lass sie gehen, wenn es das ist, was sie will. Lass sie tun, was sie immer vorhatte. Lass sie uns vernichten, es ist egal. Früher oder später wäre es sowieso so gekommen«, noch immer war seine Stimme monoton und auch in seinem Gesicht war keine einzige Emotion abzulesen.
Noch einmal funkelte mich Bethany böse an, ehe sich ihre Hände herabsinken ließ. Ich spürte, wie der Druck um meine Schultern nachließ, wusste, dass ich nicht mehr festgehalten wurde. Trotzdem machte Bethany keine Anstalten vor mir wegzutreten, um mir Platz zu machen. Doch das brauchte sie auch gar nicht, ich hatte nicht vor zu fliehen. »Arlo«, meine Stimme war nicht mehr als ein Krächzen und doch war ich sicher, dass er mich gehört hatte. Anstatt zu reagieren, mich anzusehen, mich zum Sprechen aufzufordern, drehte er sich um. Stufe um Stufe stieg er zurück, hinauf zu dem Korridor, von dem wir beide gekommen waren.
»Arlo!« Beinahe dachte ich schon, meine Mühen seien umsonst, doch er blieb stehen.
»Es tut mir leid, was du von mir denkst. Ich wollte nie, dass du mich so siehst. Ich dachte, du wärst der einzige, der mich wirklich sieht.«
Eine Träne rollte mir über die Wange. Bethany schnaubte und ich wusste, dass sie mir nicht glaubte, dass sie all das als hohles Gerede wahrnahm, doch was sie von mir dachte, war mir in diesem Moment egal. Ich wollte nur von einem wissen, ob es vorbei war.

Arlo drehte sich um und mein Herz machte einen Sprung. Er glaubte mir, er sah mich, er …
Ich zuckte zurück, als ich die Wut in seinen Augen aufblitzen sah. Gefährliche Wut, Wut, die alles Weiß aus seinen Augen vertrieben hatte und ihn zu dem machte, wie man sich einen Dämon vorstellte. Eine Sekunde später stand er vor mir und ich hätte schwören können, nicht gesehen zu haben, wie er sich bewegt hatte. Wieder schnappte ich nach Luft, als ich erneut gepackt wurde. Allerdings verschwendete Arlo keine Zeit. Sein Griff war eisern und seine Wut vernichtete jede Hoffnung, die sich in den tiefsten Winkeln meiner Seele noch zu verstecken hoffte. Er zerrte mich durch den Gang, von Zelle zu Zelle, bis er schließlich war, wo er sein wollte. Ich wurde nach vorne gerissen und stolperte über die Schuhe des Prinzen, was jedoch keine Auswirkung hatte, da er mich noch immer gepackt hielt. Als ich meinen Kopf hob, blickte ich geradewegs in mir nur allzu bekannte Gesichter.
Finnian stand angespannt und wie eine Statue erfroren mitten in der Zelle, bereit für einen weiteren Kampf. Während in der hintersten Ecke zusammengekauert, ein Mädchen meines Alters saß. Als sie mich bemerkte, sprang sie auf und eilte zu mir ans Gitter. Umklammerte die Eisenstangen und blickte mir besorgt in die Augen. Tränen rannen ihr Gesicht hinab und auch sie war ummantelt von Blut. Erneut zuckte ich zusammen, ich konnte diesen Anblick meiner besten Freundin nicht ertragen. An alldem war ich schuld. Hätte ich sie nicht gerufen, wäre sie jetzt in Reyna, würde härter arbeiten als es gesund war, doch sie wäre in Sicherheit.
»Sag mir, dass du diese Leute hasst! Sag mir,

dass du sie umbringen würdest, um das zu behalten, was du mit mir hattest. Um unseren Plan in die Tat umzusetzen.« Sein Tonfall ließ keine Zweifel übrig, dass er es nicht ernst meinte.

Tränen verschwammen mein Blickfeld, doch ich ließ Rieka nicht aus den Augen. »Ich kann nicht«, schluchzte ich.

»Dann kann ich dir nicht vertrauen.« Mit diesen Worten ließ er mich los, ließ mich fallen. Mit diesen Worten waren seine Versprechen wertlos und ich ihm egal.

Ich machte mir nicht mehr die Mühe meinen Tränen zurückzuhalten oder mich wieder aufzurappeln. Es war sinnlos. Stattdessen lauschte ich den letzten Schritten, die Arlo auf der steinernen Treppe hinterließ. Prägte mir ein letztes Mal den Klang seiner Stimme ein, seinen Geruch und wie sich seine Berührungen anfühlten. Der Tod würde früher kommen, als wir es uns erhofft hatten, für uns alle.

Der Tod.

Kadira.

Der Fluch!

»Ich spreche mit Kadira!«, presste ich zwischen zwei, so heftigen Schluchzern hervor, dass mein Körper erzitterte.

Stille.

Alles hielt inne, bevor erneut Schritte zu hören waren. Arlo tauchte wieder in meinem Sichtfeld auf, sein Blick noch immer kalt, doch war dieser Ausdruck zurückgekehrt - die Hoffnung. Noch immer saß ich am Boden vor ihm, machte keine Anstalten aufzustehen oder mich zu wehren. Nahm die Gegenwart so hin, wie sie mir gegeben wurde. Und da streckte sich mir eine Hand entgegen, ein Arm, der mir aufhalf und mich stützte.

Kapitel 33

Celestine

»Wie willst du das anstellen?«, Arlo schritt nervös durch sein Zimmer, während ich erschöpft auf dem Bett saß, »Kadira ist nur durch den Tod dazu erlaubt, Layana zu betreten. Schreit nach einem Opfer.« Er blieb stehen und sein Blick traf sich mit meinem.

»Wie wäre es mit diesem Finnian? Er ist doch derjenige, der dort unten sitzt, nicht wahr? Man hat ihn anstatt einer Armee geschickt um dich zu retten. Wie gern werden dich die Fähigen also haben? Oder stecken sie so viel Vertrauen in ihren obersten Krieger.«

Ich hob eine Augenbraue, zu erschöpft, um auch nur ansatzweise geschockt zu wirken. Es war ein anstrengender Tag gewesen. Langsam schluckte ich das bisschen Tee, das sich noch in meinem Mund befand herunter, um antworten zu können.

»Glaub mir, so sehr ich ihn auch hasse, ich möchte ihn nicht töten. Ich kann nicht.«

Arlo nickte, anscheinend hatte er sich wieder daran erinnert, was unser Plan beinhaltete. Keine unnötigen Toten. Angestrengt dachte ich nach, meine Schläfen massierend ließ ich mich nach hinten gleiten, bis ich in den weichen Kissen landete. Keine Sekunde später durchfuhr mich ein Geistesblitz und ich schoss wieder nach oben. Nun war Arlo es, der die Brauen hochzog.

»Wie wäre es mit einem Cursespeaker? Es ist traurig, aber du hast selbst gesagt, dass es keinen Ausweg mehr für sie gibt. Wir könnten den nächsten, der sich verwandelt, zu uns bringen lassen. Dann würde er zumindest von uns

gehen, indem er etwas Gutes tut.«
Nachdenklich machte Arlo ein paar Schritte auf
mich zu und ließ sich schließlich neben mir
nieder.
»Du hast recht. Das wäre am sinnvollsten.« Er
seufzte. »Meine Berater sprachen erst vor zwei
Tagen noch davon, dass sich immer mehr von dem
Fluch treiben lassen. Und das alles nur, weil
sie eigentlich zu gutmütig sind, um zu töten.«
Er schüttelte den Kopf und mein Herz zog sich
zusammen, als ich erneut begriff, was das für
alle, die ich hier kennengelernt hatte, bedeutete. Sie brachten regelmäßig Fähige um. Ich
schluckte die Übelkeit hinunter, was blieb
ihnen auch anderes übrig. In regelmäßigen Abständen töten oder ununterbrochen. Ich verstand
ihre Entscheidung, auch wenn selbst diese nicht
richtig war.
»Ich informiere die Wachposten der Stadt. Sie
sollen den Nächsten vorerst verschonen und in
einen unsere Trainingsräume bringen.« Seine Augen trafen meine. Alles schwarz darin war verschwunden, warmes, liebenswürdiges und trauriges Braun, ließen mein Herz springen. »Der Rest
liegt an dir.«
Ich nickte, war jedoch mit meinen Gedanken ganz
woanders. Seine rauchige Stimme löste Dinge in
mir aus, von denen ich nicht einmal gewusst
hatte, dass ich sie spüren konnte. Die Zeit
schien um uns herum stillzustehen und mir kam
der Gedanke, dass es vielleicht Arlo war, der
sie mit seinen Dämonenfähigkeiten ausblendete.
Allerdings konnte ich auch diesen Gedanken,
diese Frage nicht weiterführen, geschweige denn
stellen. Alles wozu ich nun fähig war, war meine
Augen auf sein Gesicht gerichtet zu lassen.
Meinen Blick in den tiefen der Brauntöne seiner

Iris versinken zu lassen. Helle Schlieren und Sprenkel durchzogen sie wie geschmolzene Schokolade. Instinktiv kamen wir uns immer näher, ich spürte die Hitze seines Körpers auf meinem und ließ meine Hand in seinen Nacken gleiten, während mein Blick zu seinen Lippen wanderte. Die Lippen, von denen ich noch vor weniger als einer Stunde gedacht hatte, sie nie wieder zu spüren und denen ich jetzt so unglaublich nahe war. Durch Arlos Hände, die mein Gesicht zu seinem drückten, überwand ich den letzten Raum zwischen uns.

Und dann trafen unsere Münder aufeinander. Dieser Kuss war innig und so voller Leidenschaft, dass ich mir sicher sein konnte, auch seine Verzweiflung zu spüren. Wir drückten uns näher aneinander, während sich unser Kuss immer weiter vertiefte. Die Liebe war so viel mehr wert, wenn ein Krieg bevorstand. Wenn ein Krieg herrschte, solange schon, dass man den Anfang aus der Sicht verloren und die Hoffnung beinahe aufgegeben hatte.

Mein Herz flatterte, konnte nicht glauben, was gerade zwischen uns geschah, während mein Körper noch mehr wollte. Seufzend ließ ich meine Hand unter Arlos Hemd wandern, strich mit meinen Fingern über seine Bauchmuskeln und nahm die Kraft wahr, die sie innehielten. Er stöhnte auf und ich schmeckte die Luft, die er ausatmete in meinem Mund. Ließ meine Lippen erneut zu seinen gleiten und erlaubte ihm, mit seiner Zunge in meinen Mund einzudringen, erlaubte ihm, mich zu erkunden, während ich dasselbe mit meinen Händen tat. Vorsichtig ließ ich meine Fingerspitzen über seinen Bauch wandern, nahm die Gänsehaut wahr und wie Arlo erschauderte. Dann wanderte ich höher, bis hinauf zu seinen Schultern und seiner Brust. Ich erkundete jeden Zentimeter seines Oberkörpers, während Arlo sich schließlich von meinem Mund löste. Ich wollte schon protestieren, ihm sagen, dass er nicht aufhören sollte, dass ich mehr wollte, als sein Mund meinen Hals hinab wanderte und ihn mit sanften Küssen bedeckte. Es kribbelte und ließ meinen Atem für kurze Zeit stocken, ehe ich aufstöhnte. Daraufhin schien Arlo nur noch angespornter und stieß ein tiefes Brummen aus. Seine Berührungen waren sanft und gleichzeitig sicher. Er drückte mich in die Kissen seines Bettes, ließ mir genug Raum um ihn zu stoppen, falls ich das wollte, ließ allerdings keine Zweifel übrig, dass er wollte, was er tat. Ich warf meinen Kopf in den Nacken, um ihm mehr Raum zu geben, für das was er tat. Meine Augen hielt ich geschlossen, während ich jede einzelne seiner Berührungen genoss. Mein Atem ging immer schneller und ein wohliges, aber drängendes Ziehen breitete sich in meinem Unterleib aus. Etwas, was ich zuvor noch nie gefühlt hatte, doch ich genoss es. Es leitete mich an, zeigte mir, was ich wollte und ich ließ mich darauf ein. Entschlossen griff ich nach Arlos Hemd und öffnete es Knopf um Knopf, während sein Blick mir folgte, seine Augen nun eine brodelnde, dunkle Masse des Verlangens. Ich beobachtete jede einzelne seiner Regungen, jeden Ausdruck seines Gesichts, während ich den Stoff langsam von seinen Schultern schob. Sah wie er seine Zähne bleckte und erschauderte, wenn meine Hände seine Haut berührten. Mit einem Ruck riss ich die Ärmel über seine Handgelenke und griff danach entschlossen sein Gesicht, um es zu einem erneuten Kuss herabzusenken. Wieder trafen seine Lippen meine und wieder begann mein ganzer

Körper zu kribbeln.

»Bist du dir sicher?«, seine Stimme war noch tiefer geworden und brachte mich erneut dazu, nach Luft zu schnappen. Heftig nickte ich.

»Du kannst das jederzeit beenden. Ich will dich nicht drängen.«

Ich wusste, dass er es ernst meinte und nicht vorhatte, mich zu verletzen Wusste, dass er an meine Vergangenheit dachte und ich wusste, dass das gut war, doch im Moment machte es mich wahnsinnig.

»Ich will dich.«

Diese Worte packte ich in unseren nächsten Kuss und genau das schien Arlo gebraucht zu haben. Ehe ich mich versah, hatte er meine Tunika geöffnet und sie zur Seite geschmissen. Mit meiner Hose tat er dasselbe, während seine Lippen stets auf meinen blieben. Ich ließ ihn tun und genoss jede seiner Berührungen. Ich hatte keine Angst, da ich wusste, er würde aufhören, wenn ich ihn darum bat. Allerdings war das alles andere als das, was ich wollte. Ich wollte, dass er mich berührte und liebkoste. Einen Moment lang löste er sich von meinen Lippen und ließ seinen Blick über meinen Körper wandern. Ich errötete, als mir bewusst wurde, dass er mich gerade nackt sah. Doch selbst die geringe Größe meiner Oberweite schien ihm nichts auszumachen, denn im nächsten Moment traf sein Mund wieder meinen, während er mit seiner Hand meine Taille nachfuhr. Ich stöhnte, als sie schließlich auf meiner Brust landete und auch dort jeden Zentimeter berührte und erkundete. Ich brauchte mehr. Wimmernd griff ich nach seiner Hand und schob sie nach unten, dorthin, wo ich sie haben wollte. Ein tiefes Lachen drang aus Arlos Kehle, als ich mich noch weiter gegen ihn drückte, bis ich seine Hand auf mir spürte. Ich stöhnte, konnte kaum glauben, welche Gefühle diese Berührung in mir auslöste. Wieder brummte Arlo und bewegte seine Finger um meine empfindlichste Stelle. Ich schnappte nach Luft und stieß sie kurz darauf wieder aus, um nach neuer zu ringen. Dieses Gefühl war zu intensiv, zu gut. Immer mehr Kreise zog Arlo um meine Mitte, bis er seine Finger schließlich noch weiter nach unten gleiten ließ. Mir stockte der Atem, als er in mich eindrang und mich weiter massierte. Langsam nahm er noch einen zweiten Finger dazu und dann war es um mich geschehen. Ich glaubte, Sterne und Glitzer sprühen zu sehen, während die Gefühle in mir zu explodieren schienen. Ein lautes Stöhnen bahnte sich aus meinem Körper, das Arlo mit einem weiteren Kuss dämpfte.

Kapitel 34

Celestine

Am nächsten Morgen erwachte ich voller Taten-
drang. Ich würde allen hier beweisen, dass ich
nicht war, wofür sie mich hielten. Auch wenn
Arlo seine Meinung glücklicher Weiße schon geändert hatte. Schmunzelnd streckte ich meine
noch müden Glieder und ließ meine Beine aus dem
Bett, auf den kühlen Steinboden gleiten. Dabei
fiel mir auf, dass der Platz neben mir leer war.
Kein junger Mann weit und breit. Ein Schmerz
der Erinnerung, drohte mich zu durchzucken. War
es so wie mit Finnian? Hatte Arlo mich nur benutzt und ließ mich nun hängen? Gerade wollte
ich mich schon zurück unter die Decke verkrie-
chen, im Selbstmitleid versinken und darauf
warten, dass meine Wut zurückkam, als mein Blick
zu dem kleinen Nachttisch schwebte. Ein Holz-
tablett, verziert mit hübschen Schnitzereien
lag darauf und sogleich fiel mir auch der Duft
von frischem Frühstück auf. Lächelnd griff ich
nach dem Stück Papier, das daneben lag.

Liebste Celestine

Ich hoffe, dass du meine Cinderella bleibst und

es mir nicht verübelst, schon so früh auf Mons-

terjagd zu sein. Genieße dein Frühstück oder

verkrieche dich hinter ein paar Büchern, bis ich

zurück bin. Danach kannst du uns allen zeigen,

was dein Zauber bewirken kann und dass du

nicht nur mich, damit in deinen Bann gezogen

hast.

Dein Schattenprinz

Tausend Schmetterlinge schienen sich in meinem Bauch breitzumachen und es war mir schon beinahe peinlich, gedacht zu haben, er hätte mich hintergangen. Also tat ich genau das, was Arlo vorgeschlagen hatte und entspannte mich. Zum ersten Mal seit meinem Aufenthalt hier, schien ich richtige Freizeit zu haben und es war beinahe seltsam, wie ruhig es war.

*

Es wunderte mich nicht, als Arlo bereits eine Stunde später, wieder im Schloss auftauchte und alle Ruhe wie weggeblasen war. Zofen und Haushälterinnen liefen aufgebracht hin und her und gackerten wie vom Fuchs gejagte Hühner. Arlos Leute, inklusive Bethany, wie ich missmutig bemerkte, waren in den Trainingsräumen und versuchten die Bestie, die ihnen noch vor kurzer Zeit so ähnlich war, zu bändigen. Erschrocken betrachtete ich die Kreatur, wie sie, mit Ketten um Hals und Gliedmaßen, in der Mitte des Raumes gehalten wurde. Die Schlangen auf ihrem Kopf zuckten wütend hin und her und spuckten ihr Gift in unsere Richtung. Zweifelnd an mir selbst, machte ich einen weiteren Schritt in den Raum hinein. Dieses Wesen sollte gleich getötet werden und ich sollte durch seinen Tod mit dem Tod selbst sprechen? Tief atmete ich durch. Ich musste diesen Versuch nutzen, zurückzuzucken würde Bethanys Meinung über mich, nur noch bestätigen und was Arlo dann von mir denken würde, wollte ich mir erst gar nicht ausmalen.

Da legte sich eine Hand auf meine Schulter und ohne mich umzudrehen, wusste ich, dass es er war.

»Du schaffst das. Emilio hört auf dein Zeichen. Ich kann die Umgebung für dich ausblenden, wenn du möchtest.«

Ich nickte stumm und hoffte, dass er Recht behielt und ich es wirklich schaffen würde, mit Kadira zu sprechen. Nicht nur das. Sie davon zu überzeugen, den Fluch zu lösen und den Krieg zu beenden, war das Ziel.

Noch einmal atmete ich tief durch, bevor ich, mit dem Blick weiterhin auf den Cursespeaker gerichtet, nickte. Emilio verstand mein Signal und schon im nächsten Moment steckte dem Monster eine Klinge im Herzen. Röchelnd fiel es zu Boden, Bilder zischten an meinem inneren Auge vorbei. Welcher Mensch war er wohl einmal gewesen?

Stille.

Stille überkam mich und selbst meine Gedanken wurden verbannt. All die unnötigen, die mich nur daran hinderten, meine Arbeit zu verrichten.

Arlo- ich war ihm dankbar.

Vorsichtig machte ich einen weiteren Schritt nach vorne, während ich mich auf eine gleichmäßige, ruhige Atmung konzentrierte. Angestrengt kniff ich die Augen zusammen, um selbst die kleinste Regung, des nun schlaffen Körpers, nicht zu übersehen. Noch hob und senkte sich seine eingefallene Brust, doch mit jedem Atemzug wurde die Zeit zwischen den einzelnen Atemzügen länger und ich wusste, dass es nicht mehr lange dauern konnte, bis er dem Tode geweiht war. Ich machte noch ein paar weitere Schritte auf den Körper zu, bis ich schließlich nur mehr um die zwei Meter von ihm entfernt war. Um mich zu beruhigen und meine Panik in Zaum zu halten, zählte ich die Sekunden, die es brauchte, bis schließlich schwarzer Rauch aus der Brust des Monsters aufstieg. Sofort hörte ich auf und stellte mich etwas breitbeiniger hin. Ich wusste zwar nicht, wie viel ein Dolch gegen den Tod selbst ausrichten konnte, doch für den Notfall war ich gewappnet.

Der Nebel drehte sich um eine unsichtbare Achse und formte sich nach und nach zu einer wunderschönen Frau. Lange schwarze Haare fielen ihr über die Schultern, die im starken Kontrast zu ihrer hellen Haut und den tiefroten Lippen standen. Ihre Augen waren genau wie Arlos in der Wut, tiefschwarz. Kein einziger Fleck davon war weiß und die Pupillen konnte man nicht vom Rest des Auges unterscheiden. Bemüht, nicht verängstigt zu wirken, ließ ich meinen Blick ihren Körper hinabgleiten. Noch hatte sie mich nicht bemerkt und betrachtete den Körper, aus dem sie hervorgestiegen war. Sie war unglaublich schön und der Beweis dafür, dass Arlo recht hatte und der Tod nicht immer grässlich sein musste. Wie mir schon an ihrem Gesicht aufgefallen war, lebte ihr Körper von Kontrasten, denn ihr zierlicher Rumpf, wurde von beachtlichen Kurven unterbrochen. Kadira, die Königin des Todesreiches und die von den anderen nicht anerkannte Göttin, stand wahrhaftig vor mir.

»Kadira«, begann ich und wunderte mich selbst darüber, dass meine Stimme nicht im Geringsten zitterte. Doch die Königin reagierte nicht, indem sie sich zu mir umblickte oder sich erschreckte, so wie ich es mir erhofft hatte.

»Ein weiterer meiner Krieger ist gefallen«, dramatisch ließ sie die Klaue des Monsters, die sie vor Kurzem noch gehalten hatte, wieder zu Boden sinken, »und das, obwohl ich sie so gut kreiert habe, obwohl ich ihnen die Ehre gewehrt habe.« Ich konnte nicht verhindern, dass sich meine Augenbrauen bei dieser Aussage hoben.

»Genau über dieses Thema möchte ich mit Euch sprechen.«

Nun endlich wandte sie sich mir zu, ein mildes Lächeln auf den Lippen.

»Liebend gerne würde ich mich über mein Werk unterhalten, aber gibt es nicht wichtigeres mit dir zu besprechen, Celestine Chamillet?«

Verwirrt blickte ich sie an. Meinte sie mit etwas Wichtigerem den Krieg? Und wo zur Hölle hatte sie meinen Namen her? Genau das beschloss ich, sie zu fragen.

»Woher wisst Ihr, wer ich bin?«

Kadira legte den Kopf schief. »Oh, ich habe dich schon erwartet. Meine Krähen haben mir von dir berichtet und übrigens freut es mich erheblich, dass ich die Erste bin, die dich zu Gesicht bekommt«, sie zuckte mit den Schultern, als sei alles, was sie gesagt hatte, völlig normal.

»Wieso sollt Ihr die erste sein, die mich zu Gesicht bekommt?« Mir schwirrte der Kopf. »So viele Leute haben mich vor Euch kennengelernt.«

Die einzige Antwort, die ich darauf bekam, war keine, denn es war ein weiteres unschuldiges Lächeln. »Bist du wirklich hier, um eine Antwort auf diese Frage zu bekommen?«

Nein, das war ich nicht. Auch wenn ich neugierig war, war es das, was mich am wenigsten interessieren sollte. Also kam ich zu dem wahren Punkt. »Löst den Fluch, mit dem Ihr Eure Dämonen belegt habt, und beendet diesen Krieg. Er ist unnötig.« Kadira hob einen Mundwinkel und schnalzte abfällig mit ihrer Zunge. »Fluch? Wer hat dir das denn erzählt? « Langsam ging sie auf mich zu und umrundete mich. Augenblicklich versteifte sich mein Körper. Das hier war wortwörtlich ein Tanz mit dem Tod und mit dem sollte man es sich nicht verscherzen.

»Das ist unwichtig, jedoch bezweifle ich, dass Euer Volk noch lange zu Euch halten wird, wenn es stetig vom Tod gequält wird. Bald bleibt nichts mehr davon übrig.«

Sie zuckte mit den Schultern. »Das ist nicht mein Problem; würden sie meine Anweisungen befolgen, könnten sie noch lange leben. Ansonsten werden sie zu meinem richtigen Volk. In MEINEM REICH. Tot.« Das Ganze sagte sie mit einer so unbekümmerten Miene, als sei ihr all das tatsächlich egal. Aber warum sollte es das auch nicht sein? Der Tod war ihre Aufgabe und gleichzeitig sie selbst. Er nährte sie und vermutlich wurde sie mit jedem, den sie in ihr Reich holte, nur noch stärker, was ihr im Krieg gegen die Götter vielleicht mehr half, als die Männer und Frauen, die sie auf Layana hatte. Ich musste eine andere Strategie anschlagen. »Ihr könntet so viel mehr sein. Ja, die Götter waren ungerecht zu Euch, aber ist es das wirklich wert? «

»Wie könnte ich mehr sein, wenn ich es nicht durch mich selbst beweise? Sag mir das Mädchen.«

Ich lächelte. Genau das hatte ich vorgehabt, allerdings sagte ich es ihr nicht, sondern zeigte es ihr.

Bilder zogen an meinen Augen vorbei, von denen ich wusste, dass sie sie ebenfalls sah. Besonders sie.

Ich zeigte ihr erst, was sie war. Eine Königin, allein und missverstanden. Schwach und hintergangen, wie sie gegen eine Gruppe von vier Göttern, Göttinnen und dessen Volk kämpfte. Und das alles mit einer aussterbenden Stadt. Ganz besonders konzentrierte ich mich hier auf ihr Scheitern, bevor ich zu dem Guten überging. Zu dem, was sie sein könnte. Ich zeigte ihr, wie sie den Fluch von ihrem Volk löste und sich mit ihm versöhnte, wie sie ein gutes Team bildeten und Reyna bewiesen, dass sie nicht anders waren. Dass der Tod nie etwas Schlechtes sein würde, sondern ein erlösendes Ende. Ich zeigte ihr, wie auch die Götter sie anerkannten und …

»Das reicht!«

Die Bilder verschwanden und ich sah gerade noch die Wut in Kadiras Augen aufflammen, bevor sie erneut dem unschuldigen Lächeln wich.

»Ich glaube, du verstehst nicht. Man möchte, dass ich bedrohlich bin. Ich erfülle meine Aufgabe, indem ich bin, für wen sie mich halten und das werde ich den Göttern auch beweisen«, angewidert sah sie an mir herab. »Du jedoch, du könntest wirklich noch sehr viel mehr werden, Mädchen.« Beinahe sanft strich sie mir eine Haarsträhne aus dem Gesicht. »Ich spüre deine Kraft. Schließe dich mir an und du wirst allen zeigen, dass DU nicht das Mädchen bist, für welches sie dich halten.«

Einen Moment stockte mir der Atem. Das war alles andere als das, was ich erwartet hatte. Was wollte sie schon mit einem Mädchen, das ein paar Visionen und Illusionen erschaffen konnte? Sollte ich ihren Gegnern etwa Hoffnung auf

Träume machen, die sie nie erreichen würden? Ein Schnauben entwich meiner Lunge.

»Niemals!« Ich war mir der Gefahr meiner Worte bewusst, trotzdem nahm ich sie in Kauf. Doch das einzige, was Kadira tat, war zu lächeln.

»Dann werden wir uns noch früh genug wiedersehen, Goldene.«

Kapitel 35

Celestine

Wieder wurde die Frau zu Nebel und verschwand schließlich, zusammen mit dem Körper des Cursespeaker. Noch immer war ich verwirrt und überrascht über die Wendung, die das Gespräch mit der Königin des Todes genommen hatte. Allerdings sollte mich das nicht wundern, schließlich kam der Tod oft, wenn man am wenigsten damit rechnete.

Ruckartig drehte ich mich um und blickte in die erwartungsvollen Gesichter der Umstehenden. Missmutig verzog ich den Mund, während ich den Kopf schüttelte.

»Ich habe mit ihr gesprochen, allerdings war nichts an ihrer Meinung zu ändern. Das Einzige, was das Gespräch gebracht hat, war mir noch mehr Fragezeichen in den Kopf zu setzen.« Arlo wirkte enttäuscht, was mich augenblicklich traurig machte. Würde er mich nun noch lieben oder war ich jetzt wertlos für ihn?

»Woher sollen wir wissen, ob sie die Wahrheit sagt? Was, wenn sie mit Kadira unter einer Decke steckt?«, die Frage kam natürlich von Bethany, die ihren Missmut mir gegenüber nicht zu verstecken versuchte. Doch das Gespräch mit dem Tod hatte mir eines gezeigt. Ich war mutiger als ich dachte und in einer Sache hatte Kadira recht. Man unterschätzte mich und das hatte ich, vor nicht allzu langer Zeit, auch noch selbst getan. Provozierend machte ich ein paar Schritte auf die Frau zu, die nun trotzig die Hände in die Seiten stemmte.

»Was wäre, wenn ich dir sagen würde, dass sie

mir genau das angeboten hat? Mit ihr zusammen-
zuarbeiten. Sie hat mir einiges versprochen,
aber ich habe abgelehnt. Falls du es vergessen
hast, mein Ziel ist keine Macht oder Herrschaft,
sondern das Ende eines Krieges und ich hoffe,
deines ist dasselbe.« Ohne sie zu Wort kommen
zu lassen, drehte ich mich schon wieder um.
»Arlo, was meint sie mit der Ansprache „Goldene"?«
Arlo überlegte, während er langsam Luft auspus-
tete und sich an den Nacken griff. »Wen hat sie
so genannt?«
»Mich«, ein einziges Wort, das seine ganze Mimik
veränderte. Sein Gesicht wurde blass, seine Augen groß, während sich der ganze Kiefer an-
spannte. Plötzlich drehte er sich um und bedeutete mir, mit einer Handbewegung, ihm zu folgen.
»Komm mit.« Seine Schritte wahren so schnell,
dass ich joggen musste, um mit ihm mitzuhalten.
»Wo willst du hin?« Wir hatten einen Weg eingeschlagen, den ich noch nie zuvor gegangen,
war und wir gelangten zweifellos in einen ganz
anderen Flügel des Schlosses. Es war der Herr-
schaftsflügel, wie mir an dem ganzen Prunk auffiel, der im restlichen Schloss fehlte. Wir
durchquerten einige Räume, bis Arlo schließlich
eine Tür aufschlug, die mich unangenehm an das
Arbeitszimmer meiner Mutter erinnerte. Und tatsächlich war das erste, was ich bemerkte, als
ich in den Raum trat, ein schwerer Schreibtisch
und jede Menge Karten und Bücher. Arlo schritt
zielstrebig auf eines der vollen Regale hinter
dem Schreibtisch zu und überflog die Titel der
Wälzer, während ich mich umsah. Ich hatte keine
Ahnung, was ihn an meiner Aussage so sehr schockiert hatte und warum konnte er mir nicht einfach sagen, was dieses Wort zu bedeuten hatte?

Noch immer in Gedanken versunken, blickte ich auf die verregnete Landschaft Oryns. Ehrlichgesagt war mir Reynas Wetter weitaus lieber und auch die Stadt der Fähigen war schöner. Insgeheim wusste ich allerdings, dass die Bewohner Oryns nichts für ihre dreckigen Gassen und die Armut konnten, schließlich waren nicht sie es gewesen, die einen Krieg angezettelt hatten. »Hier!« Arlo riss mich aus meinen Gedanken zurück in die Gegenwart. Ich drehte mich um und wartete darauf, dass er mir endlich erklären würde, was mit der Sache gemeint war.

»Ein altes Exemplar der Geschichte Reynas. …und schließlich gründeten die Goldenen das Erdreich und erschufen die Menschen als seine Bewohner…«, zitierte Arlo.

Ich wusste nicht, was ich sagen sollte. Mit dem Ausdruck „Goldene" waren eindeutig die Götter gemeint.

»A aber ich bin doch keine Göttin!«, stammelte ich. »Ich meine, was bin ich schon? Eine Fähige die wie alle anderen hingerichtet worden und danach in Reyna aufgewacht ist. Das Einzige, was mich von den anderen unterscheidet, ist, dass ich eine Prinzessin bin.«

Arlos Gesichtsausdruck blieb ernst. »Ich weiß ja nicht, wie du dich selbst wahrnimmst, aber selbst ich spüre deine Macht vibrieren und das nicht nur, wenn du sie einsetzt. Schon als ich dich zum ersten Mal getroffen habe, ist mir das aufgefallen. Hast du schonmal versucht, deine Magie an dir selbst anzuwenden? In dich zu blicken und dir selbst zu zeigen, wer du bist?«

Verdutzt starrte ich ihn an. »Auf die Idee bin ich noch nie gekommen«, gestand ich. »Aber was soll schon dabei herauskommen? Wie schon gesagt, ich bin niemand besonderes, Kadira will uns bloß verwirren, damit wir uns nicht in ihre Angelegenheiten einmischen.« Ich beobachtete, wie Arlos Züge plötzlich ganz weich wurden und er auf mich zuschritt, um eine Hand auf meine Wange zu legen.

»Du bist etwas Besonderes, Celestine. Ob du nun eine Göttin bist oder nicht, du wirst immer meine bleiben. Meine Cinderella.«

Beinahe stiegen mir Tränen der Rührung in die Augen. Noch nie hatte er so etwas Liebes gesagt. Wie von selbst neigte sich mein Kopf zur Seite, damit ich ihn küssen konnte. Unsere Lippen trafen sich und sofort vibrierte mein ganzer Körper. Schmetterlinge wuselten in meinem Bauch und ließen die Anspannung der letzten Stunden verpuffen.

»Konzentriere dich auf dich selbst. Schau in dich selbst hinein, Cinderella.«

Bis jetzt. Nun war die Anspannung zurück, doch die stetige Umarmung Arlos, ließ mich tatsächlich darüber nachdenken, ob ich nicht tun sollte, was er vorschlug. Allerdings würde mir bei meinem Glück, bestimmt ein grausames Bild gezeigt werden.

Nein Celestine! Du hast selbst gesagt, dass du ab jetzt eine mutigere Fähige bist! Das Schlimmste, was einem passieren kann, ist vor sich selbst Angst haben zu müssen. Ich würde mich diesen Bildern stellen, was auch immer sie mir zeigen mochten.

Ich blickte nach oben, direkt in Arlos Gesicht.

»Ich werde es tun. Aber bitte, lass mich nicht los. Ich weiß, wie schnell mich Träumereien mitreißen, ich brauche einen Anker, wenn es dabei um mich selbst gehen soll.«

»Der Anker wird sich nicht vom Boden lösen. Es

sei denn, du ziehst ihn wieder hoch«, er lächelte. »Klar, bleibe ich bei dir, als dein Freund ist das doch meine Aufgabe, Cinderella.« Mein Herz machte einen Sprung. Hatte er gerade gesagt, er sei mein Freund? Ich spürte, wie mir die Röte ins Gesicht schoss und drückte es schnell gegen seine Brust, an der ich die Vibrationen seines Lachens spürte. Ein letztes Mal füllte ich meine Lungen vollends mit Luft, bevor ich meinen Atem in einen hypnotisierenden Takt übergehen ließ. Meine Augen ließ ich entspannt geschlossen und bemühte mich, meinen Geist völlig von meinem Körper zu trennen und mich nur auf mein Innerstes zu fokussieren. All das war pure Intuition, schließlich hatte ich so etwas noch nie gemacht, aber es war der einzige Weg, der mir sinnvoll vorkam. Anstatt mich auf eine andere Person zu konzentrieren, konzentrierte ich mich auf mich selbst.

Ich richtete meinen Blick nach innen und durchstöberte all meine Gefühle. Da waren Aufregung, Sorge, Stress, Angst, aber auch Liebe und Losgelassenheit. Dann verglich ich diese Gefühle mit jenen, die ich noch in Reyna gespürt hatte und wusste, dass ich auf dem richtigen Weg war. Bilder sprangen vor meinen Augen auf und ab. Zuerst sah ich, wer ich war. Eine unbeliebte Prinzessin, die ihr Leben lang unter Schmerzen gelitten hatte und sich schweren Aufgaben stellen musste. Dann tauchte Arlo auf. Gefühle der Liebe durchspülten mich und hüllten mich in ihre Wärme. Mein Treffen mit Kadira, das nicht gut verlaufen war - noch immer die Vergangenheit. Nun sprangen die Bilder in die Zukunft und zeigten mir unterschiedliche Wege, von denen ich mich irgendwann für einen entscheiden musste. Auf dem Ersten sah ich, wie ich in Oryn blieb und mich gemeinsam mit den Anderen auf einen Krieg vorbereitete, den wir nicht gewinnen konnten. Im nächsten ging ich zurück nach Reyna, wo ich den Krieg vorerst gewann, das Danach aber verborgen blieb. Nun tat sich der Dritte Weg auf.

Ich sah mich selbst in einer riesigen Halle, deren Decke aus Wolken gebildet war. Der Boden war mit teuren Fliesen belegt, die einen Weg zu einem ebenso prachtvollen Podest bildeten. Das Bild schwang nach oben und zeigte mir fünf Throne. Auf den ersten vier saßen die Götter Layana, Aeon, Runa und Adelio, während der letzte leer war. Adelio lächelte mir mit seinem unglaublich hübschen Mund zu und streckte einen Arm einladend in Richtung Thron aus, als wolle er, dass ich mich daraufsetzte.

Ich schnappte nach Luft und schlug hastig meine Augen auf. Mein Atem ging viel zu schnell, während sich in meinem Kopf nur noch mehr Fragen bildeten. Bald würde er platzen vor lauter Druck. Ich presste meine Hand gegen meine Stirn, traute mich kaum, Arlo in die Augen zu sehen. War das wirklich möglich? War ich tatsächlich eine Goldene?

Kapitel 36

Celestine

»Und?«

Ich schwieg, brauchte einen Moment, um selbst zu realisieren, was ich gerade gesehen hatte. »Es könnte sein ...«, begann ich. »Die Zukunft ist noch nicht geschehen, was bedeutet, dass nichts sicher ist. Sie wird mir immer als unterschiedliche Wege angezeigt, je nachdem, wofür man sich entscheidet. Ich habe bei mir drei gesehen. Also, ich meine, ich weiß nicht, ob da mehr waren. Ich bin mitten im Dritten ausgestiegen.« Mit zerknirschtem Gesicht beobachtete ich Arlos Reaktion.

»Das heißt, sie war entweder das, wofür du dich auf jeden Fall entscheiden wirst, oder wirklich schockierend.«

Ich nickte. »Der dritten Version nach könnte ich wirklich eine Goldene sein.«

Arlo klappte der Mund auf. »Erzähl mir alles.«

»Also, da war eine riesige Halle, ein Thronsaal. Die Decke bestand allerdings aus Wolken und alles war ziemlich prunkvoll. Am Ende davon, standen wie gewöhnlich die Throne. Ich hätte mit vier gerechnet, für jeden Gott einen, allerdings waren es fünf, wobei der letzte leer war. Adelio hat darauf gedeutet, als würde er mich einladen wollen, mich zu ihnen zu setzen. Auf den Thron!«

»D Das ist unglaublich!« Erfreut breitete er die Arme aus und sein Gesicht bestand aus einem einzigen Grinsen. »Ich hab's gewusst. Meine Freundin ist etwas Besonderes, und nun ist es auch für alle anderen bewiesen.«

Ich musste zugeben, dass ich gerührt von seinem Stolz war, doch das Unbehagen in meinem Körper war stärker.

»Arlo! Wenn ich tatsächlich eine Göttin sein sollte, wie lange wird es dann wohl dauern, bis ich genauso ein Psycho werde wie sie? Kadira hat davon gesprochen, dass sie erfreut sei, die erste zu sein, die mich zu Gesicht bekommt, und damit hat sie bestimmt den Wettkampf zwischen ihr und den Göttern gemeint. Das heißt, sie wissen von mir, was wiederum bedeutet, dass ich irgendwann, wohl oder übel Kontakt mit ihnen aufnehmen müsste. Sie werden mich davon überzeugen wollen, auf ihrer Seite zu kämpfen!« Ich warf die Hände in die Luft. »Arlo, das bedeutet, dass ich nicht drumherum kommen werde, mich in den Krieg einzumischen und wenn ich tatsächlich eine Goldene sein sollte, müsste ich gegen dich kämpfen. Gegen Oryn.«

Er legte mir beruhigend eine Hand auf die Schulter, doch sie erfüllte ihre Aufgabe nicht. »Wir werden schon einen Weg finden.«

»Was, wenn nicht? Das ist eine Tragödie! Du hast selbst gesagt, dass Kadira mehr möchte, als nur den Krieg zu gewinnen. Sie möchte die Welt zerstören und es spielt ihr nur in die Finger, wenn es eine weitere Göttin geben würde, die ihre, höchstwahrscheinlich zerstörerischen Kräfte, einsetzen wird.« Ich schüttelte den Kopf. Konnte es kaum fassen, dass ich sein sollte, was mir gesagt wurde. Mein ganzes Leben lang war meine Magie schwach gewesen. Nun konnte ich sie endlich wieder einigermaßen nützlich verwenden und jetzt sollte ich die Mächte einer Göttin in mir tragen? Kräfte, die vermutlich mit einem Schnipsen die ganze Welt ausrotten könnten? Ich wollte es nicht glauben, wollte es nicht wahrhaben.

»Celestine, beruhige dich. Du bist alles andere als ein Monster, du stehst auf der guten Seite und da wirst du bleiben. Ich bin dein Anker, ich halte dich fest.«

Wieder schüttelte ich bloß den Kopf. »Arlo, ich liebe dich schon allein dafür, dass du nur das Gute in mir siehst, aber jeder Mensch hat eine schlechte Seite und ich möchte nicht, dass meine gewinnt. Ich glaube, ich brauche jetzt einfach ein wenig Zeit, um das Ganze zu realisieren. Meine ganze Bestimmung dreht sich schon wieder um 180 Grad, ich muss das erst einmal selbst verdauen, bis ich darüber nachdenken kann, was wir tun.« Vorsichtig griff ich nach seiner Hand und verschränkte seine Finger mit meinen. »Ich werde Rieka besuchen. Die Arme sitzt die ganze Zeit mit Finnian dort unten, außerdem kenne ich sie schon seit ich in Layana angekommen bin. Sie war immer die Person, an die ich mich wenden konnte. Ich brauche sie jetzt und sie mich wahrscheinlich genauso.«

Seine Augen waren weich, jedoch war die leichte Enttäuschung darin deutlich zu erkennen, was mir sofort wieder Schuldgefühle bereitete. Ich war ihm unglaublich dankbar, als er einfach nur nickte, ein letztes Mal meine Hand drückte und mich schließlich gehen ließ. Es war unausgesprochenes Vertrauen, das er in mich setzte.

*

Schweigend ging ich die ganzen Korridore, die wir hinter uns gelassen hatten, wieder zurück. Meine Gedanken drehten sich allesamt um dieses eine Wort. Goldene.

Die Tür zu den Kerkern war offen, was darauf

schließen ließ, dass ich nicht der einzige Gast
war. Was für ein Jammer. Trotzdem schlüpfte ich
hindurch und wollte gerade die schmalen Stufen
hinabsteigen, als ich leise Worte hörte.
»Lass mich zu ihr«, definitiv Riekas Stimme.
»Du weißt, dass ich das nicht kann.«
»Dann bring sie zu mir oder sag mir zumindest,
wie es dir geht.«
»Ich kann dir sagen, dass ich das nur zu gerne
würde, aber meine Aufgabe verbietet es mir.«
»Selbst nach alldem, was… «
»Es tut mir leid, Rieka.«
Schritte näherten sich. Doch wie ich bemerkte,
kamen sie nicht von den Zellen, sondern von dem
Korridor hinter mir. Schnell schlüpfte ich hinter die Tür, sodass man mich beim Vorbeigehen
nicht wahrnehmen würde. Ich drückte mich so
flach wie möglich gegen die Wand, während ich
meinen Kopf zur Seite gedreht hielt, um zu sehen, was vor sich ging. Emilio kam um die Ecke
und hopste fröhlich die Stufen hinunter. »Ab-
lösung Bethany!«
Ich spürte förmlich, wie alles Blut aus meinem
Gesicht wich. Wahrscheinlich war ich so bleich
wie ein Vampir. Bethany war bei Rieka gewesen?
Was hatten die beiden zu besprechen?
Ich presste mich noch fester gegen den kalten
Stein, als die muskulöse Frau näherkam, doch es
war beinahe umsonst, denn sie hielt den Kopf
schweigend gesenkt, während sie Emilio nur
schnell zunickte und schließlich im Korridor
verschwand. »Wow, da muss wohl jemand eine ziemlich schlechte Schicht gehabt haben. Du solltest dringend etwas essen, Bethany!«, rief E-
milio ihr hinterher.
Ich verharrte noch ein paar Minuten hinter der
Tür und ging sicher, dass der Junge nicht in

meine Richtung sah, als ich schließlich hervortrat. Gespielt entspannt stieg ich die Treppe hinab.

»Ah Emilio. Arlo hat mir erlaubt, meine Zofe zu holen; sie sollte wirklich nicht mit diesem Widerling hier unten sein. Zusätzlich ist sie meine beste Freundin.« Ich zuckte meine Schultern. »Außerdem habe ich mit Kadira gesprochen und ich und Arlo sind gerade dabei, einen Plan auszufeilen, also müsst ihr nichts von mir befürchten.«

Emilio lächelte mich an. »Du musst dich nicht rechtfertigen. Hier.«

Er reichte mir den Schlüssel und sah mir bloß hinterher, überließ mir selbst, die Zelle meiner Freundin zu öffnen.

Angespannt trat ich vor die Gitter.

»Rieka.« Meine beste Freundin eilte sofort herbei und umfasste die Metallstangen mit ihren Händen.

»Celestine! Wie geht es dir? Ich hab' mir solche Sorgen gemacht. Haben sie dir wehgetan?«

Ich verneinte. »Ich hole dich jetzt erst mal hier raus und dann gehen wir auf mein Zimmer« Finnians Wut ignorierte ich, während ich meinen Blick, den Körper meiner Freundin entlang gleiten ließ. »Ich glaube, heute bin ich es, die dir ein Bad macht und dir etwas zum Anziehen bereitlegt« Ein Lächeln erschien auf ihrem Gesicht und lockerte die Stimmung augenblicklich. Natürlich hatte sie jede Menge Fragen, doch bevor wir nicht in meinem Zimmer waren, wollte ich ihr nichts verraten. Es könnte uns jederzeit jemand belauschen, Bethany zum Beispiel. Ich spürte, wie das Lächeln auf meinem Gesicht verschwand. Zu dieser musste ich Rieka auch noch befragen.

Endlich kamen wir an meiner Zimmertür an und ich sperrte sofort hinter uns zu, nachdem wir eingetreten waren. »Versteck dich im Schrank, ich lasse warmes Wasser für dein Bad bringen.« Ich deutete auf einen schweren Vollholzschrank, indem ich die geliehenen Klamotten von Arlos Mutter aufbewahrte.

»Wieso das denn? Ich dachte, es wäre abgesprochen, dass ich aus diesem Loch komme.«

»Ist es auch. Allerdings nur mit Arlo und es wäre kontraproduktiv, wenn gleich der ganze Hofstaat davon wüsste. Also bitte …« Ich versuchte den Blick eines Tierbabys nachzuahmen und Rieka stieg sofort darauf ein.

»Ahhh. Na schön.«

Noch einmal kontrollierte ich, ob die Schranktür auch richtig verschlossen war, bevor ich ein Hausmädchen rief. Diese brachte sofort einige Eimer an Wasser herbei, die sie zuvor über dem Feuer gewärmt hatte. Ein Luxus, den die Dorfbewohner sicherlich nicht innehatten. Auch neue Badetücher und Seifen bekam ich, ohne darum zu bitten.

»Kann ich Euch noch irgendwie helfen? Braucht Ihr vielleicht Hilfe beim Ankleiden? Wie ich hörte, wurde das Essen mit Ihrer Majestät auf heute Abend verschoben.«

Shit. Daran hatte ich gar nicht mehr gedacht. Schnell setzte ich meine Maske wieder auf und lächelte höflich zurück.

»Das ist sehr nett, aber ich denke, heute schaffe ich es allein.«

Das Mädchen nickte und eilte davon, um eine ihrer anderen unzähligen Arbeiten zu verrichten. Vermutlich war es ihr ganz Recht, dass ich abgelehnt hatte. Ich wartete, bis sie sich einige Schritte entfernt hatte, bevor ich die Tür wieder schloss und Rieka aus ihrem Versteck holte.

»Ein Essen mit der Königin? Soll ich etwa deine Haare machen?« Es sollte ein Scherz sein, trotzdem hörte ich die Verletzlichkeit heraus und nahm ihre Hände in meine.

»Das ist zwar ein sehr schönes Angebot, allerdings habe ich dich wegen viel wichtigeren Themen geholt. Zum Beispiel, um dich jetzt in die Wanne zu schmeißen.« Ich lachte, während ich meiner Freundin einen kleinen Schubs gab, der sie rückwärts stolpern und schließlich in die Badewanne fallen ließ. Ihre dreckigen Klamotten sogen sich sofort voll mit dem warmen Wasser und sie verzog das Gesicht, als ein paar Spritzer in ihren Augen landeten.

»Jetzt sei doch nicht so dramatisch.« Ich lachte noch immer. Seit langer Zeit war es wieder einmal ein echtes, herzliches Lachen, das meinen Bauch zum Schmerzen brachte. Anscheinend war es auch noch ansteckend, denn Rieka stieg darauf ein, während sie sich aus den gammeligen Klamotten schälte. Ein paar Minuten taten wir nichts anderes, als einfach nur zu lachen, vermutlich weil nun die ganze Anspannung von uns fiel. Schließlich kamen wir aber wieder zu uns.

»Also, was hast du hier erlebt, warum zum Teufel bist du ohne mich abgehauen und warum genau hast du mich geholt?« Sie rieb ihre Arme mit Seife ein, wandte ihren Blick allerdings nicht von mir ab.

Ich biss mir auf die Lippen. »Also erst einmal, es tut mir unglaublich leid. Ich hätte dich zu gerne mitgenommen, aber es war eine spontane Entscheidung, eine Notlösung und ich war so in Trance, dass ich gar nicht richtig gemerkt habe, was ich da eigentlich tue.«

Rieka lächelte. »Dafür hast du hier jemand kennengelernt, nicht wahr?«, sie grinste.
Wieder einmal wurde ich rot. »Ähhm, ja. Ich denke schon. Ich meine, du kennst ihn ja auch ein wenig aus Reyna, aber hier haben wir natürlich viel mehr Zeit miteinander verbracht.«
»Und du hast ihm einfach so verziehen, dass er deine Mutter umgebracht hat?«
»Ich bin nicht erfreut darüber, dass er ein Mörder ist, wenn du das meinst. Allerdings kann ich nun verstehen warum und ich meine, ohne meine Mutter gibt es einen grauenvollen Menschen weniger in Layana«, ich zuckte mit den Schultern.
»Verstehe.«
»Es ist eine ziemlich lange Geschichte, aber ich versuche mich kurzzufassen.
Wie du natürlich weißt, gibt es die Fähigen und die Menschen, die Götter und den Tod. Das alles hängt zusammen. So wie die Götter zu uns gehören, gehört der Tod, der übrigens eine Frau ist und Kadira heißt, zu den Menschen. Viele der Bewohner Oryns arbeiten für den Tod. Früher war er das schöne Ende eines langen Lebens, ist allerdings immer als grauenvoll dargestellt worden. Gleich ist es mit ihren Helfern. Eigentlich sollen sie sterbenden Menschen zu Seite stehen, aber die meisten Leute kennen Dämonen nur als böse Gestalten.«
Rieka schnappte nach Luft, doch ich sprach weiter. »Du kennst auch die Geschichte zwischen den Göttern und dem Tod. Sie haben Kadira nie anerkannt, stattdessen hintergangen. Sie fühlt sich betrogen und will sich rächen. Deswegen hat sie ihre Dämonen mit einem Fluch belegt, der sie zu todbringenden Monstern macht, wenn sie nicht in regelmäßigen Abständen freiwillig

Fähige töten.«

Ich machte eine kurze Pause, da ich wusste, dass das alles viel Information auf einmal war.

»Das sind die Cursespeaker. Ich weiß nicht, ob du welchen begegnet bist, aber sie sehen aus wie wandelnde Leichen, mit Schlangen auf dem Kopf.«

Rieka nickte.

»Kadira hat die Götter damit provoziert, da sie nun doch ein wenig Kontrolle auf der Welt hatte, aus der sie ausgeschlossen worden war. Sie hätte im Krieg noch immer keine Chance gegen die Fähigen, allerdings ist das gar nicht ihr Ziel. Sie möchte weiter gehen und die zwei Völker so weit gegeneinander aufhetzten, bis sie sich gegenseitig auslöschen. Sie will Layana zerstören.«

Wieder machte ich eine Pause.

»Wow.« Rieka zog die Augenbrauen nach oben.

»Mein und Arlos Ziel, auch das von seinen Freunden, ist, diesen Krieg zu verhindern. Wir haben versucht, mit Kadira zu sprechen. Das hat auch funktioniert, allerdings nicht so wie wir es wollten. Anstatt auf unseren Plan einzugehen, hat sie eine Andeutung darauf gemacht, ich sei eine Goldene.« Riekas Augenbrauen wanderten noch weiter nach oben und ich seufzte.

»Daraufhin habe ich auf Arlos Rat hin, in mich selbst hineingesehen, gehört und es hat sich herausgestellt, dass damit gemeint ist, dass ich eine Göttin bin. Die fünfte besser gesagt.« Ähnlich wie bei Arlo, klappte nun auch Riekas Mund endgültig auf. »Das ist ein Scherz, oder?«

»Leider Nein.«

Kapitel 37

Arlo

Vorsichtig legte ich meine Gabel auf den Teller, um deutlich zu machen, dass ich fertig gegessen hatte.

»Es war schön, Zeit mit euch zu verbringen. Ich bin sicher, dass ihr eine Lösung finden werdet. Selbst wenn nicht, werdet ihr das Beste aus dieser Situation machen. Ich bin sehr froh, dich in unserer Familie begrüßen zu dürfen, Celestine und möchte mich noch einmal für die anfänglichen Schwierigkeiten entschuldigen.«

Ich blickte zu dem Mädchen, das nun offiziell meine Freundin war und konnte es mir nicht verkneifen, stolz zu sein, obwohl die derzeitige Situation alles andere als schön war. Celestine war einfach zu süß, wenn sie rot wurde, und noch süßer, wenn sie es vor mir verstecken oder es sich nicht eingestehen wollte.

Meine Mutter hatte meinen verliebten Blick wohl bemerkt, denn sie lächelte mich mit Tränen in den Augen an.

»Endlich wird mein Sohn erwachsen. Ein kleines Vögelchen, das flügge wird.«

»Mutter!« Nun war ich derjenige, dem etwas unangenehm und peinlich war. Ich trat Celestine leicht auf den Fuß, um ihr zu verdeutlichen, dass auch ihr unterdrücktes Lachen zu bemerken war.

»Ach Arlo, jetzt sei nicht so. Als baldiger König ist es großartig, dass du dich erwachsen zeigst und den ersten Schritt zur Vereinigung Layanas Völker machst. Eine Fähige und ein Dämon«, entzückt klatschte sie in die Hände. »So etwas hatten wir noch nie und das, obwohl es eine großartige Kombination ist. Was glaubt ihr nur, was wir gemeinsam schaffen könnten?« Doch ihre heitere Miene verschwand genauso schnell, wie sie gekommen war. »Dieser Krieg ist völlig umsonst«, bedauernd schüttelte sie den Kopf. »Und das alles hat nur angefangen, weil die obersten aller Herrscher wieder einmal zu arrogant sind, um ihre Fehler einzugestehen.« Ich räusperte mich, um die Schimpftirade meiner Mutter zu unterbrechen. Das hier sollte noch immer ein feines Abendessen sein. »Wir werden schon eine Lösung finden, Mutter.« Sofort kehrte die Trauer in mich zurück, als ich die nächsten Worte aussprach. »Eine, die auch Vater zugesagt hätte.«

*

Nach einigen weiteren höflichen Worten, die die Etikette forderte, galt das Essen endlich als beendet und wir erhoben uns. Mutter wurde zurück zu ihren Gemächern gebracht, wo man sich um sie und ihre Trauer kümmerte, während Celestine noch ein paar Bissen jedes Gerichtes auf einen Teller häufte und vor den Hausmädchen und Dienern rettete, die bereits aufräumen wollten. »Für Rieka«, eine Kopfbewegung zu dem Teller bestätigte, dass das Essen gemeint war. Ich grinste. »Ich dachte schon, du wärst nicht satt geworden.« Celestine streckte mir die Zunge heraus und drehte sich um, um den Speisesaal zu verlassen. Ich beeilte mich, um mit ihr schritthalten zu können. Wir hatten vorgehabt, nach dem Essen die weitere Vorgehensweiße zu besprechen. Allerdings wusste ich nicht, wie schnell das passieren würde, wenn sich meine Freundin erst um ihre Zofe kümmern wollte. Diese Freundschaft war ungewöhnlich unter den Fähigen, zeigte jedoch nur noch einmal, was für ein großes Herz Celestine hatte und wie sehr sie sich von den anderen Göttern unterschied. Schon allein bei der Erinnerung daran, dass meine Freundin tatsächlich eine Göttin war, und das nicht nur für mich, platzte ich beinahe vor Stolz. Ich musste mich zusammenreißen, nicht sofort über sie herzufallen und sie zu küssen, bis uns das Geschrei eines Hausmädchens auseinandertrieb.

Die Tür ihres Zimmers rettete mich vor meinen Träumereien, bevor ich sie zur Wirklichkeit umsetzen konnte und ich ging erleichtert hindurch. Das dunkelhaarige Mädchen, das auf Celestines Bett lag, erkannte ich sofort als Rieka und nickte ihr zur Begrüßung zu. Sie erwiderte es, ehe sie sich erfreut dem Essen widmete, das Celestine für sie mitgehen hatte lassen.

»Danke Stina«, nuschelte sie zwischen zwei Bissen, »Du bist meine Rettung. Auch wenn du mich ruhig etwas früher aus diesem Loch hättest holen können.«

»Ach, ich dachte, die Zeit mit Bethany hätte dir gefallen?« Es war ersichtlich, dass sie das nicht hatte sagen wollen, allerdings davon überzeugt war. Neugierig, was meine Kriegerin angestellt hatte, richtete ich mich auf und wartete auf Riekas Antwort, die mitten im Kauen innegehalten hatte. Ihre Augen waren weit aufgerissen und ihr Schock war ihr deutlich anzusehen. Celestine hatte sie eiskalt erwischt.

»Stina …«, probierte sie einen ersten Versuch, sich zu erklären.

»Ich habe euch gehört. Bevor ich zu dir kam. Du hast sie gebeten, dich zu mir zu bringen und

sie meinte, sie könnte es aufgrund ihrer Stellung nicht. Was mich erst einmal nicht wundern sollte. Allerdings frage ich mich, warum sie so unglaublich freundlich zu dir war. Ich bin mir ziemlich sicher, dass das normal nicht ihre Art ist, mit Gefangenen umzugehen. Es hat fast so gewirkt, als würdet ihr euch bereits kennen.«
Stur verschränkte sie die Arme vor der Brust.
»Stina, du bist meine beste Freundin und ich würde nie etwas tun, was dir schaden könnte. Ja, da ist etwas zwischen mir und Beth. Glaub mir, ich wollte dir davon erzählen, aber dann bist du abgehauen und …«
»Soll das etwa heißen, du kanntest sie schon in Reyna!« Celestine warf die Arme in die Luft. Ihre Freundin zog schuldig den Kopf ein, bevor sie antwortete. »Ja.«
»Rieka! Sieh mir in die Augen.« Sie gehorchte. »Ich habe absolut nichts dagegen, falls ihr eine Beziehung führt, na ja vielleicht ein bisschen. Ich mag sie nicht besonders. Aber zurück zur Sache, wenn du uns helfen willst, musst du ehrlich zu uns sein. Wir können nichts weniger gebrauchen -, als unausgesprochene Informationen. Wir müssen uns vertrauen können, sonst wird alles umsonst sein. Wenn irgendjemand davon …«, sie deutete an ihrem Körper hinab, »erfährt, sind wir wortwörtlich verloren.«
»Es tut mir Leid.«
Völlig durcheinander ließ ich meinen Blick zwischen den Beiden hin und herfliegen. Es war nichts Neues, dass Bethany auf Frauen stand, dass sie allerdings eine Beziehung mit einer Fähigen führte, war mir neu. Bis jetzt hatte sie nie Andeutungen in diese Richtung gemacht. Bei Rieka hatte sie Glück gehabt, sie war vertrauenswürdig, aber so etwas konnte schnell ins

Auge gehen. Ich nahm mir vor, morgen mit ihr zu sprechen und schrieb es auf die imaginäre Liste an Aufgaben, die ich zu erledigen hatte.

»Ich verspreche immer, ehrlich zu dir zu sein.« Dieser Satz lockerte Celestines Anspannung und sie setzte sogar ein kleines Lächeln auf. »Weißt du, was ich mich frage?«, eine ihrer Augenbrauen wanderte nach oben, »Warum vertraut sie dir, ist mir gegenüber aber so misstrauisch? Ich meine, wir sind beide Fähige.«

Rieka zuckte mit den Schultern. »Ich denke, das liegt daran, dass deine Magie in letzter Zeit spürbar ist. Noch in Reyna hat sie mich sogar darum gebeten, dich mit ihrem Prinzen«, sie machte eine Kopfbewegung in meine Richtung, »bekanntzumachen. Sie dachte wohl, es wäre eine gute Idee, wenn sich Prinzessin und Prinz zweier verfeindeter Völker zusammentun. Und ich meine, das war es auch.«

»Das bedeutet also, du hattest schon Kontakt mit ihr, als wir Arlo Verpflegung gebracht haben? Hast du mir etwa nur für Bethany geholfen?«

Schon langsam wurde ich nervös. Diese Geschichte war daran, eine ganz schlechte Richtung einzuschlagen. Rieka schien das auch zu bemerken, denn sie blickte mich Hilfe suchend an.

»Nein, ich habe das auch getan, weil ich deine Freundin bin.«

»Auch?«

Ich räusperte mich. »Celestine. Meine Gefangenschaft war nicht rein ungeplant.« Jetzt war es raus.

»Was!« Entschuldigend strich ich ihr eine Haarsträhne aus dem Gesicht, doch sie wich zurück. Ich seufzte.

»Wir brauchten Informationen darüber, wie Reyna aufgestellt war und deine Mutter hat uns perfekt in die Hände gespielt, als sie dachte, sie könne meinen Vater mit meiner Entführung erpressen. Rieka stand schon längere Zeit auf unserer Seite und hat uns die Informationen gegeben. Oryn war bereit. Es war meine Aufgabe, die Königin zu töten, und das habe ich getan. Allerdings haben wir einen Fehler gemacht und vergessen, dass dein Bruder, obwohl er nach dir geboren wurde, der Thronfolger ist.«

»Ihr wolltet, dass ich Königin werde?«

Mein Herz zerbrach, als ich sah, wie geschockt sie war. Ich hatte sie nie belügen wollen. »Es tut mir leid, Cinderella.« Ich wollte ihr über den Arm streicheln, doch sie zog ihn zurück. Verständlich.

»Wollt ihr mich alle verarschen! Ich dachte, die Fähigen seien die Einzigen, die mich benutzen wollen und nun auch ihr?« Es war definitiv eine Anschuldigung.

»Ist das zwischen uns auch nur alles zu euren Gunsten? Ist das auch ein Spiel?«

»Was? Nein!« Aufgebracht raufte ich mir die Haare. Wie konnte sie so etwas nur von mir denken? »Celestine ich liebe dich! Ich werde dich niemals benutzen, das habe ich dir versprochen.«

»Aber du wolltest es.« Ich sah die Trauer und Enttäuschung in ihrem Blick. Rieka fühlte sich wohl völlig fehl am Platz, denn sie war ganz still geworden und machte sich möglichst klein, um nicht bemerkt zu werden. Angsthase.

»Das war, bevor ich dich kennengelernt habe. Celestine, ich werde dich nie wieder benutzen.« Sie war wütend auf mich und das brach mir das Herz.

»Das hoffe ich für dich.« Sie seufzte. »Ihr habt gewonnen, euer Plan wird aufgehen. Ich werde mit den Göttern sprechen und ich hege keine Zweifel daran, dass sie genau dasselbe Ziel haben, wie ihr es hattet.«

Kapitel 38

Celestine

Gerädert schälte ich mich aus meinem Bett. Die Diskussion gestern, hatte mir ganz schön zugesetzt und ich hatte Arlo und Rieka aus meinem Zimmer geschmissen. Wo Rieka untergebracht wurde, kümmerte mich erst einmal nicht. Vermutlich hatte Arlo ihr irgendein Zimmer richten lassen. Murrend zog ich ein Hemd und eine Hose aus dem Schrank und zog sie mir über. Zwar würde ich die Götter besuchen, jedoch wollte ich zur Not zumindest laufen können und nicht über unzählige Stofflagen stolpern. Meine Haare band ich zu einem festen Knoten zusammen und schob mir einen Apfel zwischen die Zähne den ich aß, während ich mich auf den Weg zu Arlo machte. Wir hatten ausgemacht, uns in dem Arbeitszimmer seines Vaters zu treffen und vor meinem ersten Versuch, mit den Göttern in Kontakt zu treten, noch etwas zu recherchieren. Ich hatte Arlo angesehen, dass er sich schuldig fühlte und das sollte er auch. Ich war ihm nicht wirklich böse, jedoch befriedigte es mich zu sehen, dass er einen Fehler begangen hatte und dies auch einsah. Ein wenig würde ich ihn noch schmoren lassen. Mürrisch trat ich die große Tür zu dem Raum auf und fand Arlo sofort hinter einem Buch verborgen auf dem Schreibtischstuhl. Als er mich bemerkte, sprang er sofort auf, um mir einen Sessel heranzuziehen und ihn mir unter den Hintern zu schieben.

»Die hier«, er deutete auf einen kleinen Haufen Bücher, »sind die einzigen, in denen wir etwas finden könnten.«

Ich bemühte mich ihn genervt anzustarren, obwohl ich am liebsten laut loslachen würde. Wie viel Mühe er sich gab. »Bediene dich.«, fügte er etwas unbeholfen hinzu.

Ich schnappte mir ein hübsch verziertes Buch, in dem es um Legenden ging und überflog die Seiten.

Stundenlang durchforsteten wir das ganze Arbeitszimmer, doch fanden keinen einzigen Hinweis auf eine fünfte Göttin.

»Was ist mit der Bibliothek?«, fragte ich schließlich.

Arlo verzog den Mund. »Dort hat mein Vater keine solchen Bücher aufbewahrt. Alles was über Kadira oder die Götter handelt, ist hier.«

Seufzend ließ ich mich tiefer in den Stuhl sinken, bis ich unangemessen krumm dasaß. Eine Anstandsdame hätte mich dafür wohl angeschrien und fünf Seiten über korrekte Haltung schreiben lassen. Ich konnte ein unbeholfenes Lachen nicht verhindern.

»Dann probieren wir es doch einfach?«

»Was! Bist du wahnsinnig? Sie könnten dir alles erzählen! Sollten wir nicht zumindest ein wenig mehr über dich erfahren bevor wir jemand anderes fragen?«

»Was erwartest du, wer diese Bücher geschrieben hat? Es ist immer jemand anderes, der einem etwas Neues sagt. Ich weiß doch nicht einmal, wie genau man mit den Göttern Kontakt aufnehmen kann. Ich würde vorschlagen, es einfach einmal durch meine Fähigkeiten zu probieren. Ich meine, sie wollen wohl, dass ich sie einsetze. Warum sollte es dann nicht so funktionieren?«

»Ich weiß nicht, ist das nicht doch zu gefährlich.«

»Arlo, alles was wir hier tun ist gefährlich.

Wir mischen uns in einen Krieg zwischen Göttern und dem Tod ein. Wir müssen gewisse Risiken auf uns nehmen, anders geht das nicht.« Ich konnte den Reflex nicht unterdrücken, nach seiner Hand zu greifen. Sein Blick lag auf unseren ineinander verschlungenen Fingern.

»Darum geht es nicht. Es geht nicht um das Risiko, es geht darum, dass du es eingehst.«

Hier war es um mich geschehen. Mein Herz schmolz dahin. »Du machst dir Sorgen.« Es war eine Feststellung.

»Natürlich mache ich mir Sorgen, Cinderella. Ich liebe dich.«

Wieder hatte er die Worte ausgesprochen. In meinem Körper machten sich hunderte Schmetterlinge breit, nein tausende. Ich lehnte mich nach vorne, bis unsere Gesichter ganz nah beieinander waren. »Arlo«, unsere Lippen berührten sich, »ich werde alles dafür geben, wieder zurückzukehren.« Wir küssten uns und dieser Kuss war anders. Er beinhaltete all unsere Sorgen und Ängste, die wir offen miteinander teilten. Keiner von uns verbarg mehr etwas und das machte diesen Moment unglaublich intim. Das ist, was Liebe ausmacht. Zu teilen, was man am meisten an sich hasst, was man fürchtet und dazu zustehen.

Es dauerte eine Weile, bis wir es schafften, uns voneinander zu lösen. Wäre die Situation nicht so heikel, hätte uns nichts daran gehindert weiter zu gehen. Miteinander zu verschmelzen.

Ich richtete mich wieder auf und räusperte mich, um meine Stimme wieder klar werden zu lassen.

»Bist du mein Anker?«

Arlos Blick war vollkommen offen und zeigte nichts als die Wahrheit. »Bis in alle Ewigkeit.«

Ich lächelte und schloss die Augen. Zog mich wie das letzte Mal in mich zurück, während ich Arlos warme Haut an meiner spürte. Ich drückte seine Hand und hielt mich daran fest. Ich brauchte keine Angst zu haben, ich hatte einen Grund zurückzukommen. Ich hatte jemanden, der auf mich wartete und mich nicht in die Tiefen der Zukunft reißen lassen würde. Noch einmal atmete ich tief durch, ehe ich mich in meine Seele stürzte.

*

Wenn ich mit meiner Vermutung recht hatte, musste ich nach dem Ursprung meiner Kraft suchen. Alle Götter, hingen miteinander zusammen, sie bildeten einen Kreislauf aus lebensnotwendigen Elementen. Was bedeutete, dass auch ich mit ihnen verbunden sein müsste. Ich stellte mir meine Magie als eine Art leuchtende Wolke vor. Ein Ball aus weißem Nebel. Ich hatte mein Ziel klar vor Augen, was mir die Suche deutlich erleichterte. Ich drang bis zu meinem Innersten hindurch und fand diese Wolke an Magie. Den Ursprung, der Teil, der mich ausmachte, der mir Kraft gab und all meine Geheimnisse verbarg. Ich ging darauf zu und ließ mich von der Wärme umhüllen. Ich fühlte mich, als würde ich schweben, mein ganzer Körper kribbelte, während mich die Magie durchströmte. Ich ließ mich weiter gehen und suchte nach etwas, dass mich weiterführen würde. Nach dem Punkt, an dem die Verbindungen begannen. Ich ließ meinen Blick umherschweifen, ich musste offen sein für alles, was ich hier sehen würde. Nach und nach lichtete sich der Nebel und allein sein Licht zeigte mir die zur Möglichkeit stehenden Wege. Ich wusste, was das bedeutete. Es waren die Wege, die ich gehen konnte, die die meine Zukunft entscheiden würden. Ich musste mich entscheiden und das möglichst schnell.

Der erste Weg war ausgeschlossen, würde ich zurück zu Adonis gehen, würde diese Welt sterben lassen. Wir hätten keine einzige Chance auf Rettung.

Der zweite Weg war verlockend. Er zeigte mir, wie ich bei Arlo blieb, wie wir uns liebten und eine wunderschöne Zeit verbrachten. Wie wir uns bemühten alles zu retten, unser Bestes taten, schließlich aber verloren. Ich wusste, dass das der leichte Weg war und ich spürte, wie er mich zu sich ziehen wollte. Ich wollte mehr Zeit mit Arlo verbringen. Ich wollte bei ihm bleiben und bis zu unserem Tod mit ihm vereint sein. Schweren Herzens riss ich mich davon los und stellte mich vor den dritten Pfad.

Ich sah, wie ich allein war, wie ich schwere Entscheidungen traf und tötete. Ich sah mich, als eine der Götter, doch ich sah eine Zukunft. Es war der richtige Weg, doch er war so schwierig. Ich würde Schmerzen erleiden und allein sein. Es würde qualvoll werden und … Bevor ich weiter über die Konsequenzen nachdenken konnte, machte ich einen Schritt auf den Pfad zu und zwang mich vorwärts. Ich ging ihn entlang, mit all seinen Höhen und Tiefen, bis ich schließlich zu einer Mauer kam. Weißer Quarz glitzerte im Licht meiner Magie. Ich sah mich um und entdeckte eine goldene Gittertür. Ich trat darauf zu und wollte sie öffnen, doch sie war verschlossen. Ich rüttelte daran und stemmte mich dagegen, doch sie gab nicht nach. Plötzlich hörte ich ein zartes Flüstern.

»Du bist diesen Weg gegangen, weil dir gesagt

wurde, er sei der richtige. Du hast dich nicht selbst dafür entschieden. Du erkennst nicht an, was du bist…«

Bevor ich über die Worte nachdenken konnte, bevor ich auch nur irgendwie reagieren konnte, verstummten sie. Mit ihnen verschwanden das Licht und die schwerelose Umgebung. Ich schreckte auf und war zurück in dem Arbeitszimmer eines fremden Königs. Mit Arlos Hand in meiner.

*

Erwartungsvoll sah er mir in die Augen. Ich schüttelte den Kopf. »Ich habe es noch nicht geschafft. Allerdings bin ich sicher, dass es der richtige Weg ist.«

»Was hat gefehlt, um es zu schaffen?«

Nachdenklich fuhr ich mir durch das Haar. »Ich weiß es nicht. Ich musste mich für einen Weg meiner Zukunft entscheiden und habe den gewählt, in dem ich eine lange Zukunft gesehen habe. Irgendwann bin ich zu einem Tor gelangt, von dem ich sicher bin, dass dahinter die Verbindung zu den Göttern liegt. Allerdings bin ich nicht hindurchgekommen und dann ist eine Stimme erklungen, die meinte, ich müsse mich erst selbst als das respektieren, was ich bin. Ich glaube, es bedeutet, dass ich keine richtige Göttin bin, solange ich es nicht selbst respektiere und anerkenne.« Ich zuckte mit den Schultern, als Arlo mich verblüfft ansah.

»Du denkst, du seist keine Göttin?«

Beschämt sah ich auf den Boden. »Ich weiß nicht. Warum sollte ich es sein? Warum genau ich, wieso nicht jemand anderes? Irgendwer, der mutiger ist und mehr ausrichten kann?«

Arlo drückte meine Hand noch fester. »Weil es bessere Eigenschaften gibt, als nur Mut. Du möchtest Frieden und du hast die Hoffnung nie aufgegeben, obwohl dir selbst schreckliche Dinge widerfahren sind. Du hast Ausdauer und ein klares Ziel. Das ist eine viel größere Stärke.« Er nahm mein Kinn und hob es an, sodass ich ihm in die Augen sehen musste. »Celestine, du hast es verdient, jemand besonders zu sein. Du bist so viel besser als wir anderen.«

In seinen Worten lag so viel Überzeugung, dass ich nicht anders konnte, als ihm dankbar zu sein. Er war wirklich kein schlechter Mensch. Ich schmiegte mich an ihn und ließ mich küssen. Unsere Lippen spielten miteinander und zankten um die Rolle des Führenden. Ich biss Arlo leicht in die weiche Haut, woraufhin er aufstöhnte. Atemlos packte er mich an der Hüfte und legte mich auf den Schreibtisch, während er sich über mich legte und meinen Hals mit Küssen übersäte. Ich ließ ihn gewähren, ich wollte es.

»Ich will dich. Ich will dich richtig.«

Arlo hob seinen Kopf von meinem Hals, um mir in die Augen sehen zu können.

»Ich dich auch. Mehr als alles andere.«

Das war der Moment, in dem es um uns geschehen war. Nichts konnte uns mehr aufhalten. Wir fielen übereinander her. Er wanderte meine Körper hinab und befreite mich von meinem Hemd, während er nicht aufhörte, mich zu küssen. Ich stöhne und warf meinen Kopf in den Nacken, als er bei meinen Brüsten ankam. Was ich mir allerdings nicht nehmen ließ, war, auch ihn seiner Kleidung zu entledigen. Ungeduldig fummelte ich an den kleinen Knöpfen herum, gab schließlich auf und riss das Hemd einfach auseinander. Ich spürte Arlos Überraschung und wie sehr es ihn erregte, mich so zu sehen. Knöpfe flogen durch die Luft und rieselten zu Boden, wo ich auch das kaputte Hemd hinwarf. Gegenseitig zogen wir uns die Hosen aus und strampelten sie von unseren Füßen. Arlo löste sich von meinen Lippen und ich wollte schon protestieren, als ich sie plötzlich auf meiner Mitte spürte. Er küsste mich, wo er es noch nie getan hatte.

»Ich will keinen einzelnen Fleck auslassen.« Seine tiefe Stimme vibrierte an meinem Körper und ließ mich wimmern. Arlo liebte mich und tat, was mir guttat. Er streichelte mich und ich ihn. Schließlich trafen sich unsere Lippen wieder, wir beide voller Lust.

»Tu es«, hauchte ich ihm zu.

Auf diese Worte schien Arlo gewartet zu haben. Er senkte seine Hüfte auf meine und drang in mich ein. Er gab mir einen Moment, um mich an ihn zu gewöhnen, doch ich brauchte ihn nicht. Es tat nicht weh.

Entschlossen krallte ich meine Finger in seinen Rücken, um ihn weiter in mich zu drücken. Er stöhnte und ich stieg darauf ein, als wir uns in gleichmäßigem Rhythmus bewegten. Die Spannung in meinem Unterleib wurde immer stärker, bis ich schließlich glaubte gleich zu explodieren und genau das tat ich. Ich kam, mit meinem Gesicht in Arlos schwarzem Haar vergraben. Auch er stöhnte immer heftiger und ließ sich schließlich über mir zusammensacken. Ich spürte seinen rasenden Herzschlag und fuhr ihm mit der Hand durch das feuchte Haar.

»Ich liebe dich«, sprach nun auch ich die Worte aus und es stimmte. Das hatte ich endlich erkannt.

Kapitel 39

Celestine

Viele Minuten lang lagen wir einfach nur nebeneinander, unsere Körper immer noch so nah beieinander, dass man Schwierigkeiten hätte, zu erkennen, welcher Arm und welches Bein zu wem gehörte. Schließlich zogen wir die Überreste unserer Kleidung wieder an, wobei Arlo sein Hemd offen tragen musste. Liebevoll strich ich über seine Bauchmuskeln, als es an der Tür klopfte und wir auseinanderfuhren. Bethany trat ein, hielt jedoch in ihrer Bewegung inne und scannte unser Erscheinungsbild mit aufgeklapptem Mund. Ich errötete. Es war wohl kaum zu übersehen, was wir getan hatten, mit unseren zerzausten Haaren, Arlos fehlenden Knöpfen und der Hitze in dem Zimmer.

»I Ich … also ähm.« Ihr Blick flog wieder zu Arlo und blieb schließlich auf dessen Gesicht hängen. »Ein toter Cursespeaker wurde auf der neutralen Zone gefunden.«

»Neutrale Zone?«, fragte ich.

»Die ewigen Wiesen«, erklärte Arlo in knappen Worten. Bethany streifte mich mit einem verachteten Blick, entschied sich dann allerdings dafür, fortzufahren. »Sein Kopf wurde aufgespießt und in die Erde gesteckt - der Grund warum er überhaupt gefunden wurde. Man wollte, dass wir ihn sehen, sie haben eine Botschaft hinterlassen.«

»Welche?« Arlos Stimme war wieder ganz, die des Befehlshabers, der er war.

»Man hat mit seinem Blut auf die blasse Haut geschrieben. Die genauen Worte lauten: Unsere

Gnade ist vorbei. Euch wird es gleich ergehen wie diesem Miststück.«
Ich schnappte nach Luft. Uns blieb nicht mehr viel Zeit. Arlo reagierte ruhig, allerdings entschlossen. So, wie ein Herrscher es sollte. »Lass die Truppen zusammenstellen und warne das Volk. Bereite alles vor, wie es vorgegeben ist.« Bethany nickte und drehte sich um, um eilig die Korridore zurückzurennen und ihre Befehle auszuüben. Anscheinend hatte Oryn schon seit einiger Zeit einen Notfallplan, falls solch eine Situation eintreten sollte.
Nun war es so weit. Ich musste handeln. Ich musste es noch einmal versuchen.
»Blende meine Umgebung aus«, befahl ich Arlo und er reagierte ohne weitere Fragen. Umgebungsgeräusche verstummten und das Einzige, was ich spürte, war seine Hand in meiner. Wieder wühlte ich mich durch die Tiefen meiner Seele und entschied mich für den Weg, in dem ich eine Göttin sein würde. Ich hatte es anerkannt und akzeptiert, was ich war. Nur weil ich einen Titel trug, musste ich nicht genauso werden wie die Anderen. Ich musste nicht grausam sein. Ich hatte einen Plan und den würde ich verfolgen.

*

Die goldene Tür kam wieder in Sicht und diesmal war sie, wie erhofft, offen. Ich hatte mich akzeptiert, als das, was ich war. Staunend hielt ich inne, während ich auf der anderen Seite eine goldene Brücke entdeckte.
Die Goldenen, ich würde sie an dessen Ende finden. Das hier würde der erste Schritt in eine neue Zukunft sein. Mein Fuß kam auf dem goldenen Boden auf und trug mich immer weiter und weiter.

Schon bald konnte ich in der Ferne erkennen, wie die Brücke mit einem weiteren, jedoch viel größeren und prunkvolleren Tor endete. Unter und über mir, selbst neben mir, befanden sich Wolken meiner Magie. Ich konzentrierte mich darauf, weiterzugehen und nicht an die Folgen zu denken, die diese Entscheidung mit sich bringen würde - an die ganzen Qualen. Schließlich stand ich unter dem Torbogen und ließ meine Hand an dessen Seite entlanggleiten. Meine Finger kribbelten und eine kleine leuchtende Wolke umhüllte sie. Hastig zog ich sie zurück und wandte meinen Blick wieder nach vorne. Es war der riesige Saal, den ich in der Vision Layanas gesehen hatte. Zahlreiche kleine Fließen führten mich weiter und formten einen Weg bis hin zu dem Podest, auf dem die Throne standen. Obwohl ich gewusst hatte, wen ich hier antreffen würde, war es seltsam, die Götter nun wirklich vor mir zu sehen. Layana, Runa, Aeon und Adelio saßen schweigend über mir und schienen auf irgendetwas zu warten. Jeder in prunkvolles Gewand gehüllt und mit einer Krone auf dem Kopf. Schlagartig wurde mir bewusst, dass ich ihr Besucher war und somit unter ihnen stand. Hastig machte ich einen Knicks, bedacht darauf, ihn trotz meiner Aufregung perfekt auszuführen.

Ich schien die Zeichen richtig gedeutet zu haben, denn Aeon, der Gott der Zeit, begann zu sprechen. »Willkommen Celestine. Wir haben dich bereits erwartet.«

Die gleichen Worte, die auch schon Kadira zu mir gesagt hatte. Wusste etwa jeder mehr über mich als ich selbst? Runa, die Göttin der Seele, hielt mich davon ab, diese absolut dumme Frage zu stellen, indem sie das Wort ergriff. »Wie ich sehe, hast du akzeptiert, wer du bist und wozu du geboren wurdest.«

Das hatte ich wohl. Auch wenn ich nicht wusste, wozu ich geboren wurde. Gab es etwa irgendeine Aufgabe, die ich erfüllen musste?

»Die Frage, die nun noch offensteht«, sprach sie weiter, »ist jedoch, ob auch wir dich unter den Unseren akzeptieren.«

Natürlich. Warum hatte ich auch gedacht, dass es einfach werden würde, hier zu sein und mich ihnen vorzustellen? Als hätten sie sich abgesprochen, redete nun Adelio weiter.

»Du hast mit unserer Feindin gesprochen. Woher sollen wir wissen, dass ihr nicht gemeinsame Dinge treibt?«

»Ich kann Euch versichern, dass …«

Mit einer Handbewegung schnitt er mir das Wort ab.

»Du wirst eine Aufgabe für uns erledigen. Eine, die uns unserem Ziel näherbringen und uns das Ausmaß deiner Treue beweisen wird.« Er machte eine Pause, die die Spannung steigern sollte.

»Kehre zurück nach Reyna. Lass den Dämonenjungen hinter dir und werde Königin. Beweise uns, dass du deinen Titel wert bist.«

Mir gefror das Blut in den Adern. Ich sollte meinen Bruder vom Thron werfen.

»Wir werden sehen, ob du einen Wert für uns hast«

Mit diesen letzten Worten verschwanden die Götter. Alle, bis auf Layana. Diese blickte mich weiterhin aus ihren strahlend blauen Augen an.

»Du schaffst das, Celestine Chamillet. Es ist deine Bestimmung. Layana hat dich auserwählt.«

Nun löste sich auch sie in Luft auf.

*

Ich fiel zurück aus meinem Inneren und landete wieder in der Gegenwart. Zurück in Arlos Armen, zurück im Büro des verstorbenen Königs Oryns.

»Wir brauchen einen Plan, Arlo.«

»Damit habe ich bereits gerechnet.«

Ich schüttelte den Kopf. »Ungefähr die schlimmste meiner Vorstellungen ist eingetreten. Um von ihnen aufgenommen zu werden, muss ich mich beweisen. Mit einer Aufgabe.«

Er verzog das Gesicht. »Natürlich. Ist sie denn möglich?«

»Das muss sie wohl sein.«

Zärtlich fuhr er mir über die Wange. »Was ist es, Cinderella.«

Ich biss die Zähne zusammen, bevor ich antwortete. Zu gerne würde ich jetzt aus einem bösen Traum aufwachen. »Ich muss zurück nach Reyna und es muss so aussehen, als wärt ihr die bösen.«

Er ließ seine Hand sinken. »Natürlich.«

»Es tut mir leid, Arlo. Sie wollen, dass ich Königin von Reyna werde. Dadurch wäre ich sozusagen ihre Verbindung zur Welt und das alles muss glaubwürdig wirken, wenn sie mich aufnehmen sollen. Wir werden diesen Krieg verhindern, Arlo. Durch meine Verbindung zu den Göttern erfahren wir von ihren Plänen und wenn das Volk Reynas mich als Königin annimmt, kann ich ihnen Befehle erteilen. Ich kann diesen Krieg verhindern, mit dir. Aber es wird nicht einfach werden.«

»Ich werde dir helfen, Cinderella.«

*

»Du bist so ein Arschloch! Wie konntest du nur?«, schreiend und heulend lief ich die Kerkertreppe hinunter. Dicht hinter mir, Arlo. »Was hast du erwartet? Dass wir, Bewohner Oryns auf deiner Seite stehen? Dass wir dir glauben?«, er lachte höhnisch und ich musste mir erneut ins Gedächtnis rufen, dass all das zu unserem Plan gehörte. Er meinte es nicht ernst. Er liebte mich.

Ich schnappte mir die Zellenschlüssel von Emilio, der verdutzt zurückgewichen war.

»Ja, renn nur. Hau ab mit diesem Miststück von Fähigem. Mach, was du immer tust. Hau ab!«

Es war nicht einmal schwer, meine Tränen vorzutäuschen. Das alles erinnerte mich nur zu genau an einen der vergangenen Tage. Schluchzend steckte ich den Schlüssel in das Schlüsselloch und riss die Zellentür auf. Finnian war längst in Kampfbereitschaft und stürmte vor mich, um Arlo einen gewaltigen Kinnhaken zu verpassen. Ich schrie auf, als ihm das Blut aus der Nase rann.

»Komm mit!« Finnian hatte mich am Arm gepackt und zerrte mich mit sich. Schluchzend stolperte ich hinter ihm her. »Nein, warte! Rieka!«

»Lass sie hier. Du bekommst eine neue Zofe, wir müssen verschwinden!«

Heftig riss ich an seinem Arm, um ihn zum Stehen zu bringen.

»Finnian«, raunte ich ihm zu, »Rieka und ich haben einen Plan. Sie wartet bereits mit den Pferden. Du rennst in die falsche Richtung.«

Endlich lichtete sich sein Blick und er verstand, dass ich ihm in dieser Situation überlegen war. Während er seine Zeit nur in einer schmutzigen Zelle verbracht hatte, kannte ich bereits das ganze Schloss. Ich genoss den Augenblick, in dem ich den Mann, der mir so viele Schmerzen zugefügt hatte, umher kommandieren konnte. Bei einem war ich mir jetzt schon sicher, wenn ich erst einmal Königin war, würde ich diese Stellung nutzen, um ihn büßen zu lassen, was er getan hatte. Wir hasteten durch versteckte Gänge, die nur Dienstmädchen benutzten. Diese sprangen schreiend zur Seite und versuchten nicht einmal, uns aufzuhalten. Schließlich kamen wir zu einer engen Tür, die direkt in die Stallungen führte. Vermutlich war sie für die Stallburschen gedacht, denn wir kamen direkt vor Sätteln und Zaumzeugen zum Stehen. Rieka allerdings war als Einzige voll und ganz in meinen und Arlos Plan eingeweiht und auch wenn sie nicht begeistert davon war, half sie uns. Sie hatte längst drei Pferde satteln lassen und war mit ihnen hinter ein paar Bäumen am Hang des Hügels grasen gegangen, um dort auf uns zu warten. Das alles unter dem Vorwand, dass der Prinz und seine Verlobte gerne einen Ausritt machen würden und sie als Anstandsdame fungieren würde. Vollkommen lächerlich, wenn man bedachte, wie oft ich und Arlo schon allein gewesen waren, doch es hatte funktioniert. Schnaufend kamen wir neben den Pferden zum Stehen und schwangen uns direkt auf ihre Rücken. Destry zuckte nervös zusammen und trampelte auf der Stelle, doch als wir losritten, waren ihre Schritte sicher und bedacht. So schnell wie möglich ritten wir den steilen Abhang hinunter und verschwanden schließlich im Wald hinter der Stadt.

Gold der Dunkelheit

Kapitel 40

Celestine

Wir waren bereits halb über die Berge, als mich Finnian zur Rede stellte.

»Warum das Ganze? Hast du wirklich gedacht, du könntest diesem Idioten vertrauen?«

Ich grinste. »Natürlich nicht. Allerdings war ich eure lächerlichen Versuche, sie auszurotten, leid, und da ihr mich eingesperrt habt, hatte ich genug Zeit, um mir einen eigenen Plan zu überlegen.« Weitere Lügen, alles Lügen. »Anscheinend hat er funktioniert, denn der Prinz hat mir vertraut und ich bin an allerhand Informationen gekommen. Ich kenne ihre Schwachstellen und weiß, wofür sie sterben würden. Alles Vorteile für uns.« Ich musste mich wirklich zusammenreißen, nicht laut loszulachen, als ich Finnians verdutztes Gesicht sah. Er war genau der Mann, der glaubte, eine Frau könne nichts auf eigene Faust erlangen. Als er meinen Blick bemerkte, sammelte er sich schnell wieder und suchte nach einem weiteren Vorwurf, mich schlecht aussehen zu lassen.

»Weshalb hast du nichts gesagt? Wenn du seine Freundin geblieben wärst, hätten wir direkt durch dich handeln können. Wir hätten sie schon in unserer Hand haben können«, es war nicht zu übersehen, dass er wütend war. Mein Verlobter. Wie ich es hasste, dass er das in Reyna immer noch sein würde. Ich musste zusehen, Adonis vom Thron zu stoßen, bevor er uns verheiraten konnte.

»Das wäre doch langweilig gewesen«, antwortete ich. »Ich dachte, wir wollten mit ihnen

spielen.« Ich grinste das hinterlistige und rachsüchtige Grinsen, das ich die letzten Stunden über geübt hatte. Dabei hatte ich mir eine Menge von meiner Mutter abgesehen und auch wenn es unheimlich war, es war nötig. Anscheinend schien es seine Wirkung zu haben, denn ich bemerkte, wie sich Finnians Augen weiteten und sein Gesichtsausdruck eisern wurde.
»Wir sind ihnen sowieso überlegen. Das wird ein Spiel wie zwischen Katz und Maus. Allerdings sitzt die Maus bereits in der Falle.«
Damit schien unser Gespräch für beendet, denn Finnian schwieg.

Arlo

Genervt hastete ich zurück in Richtung Arbeitszimmer meines Vaters. Bethany und Emilio waren dicht hinter mir und bombardierten mich mit Fragen und Anschuldigungen.
»Ich hab' dir doch gesagt, dass du ihr nicht trauen kannst. Die Fähigen sind Mistviecher und wie konntest du sie gehen lassen? Sie kennt unsere Geschichte! Sie kennt Kadira!« Wütend drehte ich mich zu ihr um. »Sie weiß nicht mehr und nicht weniger als das, was ich ihr erzählt habe, und du hast mir überhaupt nichts zu sagen, was Verbindungen mit Fähigen betrifft. Oder willst du leugnen, dass dir Celestines Zofe am Herzen liegt?«
Für einen kurzen Augenblick weiteten sich Bethanys Augen, bevor die Wut sie erneut traf.
»Ich hätte getötet um …«
»Um was?«, unterbrach ich sie, »um einen Krieg zu verhindern? Was glaubst du, was ich hier

gerade tue?«

»Du hast sie laufen lassen!«, mischte sich nun auch Emilio ein.

Ich schüttelte den Kopf. »Können eure Hirnzellen nicht mal eins und eins zusammenzählen? Ich mochte sie, ja. Hätte ich sie jedoch nicht gehen lassen, hätte uns Reyna bereits morgen angegriffen. Sie bringt uns Zeit ein, dir wir brauchen. Die Neuheit, dass ihre Prinzessin zurück ist, wird große Aufregung mit sich bringen und sie werden ihre Rache zumindest für kurze Zeit vergessen. Außerdem …«, ich machte eine Pause, »bin ich auch nicht mehr von gestern. Ich weiß, wie man an Informationen kommt und sie hat mir vertraut, was bedeutet, dass ich so einiges über sie weiß. Mehr als sie über uns. Ich weiß, wer sie ist und das weiß noch nicht einmal ihr eigenes Volk. Vertraut mir. Wir sind stärker als die Fähigen es von uns erwarten.«

Celestine

Der Ritt zurück nach Reyna verging viel zu schnell und ich konnte nicht verhindern, dass sich mit jedem Meter, der mich von Arlo trennte, das unsichtbare Seil zwischen uns immer weiter spannte. Es war nur eine Frage der Zeit, bis es uns wieder zusammenzog, dass es riss, würde ich nicht zulassen.

Wir hatten bereits den Stadteingang Reynas erreicht und sofort fiel mir auf, was hier fehlte und es in Oryn gab. Hoffnung. Und das, obwohl Reyna sich immer überlegen sah. Hatte denn niemand hier Hoffnung? Da fiel mir ein, dass ich allein Rieka meine Sicht zeigen hatte können.

Ich hatte nur durch sie sprechen und ihr Illusionen zeigen können, da sie eine Ausnahme war. Ich richtete meine Aufmerksamkeit auf sie und spürte es augenblicklich. Ein kleiner Funke Hoffnung. Interessant. Ich beschloss, die Götter bei unserem nächsten Treffen danach zu fragen. Es hatte definitiv etwas mit meiner Fähigkeit zu tun.

*

Wir ritten direkt durch die Stadt, was vielleicht ein Fehler war, denn alle Bewohner traten aus ihren Häusern hervor, um uns zu beäugen. Laute Ah und Oh Rufe waren zu hören. Viele waren verwundert und stellten Fragen, doch wir beantworteten sie nicht. Noch nicht. Dieser kleine Vorgeschmack sollte reichen, um ihre Neugierde zu wecken.

Als wir im Schloss ankamen, wurde ich sofort höflich vom Pferd gerissen und in mein Zimmer geschleppt, wo bereits eine Wanne auf mich wartete. Anscheinend hatte sich die Neuigkeit, dass ich wieder in Reyna war, verbreitet wie ein Lauffeuer. Was bedeutete, dass auch mein Bruder schon davon wusste. Mir graute vor dem, was kommen würde und ich versuchte es so gut wie möglich zu verdrängen. Ich hatte einen Plan und um ihn perfekt ausüben zu können, musste ich im Moment bleiben. Ich durfte es mir nicht leisten, abgelenkt zu werden. Verunsicherung war mein größter Feind.

Ich wurde gewaschen, geschminkt und angekleidet. Man hatte ein prunkvolles dunkelblaues Kleid ausgesucht, das mit kleinen silbernen Steinchen verziert war. Dazu trug ich ein Diadem, das wohl noch einmal darauf hinweisen

sollte, dass ich die verschwundene Prinzessin
war, die nun zurück war. Ich betrachtete mich
im Spiegel und konnte kaum glauben, wie anders
ich aussah. Der Anblick von mir in Tunika und
Reithose, den ich nun so viele Tage gehabt
hatte, hatte mir beinahe besser gefallen. Vielleicht weil er mich an Arlo erinnerte und an
seinen Duft, der auf den Hemden gehangen hatte,
die ich manchmal von ihm geklaut hatte.
Wie eine Puppe wurde ich vor die Tür geschoben,
wo Adonis bereits auf mich wartete. Es war nicht
zu übersehen, dass er wütend war, auch wenn ich
nicht verstand, weshalb. Hatte Finnian ihm etwa
noch nicht berichtet, dass ich wertvolle Informationen hatte oder war ihm das egal? Er gab
mir keine Antwort auf meine ungestellte Frage,
sondern ging sofort los. Natürlich in der Er-
wartung, dass ich ihm ohne zu zögern folgen
würde. Was ich leider tun musste, wenn ich
wollte, dass mein Plan funktionierte.
»Hast du überhaupt eine Ahnung wie viel Arbeit
es war, alle hier davon zu überzeugen, dass du
von Oryn entführt wurdest und nicht fortgelau-
fen bist?«
»Ach, ist das so? Ich dachte, dein Volk würde
dir aus der Hand fressen.«
Mir entging nicht, wie sich sein Kiefer an-
spannte. Zurecht, wenn er Lügen über mich ver-
breitete. Sollten sie nur glauben, ich sei die,
für die sie mich hielten. Ein Mädchen, das vor
jeder Gefahr und Herausforderung davonlief. Die
Überraschung würde dadurch nur noch größer werden, was mir Zeit verschaffen würde.
Ich erkannte, welchen Weg wir eingeschlagen
hatten und wusste, was als Nächstes kommen
würde.
»Du wirst Reyna erzählen, wie schrecklich es in

Oryn war und was sie mit dir angestellt haben. Dass du wünschst, sie sollen sterben und dass ihr Tod unser Volk stärken würde.« Unauffällig schnappte ich mir einen Dolch, der eigentlich als Wandschmuck diente, und steckte ihn in ein verstecktes Mieder unter meinem Kleid.

»Haben sie Zweifel daran?«

Ein wütender, eiskalter Blick traf mich. Von dem warmherzigen Bruder, wie ich geglaubt hatte, ihn gekannt zu haben, war nichts mehr übrig. Erst jetzt bemerkte ich die tiefen, dunklen Halbmonde unter seinen Augen.

»Halte dich aus meiner Politik heraus und tu, was ich dir befehle.«

Ich unterdrückte ein Grinsen. Nun befahl er mir schon etwas. Wenn er nur wüsste, was in den nächsten Minuten passieren würde.

*

Ich trat auf den Balkon, auf dem ich schon so viele Male gestanden hatte, das versammelte Volk unter uns. Doch diesmal war ich voller Selbstvertrauen und hatte keine Angst vor dem, was kommen würde. Niemand würde mich bestrafen. Außer mir selbst.

Eine kleine Stimme, die ich sofort wieder aus meinem Kopf vertrieb. Meine Hände waren ruhig vor meinem Körper ineinander verhakt und zeigten zahlreiche Ringe, die mir angesteckt worden waren. Adonis war längst neben mich getreten und laberte irgendetwas davon, dass die entführte Prinzessin zurück sei und sich Reyna für diese Frechheit Oryns rächen würde. Die Leute jubelten, jedoch ohne einen einzigen Funken von Hoffnung. So viele Jahre kämpften sie schon auf Reynas Seite und jedes Mal war die Belohnung der Tod eines Herrschers. Sie hatten ihr Vertrauen in die Krone verloren. Es wurde mir schlagartig bewusst. Die Herrscher selbst waren schuld und deswegen hatten sie es auch noch nicht geschafft, Oryn dem Erdboden gleichzumachen.

Ich konnte meine Kraft nur durch Hoffnung einsetzen.

Ich war die Göttin der Hoffnung.

Das war mein Titel.

»Doch nun ist unsere Prinzessin zurück und hat einiges zu berichten«, eine Handbewegung in meine Richtung machte klar, dass ich sprechen sollte.

Kapitel 41

Celestine

Ich postierte mich zu meiner vollen Größe und begann in bester Manier zu sprechen.
»Sei gegrüßt Reyna.« Sofort erklang lautes Gejubel. »Wie ihr bereits wisst, habe ich einige Zeit in Oryn verbracht. Bei denjenigen, die uns schon so viele Jahre im Weg stehen und eine angenehme, friedvolle Zukunft verhindern.«
Noch war Adonis zufrieden mit meiner Rede.
»Ihr habt recht. Das Leben ist nicht immer schön und auch unser Reichtum hat Schattenseiten. Genau deshalb, sollt ihr die Wahrheit erfahren. Als Prinzessin Reynas, wurde ich viele Jahre in genau diesem Schloss eingesperrt, wie ein Vogel in einem Käfig.«
Ich spürte den scharfen Blick meines Bruders an meiner Seite, doch ich hörte nicht auf, seine Grausamkeiten aufzudecken.
»Ich wurde unterschätzt und egal, ob ich einen Fehler gemacht hatte oder nicht, ich wurde für jede Tat bestraft. Ich wollte dieser schrecklichen Monarchie ein Ende setzen und genau deshalb habe ich einen Plan geschmiedet.«
Das ganze Volk war stumm und hing mir an den Lippen. Ich konnte die Luft vor Anspannung förmlich vibrieren spüren. »Mein kleiner Aufenthalt in Oryn war keinesfalls die Folge einer Entführung. Im Gegenteil, ich habe mich selbst dazu entschieden.«
Laute Oh Rufe waren zu hören. Adonis neben mir, versuchte mir unauffällig auf den Fuß zu treten, was ihm jedoch nicht gelang. Ich beachtete ihn nicht weiter, vor versammeltem Volk konnte er

mir nichts antun, das würde nur weiter seine Autorität infrage stellen.

»Ich ritt nach Oryn und traf kurz vor den Bergen auch schon auf den Prinzen höchstpersönlich. Er war mit ein paar seiner Soldaten und Vertrauten gerade auf der Rückkehr, denn wie ihr wisst, waren sie verantwortlich für das Attentat auf die Königin.«

Alle fielen auf die Knie und streckten die Hände gen Himmel. »Betet für die Königin. Betet für die von uns gegangene«, sangen sie im Chor. Ich wartete ab, bis sie wieder auf die Beine kamen, ehe ich fortfuhr.

»Es war ein leichtes Spiel mich an den Prinzen heranzumachen und an Informationen zu gelangen.« Wieder gab ich mein Grinsen zur Schau. »Ich weiß mehr über Oryn als sonst einer von euch. Ich kenne ihre Schwächen und Stärken. Ich kenne Ihre Geschichte und, ob ihr es glaubt oder nicht, ihre Zukunft.«

Wieder war erstauntes Gemurmel zu hören.

»Als ich dort draußen war, habe ich nämlich nicht nur die Bewohner Oryns, sondern auch mich selbst kennengelernt. Ich weiß nun, weshalb man mich hinter verschlossenen Türen verborgen hat und ich weiß, warum mein werter Bruder«, ich machte eine Handbewegung in seine Richtung, »sich unbedingt die Thronfolge sichern wollte, indem er seine Fähigkeit einsetzte.«

Adonis Kiefer spannte sich weiter an und es war ein Wunder, dass ihm dabei nicht die Zähne ausbrachen. Es würde nicht mehr lange dauern, bis er vor Wut platzen würde. Er brodelte bereits.

»Ich, liebes Volk, bin nämlich nicht nur eure Prinzessin, sondern auch eure Göttin.«

Eine weitere Welle des Raunens erfüllte die Luft.

»Ach ja? Wie lautet denn dein Titel, Schwester?«, presste Arlo zwischen zusammengebissenen Zähnen hervor. Sofort war das ganze Volk wieder still und wartete gespannt auf meine Antwort.
Ich grinste ihm höhnisch entgegen. »Nicht so eilig Bruder. Eigentlich wollte ich das ganze etwas langsamer angehen, so wirkt es doch ein wenig eingebildet, aber wenn du es unbedingt wissen willst - ich bin die Göttin der Hoffnung.« Es war der Moment, in dem ich mir voll und ganz eingestand, wer ich war und ich bemerkte augenblicklich, welche Bedeutung das hatte. Mein ganzer Körper begann vor Magie zu vibrieren und gab ein weiß schimmerndes Licht von sich. Wieder raunte das ganze Volk, tuschelte und konnte nicht glauben, was es da sah.
»Das ist doch Schwachsinn!« Ein verzweifelter Versuch meines Bruders, zu retten, was er bereits verloren hatte.
Ich lachte und es war noch nicht einmal gespielt. Seine Verzweiflung zu sehen, nachdem auch er mich so lange Zeit benutzt hatte, war einfach göttlich.
»Es tut mir leid, Bruder. Ich wurde von Layana auserwählt. Diese Welt braucht die Hoffnung mehr denn je. Ich habe ein Anrecht auf den Thron.«
Fordernd streckte ich die Hand aus.
Forderte die Krone.
Doch Adonis machte alles kompliziert, wollte sich nicht eingestehen, was bereits geschehen war und trat wütend zurück. Doch keinesfalls tat er dies, weil er mich fürchtete, zumindest nicht im Moment, denn er war so dumm, seine Hand um den Griff seines Schwertes zu schließen und es aus der Schneide zu ziehen.
Aus dem Augenwinkel heraus nahm ich wahr, wie

die versammelte Menge nach hinten zuckte und ihnen erschrockene Worte entfuhren.

»Überleg dir genau was du tust, Bruderherz.« Anscheinen tat er das nicht, denn er erhob das Schwert einer Göttin gegenüber und war bereit es einzusetzen. Eine schlechte Entscheidung, denn noch bevor er zum ersten Schlag ausholen konnte, landete mein Dolch in seiner Brust. Ich hatte mir all seine Lektionen der Kampftechniken zunutze gemacht. In seiner Wut war er unvorsichtig gewesen und so war es mir gelungen, die Waffe unbemerkt aus meinem Kleid zu befreien und sie ihm blitzschnell entgegenzuschleudern. Seine Knie knickten ein und Blut quoll aus Mund und Wunde. Verzweifelt versuchte er, den Dolch aus seinem Herzen zu ziehen, doch ich hatte perfekt getroffen und Adonis ging zu Boden, ehe er den Griff umfassen konnte. Röchelnd tat er seine letzten Atemzüge.

Mit hocherhobenem Kopf blieb ich stehen, ließ mir nicht anmerken, wie geschockt ich über meine Tat war. Ich wusste, dass es nötig war und deshalb tat ich es. Wenn der Frieden ein paar auserwählte Opfer forderte, würde ich sie ihm bringen. Anmutig streckte ich meine Hand über seinen Körper und die zu Boden gefallene Krone, schoss nach oben, direkt in meine Finger. Ich drehte mich zurück zu meinem neuen Volk und riss mir das kleine Diadem vom Kopf. Anschließend setzte ich mir mit beiden Händen, vielleicht etwas zu dramatisch, die neue Krone auf.

»Ich bin Celestine Chamillet! Die Göttin der Hoffnung und eure neue Königin!«

Kapitel 42

Arlo

Müde hing ich über ein Buch gebeugt, auf dem Arbeitsstuhl meines Vaters. Ich war nun offiziell König von Oryn und obwohl damit viel zu viele Aufgaben auf mir lasteten, blieb mir im Moment nichts Anderes übrig, als auf Celestine zu vertrauen. Wir hatten einen Plan und solange sie sich nicht meldete, war es nutzlos etwas Eigenständiges zu beginnen, von dem ich noch nicht einmal sicher war, ob es helfen würde. Genau deshalb verbrachte ich meine Tage damit, nach Einträgen eines verhinderten Krieges zu suchen, allein deshalb, weil es uns Ideen bringen könnte dies zu wiederholen. Doch so gerne ich auch etwas finden wollte, anscheinend wurde ein Krieg noch nie aus freien Stücken heraus beendet. Der Tod hatte immer eine zu große Rolle gespielt.

Seufzend ließ ich meinen Körper nach hinten sinken und lehnte mich gegen die weiche Polsterung des Stuhles. Ein Blick aus dem Fenster bestätigte mir, dass ich die ganze Nacht durchgemacht hatte. Meine Augen fielen beinahe zu und ich hatte Mühe damit, sie offenzuhalten. Doch ich musste, denn der Krieg wartete nicht und ich hatte meinen Bewohnern versprochen, ihnen noch ein letztes Mal, bei der Beschaffung von Frischwasser zu helfen. Abermals seufzte ich. Nur ganz kurz die Augen schließen. Nur ein verlängertes Blinzeln, ich würde schon nicht einschlafen.

Ich tat es. Bilder schossen vor meinen geschlossenen Augen vorbei. Ich sah ein Schloss und ein geschocktes Volk. Allesamt starrten sie nach oben, wo ein gigantischer Balkon aus der Schlossmauer herausragte. Auf ihm stand Celestine, in einem wunderschönen Kleid. Ihr ganzer Körper strahlte und ich entdeckte die Krone auf ihrem Kopf. Sie hatte es geschafft. Sie war Königin.

Ihre Stimme erklang und hallte wie ein Echo in meinem Kopf wieder. »Celestine Chamillet. Göttin der Hoffnung. Unserem Volk fehlt Hoffnung. Hoffnung. Vertrauen in den Herrscher.« Die Stimme wurde immer leiser und ich verdammte sie dafür. Zu gerne hätte ich ihr weiter gelauscht, doch ich verstand, was Celestine mir sagen wollte. Ich musste meinem Volk Sicherheit geben, es musste an mich glauben und daran, dass wir eine Chance in diesem Krieg hatten. Nur so würde unser Plan aufgehen.

»Danke«, flüsterte ich in die plötzliche Leere. Celestine war fort und ich vermisste sie mehr denn je.

Celestine

Mir blieb keine Zeit, um meinen Bruder zu betrauern. Sein Tod durch mich selbst, hatte mich schwer mitgenommen, doch ich hatte Arlo die Neuigkeiten mitgeteilt, mein Volk hatte mich akzeptiert, fürchtete mich allerdings noch immer. Nun lag es an mir ihr, Vertrauen und ihre Treue zu gewinnen und das alles möglichst schnell.

Meine Gemächer waren in den Herrschaftstrakt verlegt worden, Rieka hatte mich bereits Bettfertig gemacht, dabei allerdings bedrückt geschwiegen. Ich wusste, dass auch sie unter dem ganzen Tumult litt und ich nahm mir vor, nach alldem, besonders viel Zeit mit ihr zu verbringen. Sie war mir eine gute Freundin und hatte es nicht verdient, meinetwegen zu leiden. Ich saß auf meinem Bett und beobachtete die Sterne. Kühle Abendluft wehte durch das Fenster und ich hörte die Grillen auf den Wiesen zirpen. Leise summte ich vor mich hin, als ein Falter durch das Fenster flog und sich auf meiner Hand niederließ. Augenblicklich verschwand die Welt um mich herum und ich befand mich im Fliesensaal der Götter. Mit nichts weiter als einem Nachthemd bekleidet, stand ich vor Layana. Die anderen Throne waren leer.

Ich machte einen Knicks, obwohl dieser als Gleichgestellte nicht mehr unbedingt nötig war. Layana stieg von ihrem Thron herab und ging auf mich zu. Auch hier wehte die kalte Abendluft und ließ unser Haar wehen. Eine warme Hand legte sich auf meine Schulter. »Celestine.«

Ich blickte ihr in die strahlend blauen Augen. »Layana hat dich auserwählt und damit meinte ich nicht nur die Welt. Du bist meine Nachfahrin und hast heute erst bewiesen, dass auch Träume Hoffnung mit sich bringen können. Ich bin stolz auf dich.« Sie lächelte, doch in ihrem Blick lag etwas Trauriges. War das wirklich so? War ich tatsächlich ihre Nachfahrin? Ich meine, ich sah ihr wirklich ähnlich aber …

»Ich kenne deinen Plan, Celestine. Er zeichnet dich als eine wahre Göttin aus. Du tust das Richtige, während sich andere verstellen müssen, um nicht verbannt zu werden.«

Der Falter erhob sich wieder von meiner Hand und mir wurde klar, dass Layana ihn geschickt hatte, um allein mit mir sprechen zu können.

Die ganze Zeit über hatte sie auf meiner Seite gestanden. Ich war nicht allein. Sie würde mir helfen.

*

Die nächsten Tage verbrachte ich damit, mich so oft wie möglich meinem Volk zu zeigen und ihr Vertrauen zu gewinnen, indem ich sie in meine Taten und Pläne einweihte. Natürlich sagte ich ihnen nicht alles und vieles waren Lügen, doch allein der Glaube etwas zu wissen, gab den Leuten Hoffnung. Sie lernten mich als eine neue Herrscherin kennen, die tatsächlich etwas tat, anstatt sich bedienen zu lassen.

Ich stellte meine Armee nach meinen Wünschen auf und ließ Rüstungen und Waffen überprüfen. Wenn mein Plan aufging, würden wir diese zwar nicht benötigen, aber sicher war sicher. Außerdem würde es seltsam wirken, täte ich es nicht. Die Leute begegneten mir mit neuem Respekt und Neugierde und verloren Stück für Stück ihre Angst vor mir. Alles wurde persönlicher, ich wollte, dass jeder wusste, dass ich mich um sie kümmerte und nicht vorhatte, sie sterben zu lassen. Ich gründete Klassen, in denen Fähigkeiten trainiert wurden, bei denen jeder mitmachen konnte. Ob Frauen, Männer oder Kinder, es war egal. Meiner Meinung nach sollte jeder ein Recht auf Bildung haben und dieses bekamen sie von mir. Mein Plan verlief gut und ich spürte, wie sich immer mehr Hoffnung unter meinen Leuten ansammelte. Sie wurden lebensfroher und gewannen an Freude zurück. Die Kälte wich und der Zusammenhalt des Volkes wurde gestärkt. Umso mehr tat es mir leid, dass ich diese Leute in einen Krieg schicken würde.

Ich verdrängte den Gedanken, als ich gemeinsam mit Sunil durch die Wälder streifte. Sein Körper war zu meiner Erleichterung, wieder beinahe vollständig geheilt. Trotzdem ließ ich prüfend den Blick über ihn gleiten.

»Celestine, es geht mir gut.« Seine Stimme war sanft und ich war unglaublich erleichtert, dass er mir die Ermordung desjenigen, für dessen Überleben er verantwortlich gewesen war, nicht übelnahm. Er schien sogar eher erleichtert.

»Das sagst du. Ich will nur sichergehen, dass du mich nicht belügst. Ich lasse dich nicht mit in den Krieg ziehen, wenn du noch Schmerzen hast.«

Sunil seufzte. »Du scheinst mich ja nicht in Ruhe zu lassen. Mir geht es wirklich gut. Ich war bei unzähligen Heilern, da keiner die Bisse und Wunden kannte, die ich davongetragen habe. Es hat gedauert Celestine, aber sie sind verheilt.«

Ich nickte nur und beließ es dabei, ich wollte nicht, dass er wütend auf mich war. Nicht während dem, wovon wir gleich Zuschauer werden würden. Augenblicklich musste ich grinsen, als die Minen, die als Gefängnis dienten, in Sicht kamen. Ich hatte mich auf diesen Tag gefreut, seitdem ich Königin geworden war. Mit erhobenem Haupt stolzierte ich an den Wachen vorbei, die sich ehrfürchtig vor mir verbeugten.

Die wenige freie Zeit, die mir nachts geblieben war, hatte ich damit verbracht, Unterlagen zu durchforsten. Es hatte ein wenig gedauert bis ich gefunden hatte, wonach ich gesucht hatte, doch ich hatte Glück gehabt. Alle Listen Layanas Gefangener und ihrer Straftaten waren noch vollständig. Ich hatte sie mir durchgelesen und selbst entschieden, welcher seine Strafe verdient hatte und wer nicht. Schlussendlich waren es viel zu viele, die es nicht hatten und um diese ging es heute.

Sunil, wie auch ein Dutzend Wachen, folgten mir die stinkenden Gänge entlang. Ich kramte meine Listen aus einer Umhängetasche und begann damit, den ersten Namen vorzulesen. Finnian wurde von zwei Männern nach vorne gestoßen und öffnete mürrisch die Tür des Gefangenen. Ich zwang ihn dazu, dem Dürren zu erklären, dass er nun frei sei und das, bei jedem einzelnen, den ich mir aufgeschrieben hatte. Diese Menschen wurden von meinen Wachen nach draußen begleitete und in eine Kutsche gesetzt, mit der sie ins Dorf gebracht und versorgt wurden.

Finnian kam mir allerdings nicht so schnell davon. Nachdem soeben ungefähr die Hälfte der Zellen frei geworden waren, wurden ihm Wassereimer, Seife und Besen vor die Füße gestellt. Nun durfte er eigenhändig das wegputzen, was ihm zu viel Freude bereitet hatte. Das, was Gefangene verursachten, wenn sie litten.

Ich konnte mir ein Grinsen nicht verkneifen, als ich ihn auf allen Vieren über den Boden kriechen sah.

Sunil schien es gleich zu gehen. »Na Finnian, wie ist es Scheiße aufzuwischen?«

*

Erneut stand ich in dem Thronsaal der Götter. Diesmal waren alle vier, reichlich verzierten Stühle besetzt und ich ließ mich auf meinem nieder. Runa machte eine Handbewegung, die die Throne in einen Kreis formatierte, sodass wir uns besser ansehen und miteinander sprechen konnten.

»Du hast unsere Aufgabe gemeistert. Du bist nun eine von uns.«

Adonis, der neben mir saß, streckte eine Hand nach mir aus und ich reichte ihm die meine. Er nahm sie zwischen seine Handflächen und ich spürte wie sich Hitze darin bildete. Als er sich wieder zurückzog, erkannte ich eine kleine tropfenförmige Perle in meiner Hand. Sie war silbern, mit einem leicht bläulichen Schimmer. Eine hauchzarte Kette hing davon herab.

»Ein kleiner Teil unser aller Macht, mit deiner vermengt. Anscheinend ist Hoffnung silberblau.«, Runa lächelte.

»Sie beschützt dich und zeichnet dich als eine von uns aus.«, erklärte Layana. »Durch sie kannst du jederzeit hierher zurückkehren. Die Türen zu diesem Palast stehen dir nun offen.«

Beeindruckt nickte ich und legte mir die Kette um. Ich spürte den Anhänger kühl und beruhigend zwischen meinen Schlüsselbeinen, wo er ein angenehmes Kribbeln verursachte.

»Aber nun zu ernsteren Themen.«, unterbrach Aeon die würdevolle Stimmung. »Du hast deine Aufgabe, wie bereits gesagt, gut erfüllt. Nun also zur Nächsten.« Sein Blick war viel zu ernst für sein hübsches goldbraunes Gesicht und ich wusste, dass das nichts Gutes zu verheißen hatte.

»Du musst mit Reyna in den Krieg ziehen. Vergiss allerdings nicht, dass es nicht darum geht, Oryn, sondern Kadira zu vernichten. Handle durch ihr Volk und kappe die Verbindungen zu ihren Dämonen. Hole sie mithilfe deiner Macht auf diese Welt und vernichte sie.«

Kapitel 43

Celestine

Ich war früh aufgestanden, denn es stand viel zu viel an. Ich spielte ein Spiel mit dem Tod und gleichzeitig eines mit den Göttern. Noch hat niemand gemerkt, dass ich mehrere Rollen innehatte, doch ich durfte mich nicht darauf verlassen, dass das so blieb. Ich schnallte mir meine Rüstung um und genoss den letzten Moment der Ruhe. Rieka half mir, schwieg jedoch. Ich spürte, dass sie sich Sorgen machte.

»Du musst nicht mitkommen, wenn du dich dabei nicht wohlfühlst.«

Sie schüttelte den Kopf. »Ich möchte weder dich noch Beth im Stich lassen.

Ich verstand sie. Ich könnte Arlo auch nicht allein lassen. Bereits gestern Abend hatte ich ihn kontaktiert und von den Plänen der Götter erzählt. Was wir taten, war gefährlich, aber das war ein Krieg immer.

»Sei vorsichtig, Celestine. Ich möchte dich nicht verlieren.«

»Das kann ich nur zurückgeben«, ich lächelte meine Freundin an. Ich würde es mir nicht verzeihen, würde ihr etwas zustoßen. Kurzerhand schlang ich die Arme um ihren zierlichen Körper. Sie war um einen Kopf kleiner als ich und drückte diesen gegen meine Brust. Als wir uns nach einer Ewigkeit wieder voneinander lösten, rannen uns beiden Tränen über die Wangen.

»Wir schaffen das, Rieka. Wir müssen es schaffen.«

*

Die Glastüren des Balkons wurden geöffnet und ich trat durch sie hindurch. Anders als sonst, in Rüstung und mit Waffen am Körper. Doch keiner der im Hof versammelten Leute, trug ein Kleid. Sie alle wollten kämpfen. Für Reyna.
Ich trat bis an das steinerne Geländer heran und ließ den Applaus abklingen. Die militärische Anordnung meiner Leute wirkte bedrohend, doch das sollte sie auch.
»Reyna! Die Zeit ist gekommen, ein Krieg steht vor uns und diesen werden wir gewinnen.«
Das würden wir tatsächlich. Wenn auch nicht auf die Weiße, wie mein Volk es erwartete. Wieder jubelte es.
»Ihr alle habt Tag und Nacht trainiert. Ihr könnt sowohl mit euren Fähigkeiten, als auch mit Waffen umgehen. Ihr habt Schmerz ertragen und werdet ihn spüren. Die kommende Zeit wird nicht einfach werden. Für keinen von uns.«
Zustimmendes Raunen ging durch die Menge.
»Genau deshalb ist es wichtiger denn je, unseren Zusammenhalt aufrechtzuerhalten. Bleibt euren Hoffnungen treu, sie sind nicht immer so fern wie wir glauben. Heute ist der Tag, an dem wir sie in die Wirklichkeit umsetzen wollen. Wir ziehen in den Krieg!«
Jeder kampfbereite Mann und jede Frau stampfte einmal auf dem Boden auf und drehte sich schließlich um. In ihrer Formation bleibend, verließen sie den Schlosshof.
Als ich sicher war, dass keiner davon mehr auf mich achtete, gönnte ich mir einen letzten Moment der Schwäche. Ich atmete tief durch und schloss die Augen. Mein Herz schien mir beinahe aus der Brust zu springen, so viel Angst hatte

ich. Für mich stand viel mehr auf dem Spiel als nur einen Krieg zu gewinnen.
Ruckartig drehte ich mich um und hastete zurück ins Schlossinnere. Jetzt oder nie, wenn ich zögerte, würde ich diesen Kampf nicht überleben.

*

Mit Sunil und Rieka an meinen Seiten, eilte ich die Gänge zu den Stallungen entlang. Unsere Pferde waren ebenfalls in Rüstungen gepackt worden und reflektierten das Licht der Sonne. Ohne weiter über diesen Tag nachzudenken, schwang ich mich in Destrys Sattel. Meine beiden Freunde taten es mir gleich und wir ritten los. Meine Armee wartete, bereit zum Kampf, am Stadtrand und ich kehrte an ihre Spitze. Ich führte mein Volk an, Sunil meine Armee. Die Armee Reynas.
Wir bewegten uns vorwärts, in Richtung der ewigen Wiesen und mit jedem Stück, dass wir weiter voranschritten, verdunkelte sich der Himmel mehr. Der Wind Layanas weinte und kündigte den Schrecken an, der in wenigen Augenblicken stattfinden würde. Äußerlich gab ich mich ruhig, um meinem Volk Mut einzureden, doch innerlich schlotterte ich. Was, wenn ich es nicht schaffen würde? Was, wenn Layana falsch lag und ich nicht diejenige war, die sie hätte auserwählen sollen?

Arlo

Es war so weit. Celestine hatte mir Bescheid gegeben, der Krieg war nicht mehr weiter hinauszuzögern. Genau wie sie es gerade tun sollte, stand ich an der Spitze meines Heeres. Bethany und Emilio an meinen Seiten. Ich zählte auf mein Volk und darauf, dass sie Hoffnung in sich trugen. Denn ohne diese wären wir verloren. Wenn sie diese nicht hatten, konnte Celestine nicht tun, was unser Plan beinhaltete und dann wären wir Reyna weit unterlegen. Meine Armee war klein und schwach, im Gegensatz zu ihrer. Ich zweifelte nicht daran, dass es heute Tote geben würde und noch weniger daran, dass der Krieg Cursespeaker mit sich bringen würde.

»Der Wind ist erklungen.« Es war Bethany, die sich zu Wort gemeldet hatte.

»Ich weiß.« Meine Worte waren knapp. Zu knapp. Doch ich durfte Bethany nichts davon erzählen, dass ich und Celestine und sogar Layana, unter einer Decke steckten. Es war eine Qual es ihr zu verschweigen, ebenso wie vor Emilio. Ich kannte die beiden seit meiner Kindheit und sie waren mehr, als nur meine besten Krieger. Doch leider war es notwendig.

Schweigend ritten wir weiter und als ich das gegnerische Heer schließlich am Horizont entdeckte und ihren Hass spürte, wurde meine Angst noch größer. Mein Blick wanderte zu Celestine. Sowohl sie als auch ihr Pferd steckten in einer Rüstung. Doch selbst diese könnte sie nicht vor Kadiras Zorn retten.

Celestine

Der Krieg war gekommen und somit alles, was ich hatte verhindern wollen und auf das ich in letzter Zeit trotzdem hingearbeitet hatte. Zwei Heere standen sich gegenüber, bewaffnet und mit todbringenden Gesichtern. Jeder einzelne dieser Menschen wollte, seinen Glauben und sein Volk rächen, verteidigen oder ihm das zurückholen, wovon er glaubte, es verdient zu haben. Jeder Einzelne bis auf zwei.

Ich und Arlo. Wir standen uns gegenüber, überzeugt, dass wir schaffen konnten, was wir uns vorgenommen hatten. Es war unglaublich erleichternd ihn gesund und wohlauf vor mir stehen zu sehen. Ich musste mich zusammenreißen, um nicht aus meiner Rolle zu fallen. Nichts wäre schlimmer als so kurz vor dem Sieg das Vertrauen meines Volkes zu verlieren. Auch Oryn brachte Hoffnung mit, denn der Tod gewann in einem Krieg immer, was viele von ihnen als ihre verseuchten Anhänger wollten.

Und nun standen wir hier und es waren nicht nur Oryn und Reyna - Dämonen und Fähige, die einander gegenüberstanden, sondern auch das Leben und der Tod. Jedem hier war bewusst, dass er sterben könnte und jeder nahm es in Kauf. Welche Macht musste dazu geführt haben? Und trotzdem, ich stand auch hier. Meine Rüstung wog schwer auf meinen Schultern.

Unsere Armeen verharrten in ihren Positionen. Ich blickte Arlo in die Augen und sah seine Sorge darin glänzen. Er hatte Angst. Genauso wie ich.

Ich nickte und unzählige Hörner erklangen. Fähige stürzten sich auf Menschen und Dämonen und andersherum. Pferde stiegen, warfen ihre Reiter ab oder vielen selbst zu Boden. Das Klirren von aufeinandertreffenden Waffen erfüllte die Luft und Blut bedeckte den Boden. Ich sah Feuer und hörte Leute schreien. Fähige setzten ihre Mächte ein, um andere ihrer Sicht zu berauben, ihr Leben an ihnen vorbeiziehen zu lassen oder anderes. Es war grauenvoll und ich stand mitten darin. In letzter Sekunde wich ich einer gefährlich scharfen Klinge aus und zog meinen Säbel durch den Hals des Menschen. Sein Kopf fiel zu Boden und der Körper folgte. Mir wurde übel, doch es blieb keine Zeit, um dem Gefühl nachzugeben, das in meinen Magen drückte, denn ich wurde bereits wieder angegriffen. Ich sprang in die Luft und noch während ich mich umdrehte, ließ ich mein Bein nach vorne schnellen und traf damit den Gegner an der Brust. Dieser taumelte nach hinten und ich nutzte die Zeit, die er mir damit verschaffte, um ihn mit dem Dolch zu erstechen. Ich tötete ungern, doch wenn man mich umbringen wollte, ließ selbst ich keine Gnade walten. Ich drängte mich weiter durch die Menge, irgendwie musste ich zu Arlo gelangen. Erst dann könnte ich meinen Plan in die Tat umsetzen.

Immer mehr Dämonen verwandelten sich in Cursespeaker und griffen an. Diejenigen, die es nicht übers Herz brachten zu töten. Ich drehte mich um einen herum und zog meinen Säbel über seinen Kopf, sodass die Schlangen zischelnd von ihm vielen. Das lenkte ihn so weit ab, dass er beinahe nicht bemerkte, wie ich ihm den Dolch in die Brust rammte. Gegner um Gegner kämpfte ich mich an Arlo heran und tötete viel mehr als ich es vorgehabt hatte. Viel zu viele lagen bereits am Boden. Ich stieg über ihre Körper und die Angst, in ein mir bekanntes Gesicht zu blicken, schien mich beinahe zu übermannen. Ich ließ mich von ihr mitreißen und bemerkte nicht, wie mich ein Mann von hinten ansprang und zu Boden riss. Sein Gewicht drückte mich auf den leblosen Körper unter mir und ließ weiteres Blut aus dessen durchschnittenen Hals, auf mein Gesicht spritzen. Angeekelt riss ich es zur Seite, stoppte allerdings, als ich eine Klinge an meinem Hals spürte.

»Stirb! Du Monster!«

Ich hatte verloren. Die Klinge schnitt durch meine Haut und ich spürte heißes Blut meinen Hals hinablaufen. Gleich würde es so weit sein. Ich würde sterben und Kadira würde kommen, um mich zu holen. Sie würde mich tatsächlich auf ihrer Seite haben.

»Runter von meiner Freundin, du Bastard!«

Arlo! Der Körper wurde von mir gerissen und ich sprang auf. Mein Blick glitt an Arlo herab und ich erblickte gerade noch, wie sein Schwert den Kopf seines eigenen Untertanen durchschnitt. Mir klappte der Mund auf, doch ich schloss ihn gleich wieder. Er hatte mich gerettet. Ich hätte dasselbe getan.

»Geht es dir gut?« Seine schwarzen Augen wanderten über meinen Körper und ich übersah die Mordlust daran nicht. Er war stinksauer. Hastig nickte ich.

»Ich bin okay. Blende die Umgebung aus. Bitte.«

Arlo legte eine Hand auf meinen Arm und sofort sah ich die Welt mit anderen Augen. Die Geräusche des Kampfes waren verklungen und das einzige, was ich hörte, war ein seltsames Surren. Die Welt trug keine Farben außer Schwarz und Weiß und da waren Bänder. Bänder, von denen ich wusste, dass ich sie durchtrennen musste. Sie spannten sich von jeder Person aus, an eine

Seite und verbanden sie mit ihren Herrschern. Oryn trug schwarze Bänder, zweifellos Kadiras. Sie verliefen kreuz und quer, es würde ewig dauern sie alle zu durchtrennen. Es sei denn … Ich lief in Richtung Norden, immer weiter, bis ich schließlich aus dem Tumult des Kampfes heraustrat. All die Bänder verbanden sich, wie ich es vermutet hatte, zu einem einzigen Punkt. Zu einem Knotenpunkt, der sie mit Kadira verband. Ich lief darauf zu und zögerte nicht. Sammelte all die Hoffnung, die Oryn noch in sich trug und ließ sie durch meinen Körper strömen. Ich bündelte sie und führte sie in meinen Säbel. Diesen ließ ich durch die Bänder gleiten. Sie stoben auseinander und ein lautes Kreischen war zu hören. Die Orynianer waren keine Puppen mehr, sie waren frei. Doch der Staub, in den sich die Bänder aufgelöst hatten, verschwand nicht. Er sammelte sich und bildete etwas Neues. Ich hielt die Luft an und mein Herz schien einen Atemzug lang auszusetzen, als ich erkannte, was er da formte. Kadira.

Kapitel 44

Celestine

Die Göttin des Todes stand vor mir. In ihrer vollen Gestalt. Ihre hübschen Augen funkelten mich böse an und ich konnte nicht anders als angsterfüllt zu keuchen.

»Willst du das wirklich tun, Göttin der Hoffnung?«, ihre Stimme war ein Schnurren und als sie schnippte, blieb mir endgültig das Herz stehen. Rieka hing an sie gedrückt an ihrem Körper und wimmerte vor Angst. Ich zog die Luft ein, als Kadira ihre grässlichen Finger über den Hals meiner Freundin streichen ließ.

»So ein hübsches Mädchen. Es wäre ein Jammer sie schon töten zu müssen.« Die Augen des Todes ruhten weiterhin auf mir. Sie wusste, wie sie mich erpressen konnte.

Gerade wollte ich den Mund öffnen, ich wollte etwas unternehmen. Rieka durfte nicht sterben!

Eine andere Frau stieß sich von hinten gegen Kadira.

»Lass sie verdammt nochmal los!«

Unzählige Zöpfe wirbelten durch die Luft und das nächste, was ich sah, war wie Bethany Kadira einen Dolch in die Seite stieß und nach oben zog. Diese keuchte erschrocken auf und ließ Rieka fallen.

Doch der Tod konnte nicht sterben.

Rieka kroch näher zu mir heran. Bethany war nicht mehr mit Kadira verbunden, doch anscheinend war es für sie bereits zu spät gewesen, denn sie hatte sich zur Hälfte in einen Cursespeaker verwandelt. Rieka schluchzte auf, als sie sah, wie sich Bethanys Zöpfe regten und zischelten wie Schlangen. Ihre Augen waren Pechschwarz und lange Krallen hatten sich an ihren Fingern gebildet. Sie ging auf Kadira los und schlitzte sie auf.

»Du Biest!« Nun war es Kadira die ihre Macht einsetzte und Bethany zur Seite schleuderte.

Immer und immer wieder gingen die Beiden aufeinander los und ich konnte nichts weiter tun, als dabei zuzusehen und mich schützend vor Rieka zu stellen. Diese schluchzte noch immer, schrie und hatte ihr Gesicht in meine Kniekehle gedrückt, während sie mein Bein umklammerte.

Ich versuchte aufrecht stehenzubleiben, als Kadira schließlich zu Boden ging.

Der Tod konnte nicht sterben, doch er konnte durchaus verwundet werden.

Bethany war außer sich! Sie rannte geradewegs auf mich zu. Rieka schrie auf und sprang zur Seite. Keine gute Idee, denn inzwischen hatte sich der Blick ihrer Freundin auf sie geheftet. Rieka rannte und versuchte zu Bethany zu sprechen, doch es war zu spät. Gleich würde sie eingeholt werden! Wenn ich nichts tat, würde sie sterben!

Für Cursespeaker gab es keine Hoffnung. Entschlossen packte ich meinen Dolch an der Spitze und schleuderte ihn auf Bethany zu. Noch während diese ihren letzten Satz auf meine Freundin zumachte, traf er sein Ziel. Er grub sich in das Fleisch des Cursespeaker und ließ sie röchelnd zu Boden fallen.

Bethany war tot. Rieka war am Boden zerstört. Doch der Krieg tobte noch immer.

Arlo eilte heran und kniete sich neben mich.

»Arlo!« Ich wollte hinzufügen, dass ich die Umgebung wieder wahrnahm, dass er sie erneut ausblenden sollte, doch er schien bereits verstanden zu haben.

Noch ehe ich mich versah, war die Welt wieder schwarz und weiß. Ich hatte die ersten Bänder durchtrennt. Oryn stand nicht mehr unter Kadiras Fluch, doch Reynas Bänder bestanden noch. Geschockt betrachtete ich, wie sie sich auch um mein Handgelenk banden. Doch nicht ich war mit den Göttern verbunden, nein, ich war eine der Göttinnen, mit denen Reyna verbunden war.

Natürlich, auch ich hatte sie benutzt. Ich hatte ihnen nicht die Wahrheit gesagt und sie hintergangen. Zwar zu ihrem Besten, aber das machte keinen Unterschied. Sofort fühlte ich mich schuldig und mein Entschluss diese Verbindungen ebenfalls zu kappen, verstärkte sich noch weiter. Doch ich wusste, dass ich das schlau anstellen musste. Hier konnte ich keinen Knotenpunkt finden, an dem alle Bänder zusammenführten, da mehrere Götter sie trugen. Und würde ich meine kappen, würden sie es merken und meinen Plan durchschauen. Ich musste schnell sein. Ich musste mir sicher sein.

Entschlossen griff ich unter meine Rüstung und zog die Kette heraus, die mir überreicht worden war. Ich berührte die bläulich schimmernde Perle und dachte meinen Wunsch. Im nächsten Moment befand ich mich im Thronsaal der Götter. Alle vier Anderen waren hier versammelt.

»Celestine«, begann Aeon zu sprechen.

Doch ich hatte keine Zeit für sein Gelaber. Ich wusste selbst, dass Kadira noch nicht tot war, doch ich wusste auch, dass man sie nicht durch ein Schwert töten konnte. Das war nicht das, worüber ich nun sprechen wollte. Ich rannte auf die Götter zu, ich sah die Bänder und als ich näher an sie herantrat, als wir alle fünf nebeneinanderstanden, bildete sich in unserer

Mitte ein Knotenpunkt. Ein Knotenpunkt der nicht nur die Fähigen mit den Göttern, sondern auch die Götter untereinander verband.
Wieder sammelte ich die Hoffnung der Leute, meiner Leute und hob das Schwert.
»Nein!«, die Götter schrien, jeder bis auf mich und Layana. Doch es war bereits zu spät. Mein Säbel durchschnitt die Bänder und kappte die Verbindungen mühelos.
Ich atmete schwer und sah in drei Paar wütende, weißglühende Augen. Wieder berührte ich meine Kette und der Thronsaal verschwand. Doch Worte folgten mir, meinen Weg zurück in die Realität.

»Du hast uns betrogen und hintergangen Celestine Chamillet - Göttin der Hoffnung. Wir warnen stets vor unüberlegtem Handeln, doch du scheinst uns nicht verstanden zu haben.

Auch wenn du es heute tust, damit wirst du nicht unbeschadet durchkommen. Erwarte unsere Rache. Sie wird kommen.«

Epilog

Celestine- zwei Wochen später

Der Krieg war beendet, vorerst. Es herrschte Chaos und Verwirrung, doch der Kampf war vorbei. Kadira hatte sich vorerst zurückgezogen, um sich zu regenerieren. Ich hatte meinem Volk einiges zu erklären und das tat ich auch. Ich ließ die Umleitung des Flusses, der eigentlich Oryn gehörte, aufheben und entschied mich zusammen mit Arlo dazu, ihn zu gabeln. So hatte jedes Volk etwas davon.

Verletzte wurden versorgt und Tote begraben. Vieles musste neu aufgebaut werden und keiner wusste recht, ob er froh sein, oder weinen sollte.

Ich schmiegte mich eng an Arlo.

»Ist Rieka immer noch wütend auf dich?«

Ich seufzte. »Sie hasst mich. Kein Wunder, ich habe ihre Freundin umgebracht.«

»Nein, Cinderella. Du hast eine Entscheidung getroffen und es war die Richtige. Du hast Rieka gerettet.«

»Genauso wie es die richtige Entscheidung war, Kadira eine zweite Chance zu geben? Sie laufen zu lassen?«

Nun war es an Arlo zu seufzen. »Damit scheint sie jedenfalls nicht gerechnet zu haben. Wir werden sehen, ob sie ihre Lehre gelernt hat.«

Ich nickte. »Spätestens, wenn die Götter kommen, um mich zu holen. Es wird erneut Tote geben. Es ist noch nicht vorbei.«

Ende von Band 1

Danksagung

Liebe Leser:innen,

Ich bin eine dieser Personen, die sehr viel fühlen, allerdings zu wenig aussprechen. Viel lieber schreibe ich.
Und nein, damit will ich nicht sagen, dass dieses Buch auf wahren Begebenheiten basiert.
Ich habe eine wundervolle Familie, die mich nie zu etwas zwingen würde.
Und doch spiegelt mich diese Geschichte immer wieder wider. Es fällt mir schwer wirklich ehrliche Freunde zu finden, denen ich mich auch anvertrauen kann. Das hat sich zum Glück mit meinem besten Freund Jeffrey geändert, der immer für mich da ist.
Ich hatte schon mein ganzes Leben lang Probleme mit meiner Psyche und habe schon einige Steine übersprungen, von denen ich gedacht hatte, daran zugrunde zu gehen. Ein weiters Mal möchte ich hervorheben, dass mich meine Familie niemals aufgegeben hat und selbst dann an mich geglaubt hat, als ich selbst es nicht mehr tat.
In diese Geschichte habe ich soviel Herzblut hineingesteckt. Zu jeder Phase, in der es mir ein bisschen besser ging, habe ich daran weitergeschrieben und was soll ich sagen … nun ist sie zu einem richtigen Buch geworden.

Ich habe es geschafft! Und ich bin stolz, denn ein zweiter Band kommt auch noch 😊

Glaubt an euch, auch wenn es schwer ist! Wenn

ihr etwas wirklich wollt, werdet ihr es schaffen.

Turn your dreams into reality!

Triggerwarnung

Sowohl Familienprobleme, Tod, Krieg, Gewalt, als auch Vergewaltigung und Erbrechen kommen in diesem Buch vor.